HEYNE <

Der Autor

Nicola Bardola studierte Germanistik, arbeitete als Bibliotheks- und Verlagslektor und schrieb für die *Süddeutsche Zeitung* und *Die Zeit*. Seit 1985 verfolgt er engagiert die Entwicklung des Kinder- und Jugendbuchmarktes und setzt sich für Leseförderung ein. Er war Chefredakteur der Fachzeitschrift für Jugendmedien *Eselsohr* und schrieb u.a. den Roman *Schlemm* und das Sachbuch *Der begleitete Freitod*. Seit 2005 erscheint sein Almanach *Lies doch mal! Die 50 besten Kinder- und Jugendbücher*. Bardola schreibt u.a. für *Die Literarische Welt*, bloggt für *ZVAB* und dreht Videocasts mit *FOCUS SCHULE*.

NICOLA BARDOLA

BESTSELLER MIT *Biss*

Liebe, Freundschaft und Vampire –
alles über die Autorin Stephenie Meyer

Originalausgabe

WILHELM HEYNE VERLAG
MÜNCHEN

FSC
Mix
Produktgruppe aus vorbildlich
bewirtschafteten Wäldern und
anderen kontrollierten Herkünften

Zert.-Nr. SGS-COC-1940
www.fsc.org
© 1996 Forest Stewardship Council

Verlagsgruppe Random House FSC-DEU-0100
Das FSC-zertifizierte Papier *München Super*
für Taschenbücher aus dem
Heyne-Verlag liefert Mochenwangen Papier.

Originalausgabe 03/2009
Redaktion: Elisa Geißler

Printed in Germany 2009
Umschlaggestaltung: Nele Schütz Design, München
Satz: Buch-Werkstatt GmbH, Bad Aibling
Druck und Bindung: GGP Media GmbH, Pößneck

www.heyne.de

ISBN: 978-3-453-81182-9

Im Augenblick, da ihre Liebe aufgehört hätte, würde ich ihm das Herz aus dem Leibe gerissen und sein Blut getrunken haben.

Emily Brontë, Sturmhöhe

Inhalt

Vorwort

Stephenie Meyer spricht bei der Frage nach möglichen Fortsetzungen ihrer vier *Twilight*-Weltbestseller von einem »Cullen-Universum«, das entstanden sei. Sie könne nicht sagen, an welcher Stelle sie die Geschichte von Bella und Edward Cullen weiterschreiben werde. Möglichkeiten gibt es viele, denn es handelt sich um eine komplexe Vampirsaga, die einen neuen Vampir-Typus geschaffen hat, den Cullen-Vampir. Auf den insgesamt 2576 Buchseiten der vier *Biss*-Bände werden große Emotionen aus Teenager-Sicht verhandelt: Liebe, Tod, Unsterblichkeit und Hass sind nur einige der fundamentalen Themen, die Jugendliche interessieren und von Stephenie Meyer in einer spannenden Geschichte ausgebreitet werden. Dabei wird Übernatürliches nicht stärker gewichtet als Realistisches.

Stephenie Meyer versteht es, die phantastischen Episoden auf eine Weise in die Liebesgeschichte um Bella und Edward einzubetten, dass daraus immer auch Rückschlüsse auf das Alltagsleben, auf Situationen in der Wirklichkeit, gezogen werden können.

Mein Buch soll eine Orientierungshilfe und ein Begleiter für Stephenie Meyers Vampirsaga sein. Wer die vier *Biss*-Bücher schon gelesen hat, wird hier an die unvergleichliche Leidenschaft der Protagonisten und an das eigene Leseerlebnis erinnert. Wer mit dem Gedanken spielt, sich vom Sog der Vampirsaga erfassen zu lassen, findet hier viele Gründe, dies endlich zu tun.

Aber Vorsicht: Ich spreche hier auch vom (vorläufigen) Ende der Liebesgeschichte um Bella und Edward. Wer sich die Spannung bewahren will, sollte erst den vierten Band lesen.

Stephenie Meyers Vampirsaga begeistert vor allem Teenager und ihre Mütter. Die vielfältigen, von philosophischer Nachdenklichkeit bis zu ekstatischer Verehrung reichenden Zeugnisse ihrer Fans sind repräsentativ in diesem Buch enthalten. Im Anhang finden sich zudem die interessantesten Webseiten zu Stephenie Meyer. Manche Erstleser meines Buchs haben mit dem Anhang begonnen und schlugen vor, ihn doch weiter vorne zu platzieren. Er ist zwar noch immer am Ende des Bandes, aber das Stichwortverzeichnis ist in den Mittelpunkt meiner Ausführungen gerückt.

Bei allem, was ich nachfolgend über die Autorin Stephenie Meyer und ihre Romane schreibe, sollte nicht in Vergessenheit geraten, dass es sich bei dieser Vampirsaga um Unterhaltungsliteratur handelt. Manche Kritiker, deren Urteil ich im Allgemeinen sehr schätze, finden die Vampirsaga schauderhaft, süßlich, langweilig, kitschig oder keusch und insbesondere den Schluss der Saga verfehlt. Sie beanstanden auch eine ausgeklügelte, zu stark webbasierte Marketingstrategie. So sei der Erfolg vor allem sozialen Internet-Netzwerken zu verdanken. Die internationale Vermarktung der Romane bis hin zu den Verfilmungen sind tatsächlich sehr kommerziell angelegt. Besonders deutlich wird das bei den deutschen *Biss*-Ausgaben. Ich habe beispielsweise noch nie gesehen, dass am Ende eines literarischen Romans steht: »Wem dieses Buch gefallen hat, der kann es weiterempfehlen und gewinnen …«

Mit meiner 17-jährigen Tochter und ihren Freundinnen habe ich mich über die Ursachen der Faszination der Vampirsaga unterhalten. Mit den Gründerinnen eines der führenden Internetportale www.team-edward.net habe ich diese subjektiven Eindrücke auf eine breitere Basis gestellt und fünfzig Interviews ausgewertet. Mir geht es vor allem um die Romane, um ihre Anziehungskraft und um ihren Stil. Ich suche also in der Sprache Stephenie Meyers nach den Gründen für die Begeisterung. Aber nicht nur formal, auch inhaltlich gibt es viele Erklärungen für die »*Twilight*-Mania«. Möge mein Buch Lichter auf die Vampirsaga werfen, dass sie zu schimmern beginnt wie Edwards Haut in der Sonne. Möge Ordnung in Stephenie Meyers Vampir-Kosmos kommen, so dass ich hoffen darf, dass dieser Begleitband zur Vampirsaga auch als Handbuch dient, als *Biss*-Lexikon, das neue Aspekte beleuchtet.

Nicola Bardola, München im Dezember 2008

Am Anfang war ein Traum – Die Initialzündung zur Vampirsaga

Der 2. Juni 2003 ist Legende: Stephenie Meyer, Hausfrau und Mutter von drei kleinen Söhnen, wacht morgens auf und erinnert sich an einen Traum, den sie nicht mehr verscheuchen kann und auch nicht mehr verscheuchen will. Dieser Traum wird ihr Leben verändern und das von Millionen Lesern auf der ganzen Welt. Stephenie setzt sich hin und schreibt ihn auf. Nahezu unverändert bildet diese Niederschrift das Kapitel »Lamm und Löwe« im ersten Band der Biss-Reihe: Eine wunderschöner und kalter Vampir glitzert in der Sonne. Ein Mädchen verliebt sich unsterblich in ihn. Die Legende von Bella und Edward ist geboren. Die ganze Vorgeschichte, die langsame Annäherung zwischen den beiden Protagonisten an der Highschool von Forks, schreibt Stephenie danach.

Fünf Jahre später, ein Montagmorgen, 9:23 Uhr, unterwegs im ICE von München nach Köln zur lit.cologne, findet mein Gespräch mit Stephenie Meyer statt: Im Neigewinkel knirscht die Eisenbahn über die Gleise. Eigentlich müssten wir in einem sanft schnurrenden Porsche sitzen, denn Stephenies Leidenschaft für Sportwagen ist bekannt. Die Danksagung an ihre Fans im dritten Band der Vampirsaga endet mit den Worten: »Am liebsten würde ich euch allen eine dicke Umarmung schicken, und dazu einen Porsche 911 Turbo.«

Ich sitze ihr in einem geschlossenen Zugabteil gegenüber und habe zwei Stunden Zeit für ein Interview. Ich lasse ihre Ausstrahlung auf mich wirken und frage, ob es sich bei der nächsten Lesereise durch Deutschland vielleicht schneller mit einem Sportwagen von Stadt zu Stadt fahren ließe. »Die Firma Porsche würde ich wirklich gerne besuchen. In Italien durfte ich ein paar Mal einen Ferrari fahren. Und ich fahre schnell!«, lacht die Bestsellerautorin aus der »Driving Town« Phoenix, wo »der nächste Supermarkt schon mal zwanzig Meilen von zu Hause entfernt ist«. Zurzeit fährt sie in den USA einen geräumigen Kombi, ideal für die fünfköpfige Familie. Von ihrem Infiniti G35 Coupé (eine Rarität in Deutschland) hat sie sich getrennt, aber der nächste Flitzer wird nicht lange auf sich warten lassen. »Als Teenager schauten meine Freundinnen schönen Jungs hinterher, ich schnellen Autos.« Stephenie wirkt natürlich und spontan. Ihr Lachen ist hell und immer wieder hält sie inne, als führe sie Zwiegespräche mit Bella oder Edward. Sie ist ungeschminkt, obwohl sie von dem Interview- und Foto-Termin im Zug wusste. Weil am Tonband-Kabel der Clip fehlt, improvisiert sie rasch und fixiert mit einer Haarspange geschickt das Mikro an ihrem roten Kleid. Sie trägt meist rot, auch auf den Pressefotos, aber eine Lieblingsfarbe habe sie nicht, betont Stephenie Meyer. (Auch kein Lieblingswort.) Es ist ihr peinlich, dass man im Internet ein Bild von ihr findet, das sie in einem stimmungsvollen Gothic-Ambiente zeigt, natürlich in Rot. Aktuelle Pressefotos beschränken sich auf Ferrari- bzw. blutrot gefärbte Lippen, die ihren breiten Mund betonen, der voller und sinnlicher ist als der Mund des Models auf den deutschen Buchumschlägen. Die geschwungenen Augenbrauen, die seitlich bis an die Schläfen reichen, Stephenies rötlich schimmernde Haarpracht, die Lachfältchen – alles in ihrem Ausdruck fügt sich zu etwas Hintergründigem, das ihre Themenwahl, Vampire und Werwölfe, nicht als Zufall erscheinen lässt.

Alles begann mit jenem Traum: Das Paar auf einer Lichtung. Ein einfaches Mädchen und ein wunderschöner Vampir. Den Rahmen, in dem der alles entscheidende Traum stattfand, bildeten eine Erkrankung des Mannes, ein Armbruch Stephenies und ihr drohender dreißigster Geburtstag. »Es war schon eine besondere Lebenssituation, aber ich würde es nicht als Krise bezeichnen«, sagt sie. Ob sie sich wirklich nicht an mögliche Auslöser für diesen Traum erinnern kann? Stephenie Meyers Antworten haben etwas Abschließendes. Sie wirkt entschieden und resolut, eine Frau, die weiß, was sie will: »Ich hatte noch nie einen Vampir-Film gesehen. Ich kann nicht sagen, woher der Traum kam. Vielleicht hat mich ein Werbefilm im Fernsehen darauf gebracht oder ein Gesprächsfetzen, ich weiß es nicht und kann mich auch einfach nicht daran erinnern.« Am nächsten Morgen notierte sie jedenfalls den Traum und schrieb fortan jeden Tag – meistens nachts – weiter, bis sie Ende August 2003 das Manuskript beendete. Bereits im November 2003 erhielt sie einen lukrativen Dreibuchvertrag. Wenig später schubste *Twilight* J.K. Rowlings *Harry Potter* vom ersten Platz der New York Times-Bestsellerliste. Stephenies Vampirsaga wurde in alle Weltsprachen übersetzt. »Die Fans sind überall gleich, sie sind enthusiastisch, und stellen auch alle dieselben Fragen – es interessiert sie dasselbe. Meine Romane erzählen vom Leben, nicht vom Tod, von der Liebe, nicht von Gewalt. Das sind auch Gründe für meinen Erfolg«, sagt Stephenie Meyer, die sich nicht dem Horror- und Grusel-Genre verpflichtet fühlt. Sie hatte kaum Vorkenntnisse, was Vampire betrifft, wodurch ihr mit der Charakterisierung Edward Cullens und seiner Familie die faszinierende und folgenreiche Schöpfung einer neuen Vampir-Gattung gelang. »Für mich sind die Figuren echt (*really real!*). Sie haben ein Eigenleben entwickelt. Ich spreche mit ihnen, wenn ich alleine im Auto sitze«, versichert Stephenie Meyer glaubhaft. Diese Intensität, mit der sie selbst diese außergewöhnliche Amour fou – eine einzigartige Dreiecksbeziehung zwischen Bella, Edward und Jacob, zwischen Mensch, Vampir und Werwolf – schreibend erlebt, macht einen großen Teil des Leseerlebnisses aus. »Ich schreibe über diese für mich realen Figuren und natürlich sind sie dann fiktiv, Romanhelden eben. Aber sie denken auch über Dinge nach, die mich im Leben beschäftigen.«

Ob die von ihr geschilderten Vampire die besseren, die perfekten Menschen sind? »Ich würde Edward nicht als perfekt bezeichnen. Eher seinen ›Vater‹ Carlisle, der alles versucht, um ein ›guter Mensch‹ zu sein. Aber selbst er hat Augenblicke voller Selbstzweifel. Gute Menschen und schlechte Menschen unterscheiden sich meiner Meinung nach nur dadurch voneinander, dass gute Menschen immer wieder versuchen, gut zu sein, schlechte sich aber sagen, ›was soll's?‹. Auch gute Menschen sind nicht perfekt, können niemals perfekt sein.« Also vielleicht doch ein wenig wie Stephenie Meyers Vampire? »Nein, ›meine‹ Vampire empfinde ich nicht als Projektionen eines Ideal-Menschen, den man bewundern sollte. Schon deshalb nicht, weil sie nicht altern«, sagt Stephenie Meyer.

Sie selbst wurde an Weihnachten geboren und hat daher eine negative Einstellung zu Geburtstagen. Nur einmal, als sie zehn wurde, organisierte ihre Mutter eine Party. »Weihnachten und Geburtstag gleichzeitig kann man schwer feiern. Daher mag ich meinen Geburtstag nicht. Jetzt ist es jedoch ein Vorteil. Kaum jemand bemerkt, dass ich wieder ein Jahr älter geworden bin. Ich muss keine Geburtstagspartys für mich organisieren. Es ist fast so, als würde ich nicht älter werden«, schließt sie und schmunzelt. *Forever young:* Bella möchte wie Edward sein, aber das Opfer, das sie dafür erbringen müsste, wäre das Ende ihrer menschlichen Existenz und der Beginn eines endlosen Vampir-Lebens. »Ich mag es ja wirklich nicht, älter zu werden. Aber man muss sich damit arrangieren«, sagt Stephenie und gesteht, mehrere Eigenschaften mit Bella zu teilen. Wie Bella fällt Stephenie in Ohnmacht, wenn sie einen Tropfen Blut sieht. Aber nein, am 1. Juni 2003 sei sie nicht beim Arzt gewesen. »Es gibt so viele schöne Dinge, die mit Sterblichkeit verbunden sind: die wachsende Familie, die Großeltern. Vampire können keine Kinder bekommen – zumindest nicht die weiblichen.« Stephenie lächelt verschmitzt, denn zum Zeitpunkt unseres Gesprächs ist der vierte Band noch streng geheim. »Leben hat also mit Veränderungen zu tun, mit Zyklen. Jeder Mensch wandelt sich. Vampire hingegen altern nicht, sind statisch – das mag manchen wünschenswert erscheinen, andere lehnen es ab. Ich finde, man sollte jede Phase des Lebens genießen. Es gibt viele Frauen, die Schönheitsoperationen über sich ergehen lassen und viele andere Dinge tun, um jung zu bleiben. Sie kleiden sich wie Teenager. Ich bin jetzt in den Dreißigern, meine Kinder sind toll: Ich genieße es.«

Stephenie gehört der Glaubensgemeinschaft der Mormonen an und ist überzeugt, dass das Leben nach dem Tod weitergeht. »Ja, man könnte die Romane als Neuinterpretation religiöser Aspekte lesen, aber es war nicht meine Absicht.« Ein treibendes Motiv in den *Biss*-Romanen ist die Unmöglichkeit vorehelichen Geschlechtsverkehrs. »Ich spüre an den Reaktionen meiner Leser, wie groß die Sehnsucht nach romantischen Beziehungen ist. Unsere Kinder sind heute oft gezwungen, schnell erwachsen zu werden. Es gibt wenig Gelegenheit, unschuldig zu sein. Unschuld ist verloren gegangen. Ich finde, die Lust am Begehren fehlt oft in unserer Gesellschaft. Ich spüre, wie groß aber die Sehnsucht nach solchermaßen unschuldigen Beziehungen ist daran, wie die Leser auf die Beziehung zwischen Bella und Edward reagieren. Ich hoffe, dass meine Geschichten etwas von dieser Romantik wiederherstellen. Warum sollte man die Händchen-Halten-Phase nicht genießen und sie wieder etwas länger dauern lassen? Es gibt so viele wunderbare Abschnitte in Liebesbeziehungen, die heute übersprungen werden.« Aber wie können Bella und Edward zueinanderfinden? Muss Edward menschlich werden? Sie lacht bezaubernd: »Das kann ich nicht sagen! Ich kann den Schluss doch nicht verraten!« Aber sie gibt preis, dass der vierte Band etwa 800 Seiten umfassen wird und damit der längste ist. »Ich ahnte schon im Oktober 2003, wie es enden würde, denn das Finale ist einer der vielen zum Schluss des ersten Bandes nicht verwendeten Epiloge, die ihrerseits in die Bände zwei und drei mündeten.« Den »*Biss*-O-Meter«, mit dem Leser abstimmen können, ob sich Bella Jacob oder Edward zuwenden soll, gibt es auch in den USA und in vielen anderen Ländern. Überall führt Edward. »Ich hoffe, dass die Menschen tolerant sind, wenn sie den letzten Band lesen, dass sie mir die Chance geben, es so zu fügen, wie ich es will.«

Nun ist das Ende bekannt und führt zu heftigen Kontroversen. Dazu später mehr, zuvor will ich aber von der Autorin wissen, wie sie über drei zentrale Aspekte der Vampirsaga denkt. Also zu allererst über die Liebe: »Gibt es eine romantischere Liebe als die Bellas? Sie ist kein Vampir und sie kann aus vielen Gründen nicht mit Edward zusammen sein. Das ist der Romeo-und-Julia-Effekt: Der Liebe stellt sich etwas in den Weg und den Liebenden stellt sich die Frage, zu welchem Opfer sie bereit sind, um mit dem Menschen zusammen zu sein, den sie lieben. Bei Bella ist es ihr Leben. Jedes Mal, wenn sie mit Edward zusammen ist, schwebt sie in Lebensgefahr. Kann Liebe leidenschaftlicher sein?«

Wir lachen, ich schüttle den Kopf und bewundere die Logik, mit der Stephenie ihre Figuren kommentiert. Wie sie Gut und Böse sieht, will ich wissen: »Ich wuchs in einer Gemeinschaft auf, in der es keine Ausnahme war, ein braves und gutes Mädchen zu sein. Es wurde erwartet. Auch alle meine Freundinnen und Freunde waren gut und brav. Das hat mit meiner Religion, dem Mormonentum zu tun. Daher gibt es kaum Bösewichte in meinen Romanen. Und falls doch, haben sie gute Gründe dafür, böse zu sein. Ich finde, die Welt ist nicht so voller Fieslinge.« Das spricht für Stephenies Zuversicht, die auch in den Romanen zum Ausdruck kommt. Bei ihr sind meistens Machtstreben und Rache die Motive für Gewalt.

Und zuletzt die Gretchenfrage: Warum Vampire? »Die Faszination, die Vampire auf mich ausüben, hat mit ihrer dualen Gestalt zu tun. Die Menschen gruseln sich ja gerne. Daher rührt der Erfolg von Horror-Büchern und -Filmen: Zombies, Hexen usw. sind gemeinhin schreckliche Gestalten. Wir fürchten sie. Vampire fürchten wir auch, denn sie wollen uns töten. Andererseits bewundern wir sie, denn sie besitzen viele Vorzüge. Sie bleiben für immer jung, sie sind meistens schön und attraktiv, intelligent, sensibel, leben in Schlössern und vieles mehr. Wir wollen, was sie haben, aber wir haben Angst vor dem, was sie wollen.«

Anschließend unterhalten wir uns über das Schreiben.

Stephenie hat englische Literatur studiert und ist eine Viel-Leserin. Sie weiß, wovon sie spricht und was sie tut: »Ich arbeite nie mit Absicht wichtige Themen in meine Romane ein. Ich betrachte meine Bücher nicht als Gefäße für Ansichten oder Überzeugungen, die ich mit meinen Lesern teilen könnte. Nein, meine Bücher schreibe ich allein zur Unterhaltung meiner Leser. Und ich freue mich, wenn die Leser daran Freude haben. Es stört mich aber auch nicht, wenn sie nach der Lektüre neue und schönere Vorstellungen von der Liebe haben.«

Und wie nebenbei hat Stephenie eine neue Gattung von Vampiren geschaffen. Ich will wissen, ob sie daran im Nachhinein etwas ändern möchte. »Nein, ich würde es wieder genau so machen. Es macht mehr Spaß, etwas Eigenes zu erfinden – ich kenne ja gar nicht die ganze Vampir-Mythologie. *It's all fun.*« Stephenie betont, wie leidenschaftlich sie liest, selten Sachbücher, lieber die Romane, auf die auch die Vampirsaga verweist. Sie erzählt vom Literaturstudium und betont, dass sie nicht Creative Writing studiert hat. »Für mein Studium musste ich nur einen Kurs mit Creative Writing belegen, und da habe ich Poesie gewählt. Den habe ich auch besucht, aber ich habe nur so getan, als ob ich mitmachen würde.« Sie erzählt, dass sie sich immer schon Geschichten ausgedacht hatte, aber der Meinung war, diese seien nicht gut. Mit achtzehn Jahren hat sie schließlich einige Gedichte geschrieben. »Meine Eltern meinten, es wäre gut, wenn ich Tagebuch führen würde. Also schrieb ich, aber lustlos und nur, um die Belohnung, den Führerschein, zu bekommen. Ich war wütend, dass sie mich dazu zwangen, aber ich machte mit. Dementsprechend negatives Zeug habe ich hinein geschrieben. Na ja, ich vermute, Teenager neigen zu solchen Ausfällen.«

Mein Gespräch mit der Schöpferin von Bella und Edward bildet die Basis meiner Überlegungen zur Vampirsaga. Stephenie hat mir viel verraten, Dinge, die nicht auf ihrer oder anderen Websites zu lesen sind. Und doch war es mir im Gespräch nicht gelungen, so tief in ihre Gedankenwelt vorzudringen, wie ich es mir vor der Begegnung erhofft hatte. Immer wenn ich versuchte, die vielen ernsten Themen in ihren Büchern anzusprechen, wich sie mir aus. Mir schien plötzlich, als hätte Stephenie eine besondere Ähnlichkeit mit Bella: Niemand kann ihre Gedanken erraten und schon gar nicht lesen. Stephenie kann, ähnlich wie die verwandelte Bella im vierten Band, einen Schutzschild aufbauen, den keiner durchdringen soll – nicht die Volturis und schon gar nicht ein Bardola. Aber diese Abwehr Stephenie Meyers hat ihr Gutes. Sie verweist die Leser weg von ihrer Person und ihrem Leben, zurück zu den Büchern. Nur daraus, aus der Geschichte selbst, sollen Schlüsse gezogen werden. Also kehre ich zurück zu den Anfängen und erinnere mich an meine erste Begegnung mit der Vampirsaga.

Bella und Edward – Das Geheimnis der unsterblichen Liebe

Stefanie Perstat arbeitet in einer Buchhandlung in Essen. Mit ihrem Freund Patrick und etwa 3000 Büchern wohnt sie in Oberhausen. Wenn sie nicht gerade liest oder auf Reisen ist, schreibt sie Artikel und Rezensionen für Fachzeitschriften und häuft Kleinkram über Wellenreiten und Hawaii, ihre weiteren Leidenschaften, an. Sie hat mir im Frühling 2006 ihre Reaktion auf den ersten Band der Vampirsaga geschrieben. Es war ein erstes beeindruckendes Zeugnis der Meyer-Sucht in Deutschland: »Oh weh, schon wieder ein Vampirroman – Anne Rice für Teenies!«, klagte die erfahrene Buchhändlerin. »Dieses Seufzen ging wohl durch die gesamte Leserschaft, als Stephenie Meyers *Biss zum Morgengrauen* ausgeliefert wurde. Doch alleine die gelungene Covergestaltung und der geheimnisvoll knapp gehaltene Klappentext ließen erahnen, dass mehr Spannung zwischen den Buchdeckeln steckte, als wir nach unzähligen Bänden Darren Shan erhoffen durften. Und so war ich nach langem Drängen meiner Kollegin doch dazu bereit, mir ein Leseexemplar des Verlags auszuleihen, um es nur zwei Tage später gelesen wieder einzureichen und sofort mein eigenes Exemplar vom Verlag zu erbitten.

Ich wollte und konnte nicht mehr ohne Edward sein, Bella

war meine beste Freundin geworden und ich spürte den Nieselregen von Forks in Oberhausen auf meine Haut tröpfeln. Das englische Hörbuch und die originalsprachige Taschenbuchausgabe folgten nahtlos und würde ich in Arizona leben, ginge ich auf ›I love Edward‹-Parties und trüge T-Shirts mit gleichnamigem Aufdruck.

Was als Teenie-Entwicklungsroman beginnt (die Protagonistin Bella zieht von Phoenix, Arizona, zu ihrem Vater in die verregnete Kleinstadt Forks und wird dort zum Schwarm ihrer Klassenkameraden), entwickelt sich zügig, aber ohne Stolpersteine und erzwungene Ereignisse, in eine Liebesgeschichte, die auf der Haut prickelt wie Sonnenstrahlen oder Edwards verbotene Küsse.

Bella, die nämlich eigentlich die freie Auswahl an Jungs in ihrer Klasse hätte und sich mehr oder minder mit den Avancen ihrer Altersgenossen herumschlagen muss, kostet schon nach kurzer Zeit die verbotene Frucht Edward Cullen, den überirdisch schönen, oft seltsam distanzierten Jungen, mit der wechselnden Augenfarbe, der mit seinen (Halb-)Geschwistern erst ihre Träume und dann ihr Leben heimsucht. Zwischen beiden entwickelt sich nach kurzem Zögern eine Leidenschaft, die für Bella tödlich enden könnte: Edward ist ein Vampir und allein seine Liebe zu der sterblichen Bella lässt ihn sich mit aller Kraft zurückhalten, sie nicht zu seiner ewigen Gefährtin zu machen. Doch will Bella ihn alleine ziehen lassen? Ist es dafür nicht längst zu spät?

Eindrucksvoll und sprachlich atmosphärisch dicht wie Shakespeares *Romeo und Julia* wird diese Liebesgeschichte in Stephenie Meyers Erstlingswerk geschildert. Ein wahrer Pageturner ist dieser Roman, denn während man bekannte und bewährte Highschool-Elemente als Rahmenhandlung wiederfindet, ist die Vampirgeschichte so erzählt ein Novum, ohne schwülstig beschriebene Liebesakte oder Blutrunst. Jede Seite spiegelt Schmerz und Sehnsucht wider, ohne kitschig zu sein. Man lacht und weint und dürstet nach jeder weiteren Seite und jedem weiteren Treffen wie Edward nach Bellas Blut und Bella nach dem ewigen Leben mit ihm. Man zweifelt mit ihnen, wissend ob der Gefahren, aber ohnmächtig sich dagegen zu stellen. Die Sprache ist dabei so unverblümt und poetisch, realistisch und zeitgemäß, dass alle Ereignisse ihre drohende Gefährlichkeit verlieren und der Gedanke an Vampire mitten unter uns zur süßen Versuchung avanciert.«

Damit ist die Ausgangslage treffend beschrieben. Aber was bewirkt nun, dass so viele Buchhändlerinnen schon bei Erscheinen des ersten Lesseexemplars nach jedem weiteren Treffen Bellas und Edwards dürsteten und diese unbekannte Autorin so begeistert empfahlen, dass ihre Bücher sich rasch zu internationalen Bestsellern entwickelte?

Als meine unvoreingenommene Begleiterin, die noch nie eine *Biss*-Zeile gelesen hatte, aus dem Kinofilm kam, rief sie fassungslos: »Wieso *will* sie ihn?«. Dabei betonte sie das Verb und meinte die etwas nervös mit den Augen zwinkernde Bella-Darstellerin Kirsten Stewart und den ziemlich statuenhaft wirkenden Edward-Darsteller Robert Pattinson. »Wieso will *sie* ausgerechnet *ihn?«* Das ist eine der Kernfragen der Vampirsaga sowohl für den Film als auch für die Bücher: Liebe, Leidenschaft, Freundschaft. Was entsteht wann, bei wem und warum? Die Grenzen sind fließend.

Um die verschiedenen Gefühle Bellas besser zu verstehen, hilft ein Blick auf Bellas Wortwahl bei der Beschreibung Edwards. Folgende Eigenschaften machen Edward, den »traumhaftesten Menschen der Welt«, so unwiderstehlich in Bellas Augen:

Edward erscheint Bella zunächst als jungenhaft und bleich.

Edwards Bewegungen sind auffallend elegant.

Edwards Gang ist geschmeidig.

Edwards Gesicht ist umwerfend und überirdisch schön, wie auf den Hochglanzseiten von Modemagazinen oder auf Gemälden alter Meister; wie die Figur aus einem Film. Ein Engelsgesicht; ein himmlisches Gesicht; schlichtweg zu schön, um wahr zu sein. Das größte Kompliment, das Bella Edwards Gesicht machen kann, ist, dass es sie davon abhält, den Körper anzustarren. Ein Gesicht, für das jedes männliche Model der Welt seine Seele geben würde.

In seltenen Momenten können sich seine Gesichtszüge allerdings auch dramatisch verändern und plötzlich »eine Maske tiefer, uralter Traurigkeit« formen. Sein Gesicht kann auch »hart und statuenhaft« werden.

Was macht nun diesen außerordentlichen Kopf aus? Bella bleibt keine Antwort schuldig.

Edwards Haare sind bronzefarben und oft verwuschelt. Wenn sie nass und zerzaust sind – in Forks beinahe alltäglich und -nächtlich –, dann aber so, als hätte er gerade in einer Werbung für Haarstyling mitgespielt.

Edwards Stirn ist sanft gebogen.

Edwards Wimpern sind schwarz, dicht und lang; manchmal werfen sie lange Schatten auf seine Wangen.

Edwards Augen sind dunkel; variierend von matt Schwarz zu einem eigenartigen Ocker, dunkler als Karamell, aber mit derselben goldenen Tönung bis hin zu tiefgolden bzw. zu goldenem Karamell oder einfach nur golden; manchmal ist der Farbton seiner Augen auch wie Honig; juwelengleiche Augen; sie können warm sein wie flüssiges Gold; sie können glühen; hypnotische Augen und potenziell tödlich; manchmal sind Edwards Augen hart wie Eis; darunter befinden sich dunkle Schatten – manchmal violett, wie von einem Bluterguss.

Edwards Wangenknochen sind ausgeprägt.

Edwards Nase ist perfekt geformt, gerade und schmal.

Edwards Lippen sind weich geschwungen und voll. Sie sind hart wie Marmor und doch sanft. Sie sind so glatt wie poliert.

Edwards Zähne bilden zwei perfekte, blendend weiße Reihen.

Edwards Zunge ist eiskalt, wenn sie vor und nach dem Küssen die Linie von Bellas Lippen nachzeichnet.

Edwards Kinn ist markant.

Edwards Unterarme sind überraschend hart und muskulös.

Edwards Brust ist wohl geformt, muskulös und hart wie Marmor.

Edwards Finger sind lang und blass.

Edwards Haut ist irisierend und glatt wie Seide und kühl wie Stein. An der Innenseite seiner Unterarme sind blasse Muster seiner bläulichen Adern zu sehen.

Edwards Kleider beschreibt Bella selten. Bei ihrem ersten gemeinsamen Dinner in Port Angeles trägt Edward eine hellbraune Lederjacke und einen eng anliegenden, elfenbeinfarbenen Rollkragenpullover, der seine muskulöse Brust betont.

Insgesamt spricht Bella von einem makellosen Aussehen; Edward ist so schön wie ein Traumwesen mit einer fast magnetischen Anziehungskraft. Sie kann nichts an ihm finden, was verbesserungswürdig wäre, er ist zu vollkommen. Bella bezeichnet Edward als eine gottgleiche Kreatur.

Dazu tragen auch seine Eigenschaften bei:

Edwards Stimme kann unwiderstehlich, sanft und seidenweich sein. Manchmal klingt sie wie flüssiger Honig, manchmal wie »ein einziger, knisternder Lockruf«, worauf Bella entweder zu atmen vergisst, ihr Herz wild schlägt, sie in Gefahr gerät, zu hyperventilieren oder einfach in Ohnmacht zu fallen – was auch bei den ersten Küssen geschieht.

Wenn Edward sein selbst komponiertes und Bella gewidmetes Schlaflied summt, empfindet sie seine Stimme als fast engelsgleich.

Edwards Atem verursacht Bella ebenso Schwindelgefühle, denn er ist von exquisitem Duft und haftet auch an seinen Kleidern, nur weniger konzentriert. Wenn Edwards Atem ihr Gesicht trifft, betäubt sie das wohlig, er vernebelt ihre Gedanken. Es handelt sich um einen süßen Duft, der keinem gleicht, den Bella kennt.

Edwards Geruchsinn seinerseits ist so ausgeprägt, dass er jedem Menschen einen eigenen Geruch zuordnen kann. Bella duftet einzigartig und löst in ihm das heftige Verlangen aus, seinem Naturell als Vampir nachzukommen. Es dauert viele qualvolle Wochen, bis er sich unter Kontrolle hat. Doch Rückfälle gibt es immer wieder. In der ersten Zimmer-Szene bei Bella gerät er bei Zärtlichkeiten wieder in Versuchung, obwohl er kurz davor meinte, genügend desensibilisiert zu sein. Er versucht Bella sein Problem mit einer Alkohol-Metapher zu erklären. Dass er dem Wein entsage, bedeute nicht, dass er das Bouquet nicht zu schätzen wisse. Bella habe einen blumigen Duft nach Lavendel oder Freesien.

Edwards Lächeln kann schockierend verführerisch sein.

Edwards Handschrift ist so klar und elegant, dass sie Bella einschüchtert und sie daran hindert, mit ihrem »stümperhaften Gekrakel« auf dasselbe Blatt zu schreiben, auf das zuvor Edward geschrieben hat.

Edwards Wortwahl ist ausgesprochen elegant und passt besser in einen Fin-de-Siècle-Roman als in ein Klassenzimmer des 21. Jahrhunderts. Manchmal formuliert er auch »wie ein Ritter aus einem vergangenen Jahrhundert«.

Edwards Klavierspiel führt dazu, dass sich Bella völlig belanglos fühlt. Edwards Finger fliegen rasant über die Tasten und füllen den Raum mit einer komplexen und opulenten Komposition, zu der ihn Bella inspirierte.

Das Thema Musik taucht später in diesem Buch wieder auf. Eine ausführlichere Würdigung verdient jetzt:

Edwards hypnotisierender Blick. Dieser kann eine überwältigende Kraft entfesseln. Bella empfindet Edwards Blick unter anderem als Naturgewalt. Manchmal spricht sie von »glänzenden Topasaugen«. Manchmal reizt Edwards Blick Bella »bis aufs Blut« (sic!). Und manchmal kann sie seinen Blick nicht deuten. Bevor hier die außerordentliche Dynamik der Blickwechsel zwischen Edward und Bella betrachtet wird, sei jetzt noch etwas anderes erwähnt:

Edward im Licht. Sonnenschein kann sich Edward nur aussetzen, wenn er alleine ist oder der Beobachter ein Eingeweihter ist. Als er sich das erste Mal Bella im Licht zeigt, ist das für sie ein Schock: Seine Haut wird blütenweiß und glitzert, als seien in sie unzählige winzige Diamanten eingelassen. Eine Statue der Vollkommenheit, gemeißelt aus einem unbekannten Stein: so glatt wie Marmor, so glänzend wie Kristall.

Entgegen aller Befürchtungen fällt es Edward leicht, trotz des Lichts in ihrer Nähe »er selbst« zu sein – wer immer er ist …

Und wie sieht Edward im Schein des Verandalichtes vor Charlies Haus bei starkem Regen aus? Ja, wie ein Regenmantel-Model!

Edwards Alter. Stephenie Meyers Vampir-Saga ist aus vielen Gründen lesenswert. So ist das Thema Alter und Tod allgegenwärtig in den aktuellen Debatten um die Überalterung unserer Gesellschaft. Die Vampirsaga trägt spielerisch dazu bei, sich – auch ernsthafte – Gedanken um den letzten Lebensabschnitt zu machen.

Wenn Edward nach Bellas Alter fragt und seine Stimme dabei aus einem für Bella noch unbekannten Grund niedergeschlagen klingt, ahnen die Leser schon, was der Auslöser für seine Traurigkeit ist.

Auf der Fahrt von Port Angeles zurück nach Forks (nach dem bereits erwähnten improvisierten ersten Date von Port Angeles und der Fast-Vergewaltigungsszene) wird das Thema um Edwards Alter erstmals angesprochen. Er sei siebzehn, sagt Edward. Schlagfertig und dank ihrer Internet-Recherche gut vorbereitet fragt Bella, wie lange er schon siebzehn sei. »Eine Weile«, gibt Edward zu. Wenig später erfährt Bella, dass Carlisle vor kurzem seinen dreihundertzweiundsechzigsten Geburtstag gefeiert hat.

Mehrfach versucht Bella Edward klar zu machen, dass sie altert, dass mit jeder Minute ihr Tod näher rückt (am deutlichsten zu Beginn des zweiten Bandes anlässlich ihres achtzehnten Geburtstages), und dass sie sich dadurch voneinander entfernen werden. Sie hätten die Möglichkeit, das zu ändern. Edward müsse sie verwandeln, doch Edward nennt sein Dasein eine »Ewige Nacht« und die will er Bella ersparen.

Edward Superman oder Batman oder Spiderman – Edward jedenfalls als Held mit unvorstellbaren Kräften und Eigenschaften: Edward kann beispielsweise dem Geruch von Menschen folgen, kann sehr gut auch auf große Distanz sehen und ist nahezu unverwundbar. In diesem Zusammenhang besitzt Edward zwei weitere wichtige Eigenschaften, die ihn für Bella sehr attraktiv machen. Er kann Gedankenlesen und er kann Personen im Umkreis von einigen Meilen finden, vorausgesetzt, er hat schon einmal ihre Gedanken gehört oder gesehen. Es handelt sich bei Edward um eine Form von Telepathie, die er auf alle Menschen anwenden kann, nur nicht auf Bella. Sie ist, wie oben schon angedeutet, immun gegen Edwards Gedankenlesen. Da sich menschliche Talente nach der Verwandlung in einen Vampir sehr viel stärker ausprägen, führt dies zu jenem Schutzschild, der im finalen und wunderbarerweise lediglich mentalen Showdown gegen die Volturi-Vampire am Ende des vierten Bandes (da fließt ausnahmsweise kein Blut) die Cullens und ihre Freunde und Verbündeten vor telepathischen Angriffen bewahrt.

Je vertrauter Edward eine Stimme ist, desto weiter kann er sie hören. Nur eben nicht die Bellas. Edward weiß nicht, warum er Bellas Gedanken nicht lesen kann. Er vermutet, dass ihr Gehirn anders arbeitet. Es ist, als würden ihre Gedanken auf Langwelle gesendet, er kann aber nur Kurzwelle empfangen. Edwards Telepathie macht ihn für Bella in mehrfacher Hinsicht attraktiv – und umgekehrt. Er kann also beispielsweise Charlies Gedanken lesen, so dass Bella immer schon im Voraus weiß, wie sie sich ihrem Vater gegenüber verhalten soll. Sie hingegen kann Geheimnisse vor Edward bewahren, was ihn manchmal ärgert, sich in Gefahrensituationen aber als hilfreich erweist. Bella ist also trotz ihrer offensichtlichen Durchschnittlichkeit für Edward einzigartig.

Belauscht oder sucht Edward niemanden, so hört er ein Hintergrundrauschen aus Stimmen, das er die meiste Zeit ausblendet. Denn diese Fähigkeit bereitet ihm auch Sorgen. Es besteht die Gefahr, dass er jemandem auf seine Gedanken und nicht auf seine Worte antworten könnte.

Den Lesern bereitet Edwards Talent viel Vergnügen, da

er so beispielsweise Bella bei ihren Gesprächen mit anderen Menschen indirekt kontrollieren kann, indem er die Gedanken derjenigen liest, die gerade mit ihr sprechen. Damit eröffnen sich ganz neue Formen der Kommunikation – bis hin zur sogenannten Rudelgrammatik, da auch die Werwölfe in verwandelter Gestalt Gedankenlesen können.

Die zweite herausragende »Superman«-Eigenschaft ist Edwards Kraft kombiniert mit Schnelligkeit. Die erste große Demonstration findet auf der Lichtung in jenem legendären Initiationskapitel statt. Im Bruchteil einer Sekunde umrundet Edward die Wiese. Mühelos bricht er einen fast meterdicken Ast vom Baum, balanciert ihn auf der Handfläche und schleudert ihn dann mit Wucht gegen den Stamm eines anderen Baumes. Edward – das perfekte Raubtier. Damit lässt er Bella hinter seine Fassade blicken. Sie jedoch empfindet seinen Gewaltausbruch weniger beängstigend als betörend und ihn selbst dabei noch schöner.

Edward-Superman rettet Bellas Leben zum ersten Mal (und danach immer wieder) auf dem vereisten Schülerparkplatz der Highschool von Forks. In einer blitzschnellen, für das menschliche Auge nicht nachvollziehbaren Aktion, die – vor allem auch in der Verfilmung – stark an Superman-Szenen erinnert, befördert Edward Bella aus der Gefahrenzone, die ihren sicheren Tod bedeutet hätte.

Edward-Superman tritt auch beim Waldlauf in Aktion, als er die fußlahme Bella huckepack nimmt. Bella hat das Gefühl, sie klammere sich an einen Felsen und zum ersten Mal empfindet sie in seiner Gegenwart Todesangst. Denn Edward fliegt nahezu durch das dunkle und dichte Unterholz des Waldes, »wie ein Geschoss oder ein Geist«. Es geschieht geräuschlos, Edwards Atem ist dabei gleichbleibend ruhig. Es ist ihm nicht die geringste Anstrengung anzumerken.

Nach diesem Ritt, bei dem die Äste lebensgefährlich vorüberziehen und die beiden nur um Zentimeter verfehlen, wird es Bella schlecht und bei kommenden Gelegenheiten wird sie die Augen schließen und fast nichts vom rasenden Lauf wahrnehmen.

Wenn also Edward ein vollendeter Romeo und zugleich Superman ist, wie kann Bella eine Julia sein und dagegenhalten? Wieso will *er* sie? Was macht *ihre* Anziehungskraft aus? Bella findet sich so mittelmäßig, dass sie daran zweifelt, für einen wie Edward geschaffen sein zu können. Seine Kraft und seine Schönheit versetzen Bella immer wieder einen Stich und machen sie traurig. Wenn Edward das merkt, treten Spannungen zwischen den beiden auf.

Obwohl sich Bella selbst als durchschnittlich charakterisiert – auch ihre äußerlichen Reize –, nimmt ihre Umwelt sie deutlich attraktiver wahr. Warum sie auf Edward so anziehend wirkt, hat nur wenige, aber offenbar sehr starke Gründe: Erstens kann Edward – wie beschrieben – ihre Gedanken nicht lesen. Zweitens verhält sie sich sehr oft anders, als er es erwartet, obwohl er große Menschenkenntnis besitzt. Und drittens riecht sie unwiderstehlich.

Der nicht nachlassende Wunsch

»Wieso sind die beiden füreinander geschaffen?«, fragte meine Begleiterin. Hätte sie nicht nur den Film gesehen, sondern auch die Bücher gelesen, verstünde sie die Anziehungskraft, die Edward, der wunderschöne Superman und Lebensretter, auf Teenager ausübt, vielleicht besser.

Zurück zu Edwards Blick: Die erste zögerliche Annäherung zwischen Edward und Bella findet über Blickwechsel statt. Als Edwards Blick zum ersten Mal zu Bella huscht, schaut er schnell wieder weg, viel schneller, als Bella wegsehen konnte, obwohl sie sofort verlegen ihre Augen niederschlug.

Der erste Blickwechsel besteht also darin, dass beide blitzschnell wegschauen. Bella kommentiert ausführlich diese ersten wortlosen Begegnungen, denn sie geben ihr Rätsel auf. Zunächst wirkt Edwards Blick desinteressiert, doch schon beim zweiten Blickwechsel ändert sich das. Edwards Blick scheint eine Art unbefriedigte Erwartung, eine leichte Frustration, auszudrücken. Beim dritten Mal ist Edwards Blick feindselig. Beim vierten Mal stechend, ja hasserfüllt. Kein Wunder, dass Bella irritiert ist. Bella und Edward kennen sich noch nicht, aber ihre Blickbegegnungen durchlaufen dramatische Phasen. Und die Leser fiebern mit, wie sich dieser stumme Kontakt weiterentwickeln wird. Einerseits entspricht der Blickkontakt vor allem bei Bella dem bekannten Muster erster Liebe: Auf das erste Erkennen einer Seelenverwandtschaft folgt das schüchterne, gar ängstliche Wegschauen, um dann zu prüfen, ob der erste Eindruck getäuscht hat. Aber Edwards Verhalten durchbricht dieses Schema. Die Leser ahnen warum. Das mindert nicht im Geringsten das Lesevergnügen, im Gegenteil.

Edwards Blick kann »glühend« und von »überwältigender Kraft« oder schlicht »unbeschreiblich« sein. Bei den Auseinandersetzungen nach dem Beinahe-Crash mit Taylors Van, der Bella beinahe zerquetscht hätte, funkeln sich Edward und Bella böse an. Es fällt ihr schwer, Edwards zornigem und herrlichem Gesicht zu widerstehen: »Ebenso gut hätte ich mich auf ein Blickduell mit einem Racheengel einlassen können«, denkt Bella. Sie fühlt sich bei den Blickwechseln fast immer unterlegen, wie unter Hypnose, unfähig, ihren Blick abzuwenden. Das führt beispielsweise zur Formulierung: »Als seine Augen mich freigaben …«

Edward kann Bella also mit seinen Augen gefangen halten. Vor allem dann, wenn er forschend, neugierig und etwas frustriert schaut, weil er Bellas Gedanken nicht lesen kann.

Die Fernflirts zwischen Bella und Edward sind authentisch und mitreißend, sehr detailliert und gefühlvoll geschrieben. Hier zeigt sich die Qualität der Geschichte, die komplexer und deutlich überzeugender ist als andere Highschool-Lovestories.

Fast von Beginn an hat Bella gleich drei Verehrer: Eric, Mike und Tyler. Sie bezeichnet die drei als »unerwünschte Bewunderer«. Edward, der Einzige, der sie interessiert, scheint Bella hingegen zu meiden wie der Teufel das Weihwasser.

Zu Beginn des fünften Kapitels im ersten Band führt Edwards Blick eine Charaktereigenschaft des Vampirs ein, mit der Bella – und mit ihr die Leser – sich noch lange Zeit beschäftigen wird. Sie gehört nicht in die Kategorie »Superman«, sondern wirkt sehr menschlich: In der Szene sitzt Edward in der Cafeteria der Highschool von Forks an einem leeren Tisch. Verschmitzt grinsend schaut er Bella an und als sich ihre Blicke treffen, hebt er die Hand und »… winkte mich zu sich.« Alles geschieht auf Distanz, ohne Worte. Bella geht zu ihm hin und er fragt lächelnd, ob sie Lust habe, ihm Gesellschaft zu leisten. Später in Port Angeles beim schon erwähnten ersten Dinner kommandiert Edward, Bella solle sich im Auto anschnallen. Stephenie benutzt das Wort »kommandiert« und Bella gehorcht sofort. Dasselbe im Restaurant: »Sein Gesichtsausdruck ließ keinen Zweifel daran, dass die Diskussion beendet war. Mit einem resignierten Seufzen …« gehorcht Bella.

Ist Edward Cullen ein Macho? Edwards makelloses Aussehen lässt Bella bei Auseinandersetzungen immer wieder verstummen. Manchmal will Bella ihn wütend anschauen, aber das fällt ihr schwer. Andererseits ergreift sie bei den ersten Flirts die Initiative: Im Restaurant in Port Angeles ist es Bella, die beim Abendessen vorsichtig seinen Handrücken mit ihren Fingerspitzen anfasst und dabei wieder erschrocken feststellt, dass seine Haut kalt ist und hart wie Stein. Im Biologie-Unterricht, wo Bella und Edward nebeneinander sitzen, hatte Edward erstmals ihre Hand berührt. Sie war eisig kalt und löste bei Bella einen Schmerz aus, als hätte Edward ihr einen Stromschlag versetzt.

Erst im letzten Drittel des ersten Bandes zeigt Bella, was in ihr steckt. Sie erwartet, dass Mann und Frau in einer Beziehung einander ebenbürtig sind. Nicht der eine rettet immer den anderen. Sie müssen sich gegenseitig retten können. Deshalb ihr nicht nachlassender Wunsch, ein Vampir zu werden, der fortan die Saga bestimmt.

Schüchtern, naiv und altmodisch?

Der erste Kuss ist nicht sehr romantisch: Edward will es einfach probieren. Bella merkt, wie er ihr Gesicht in seine Hände nimmt und zögert, aber nicht auf die übliche, die menschliche Art. Also nicht so, wie ein Mann zögert, um ihre stumme Zustimmung zu bekommen, nicht um die Erwartung zu verlängern, »die manchmal besser ist als der Kuss selber«, so Bella.

Edward zögert, um sich zu testen, um zu prüfen, ob er seine Begierde unter Kontrolle hat.

Als Edwards kalte, marmorne Lippen auf ihre treffen, kommt es zu einer überraschenden Reaktion – Bella keucht, greift seine Haare, zieht ihn an sich, öffnet ihre Lippen und saugt seinen Duft ein. Das irritiert Edward so sehr, dass er zunächst wieder Abstand braucht.

Noch schwankt er, unsicher, ob es ihn überwältigen könnte, ob es übermächtig wird, ob er die Kontrolle verlieren könnte, ob er anfällig ist oder ob er stark genug ist, seinem Blutdurst zu widerstehen. Später weiß er, es ist reine Willenssache. Er desensibilisiert sich. Hat Bellas Geruch den ganzen Tag im Kopf.

Was Stephenie Meyer wunderbar schildert, ist »die Herrlichkeit der ersten Liebe«, von der man oft liest oder sie in Filmen sieht und die dann in Wirklichkeit doch anders, gewaltiger ist. Zu dieser ersten Liebe gehören auch die Unsicherheiten und Irritationen: Edward gesteht seine Eifersucht auf Mike ein. Bella erweckt sein menschliches Empfinden. Obwohl er seit fast hundert Jahren unter seinesgleichen und unter Menschen lebt, hatte er nie das Gefühl, nicht komplett zu sein. Er hatte keine Ahnung, dass er etwas suchte.

Wäre Edward nicht ein Vampir, könnte man sagen, dass er sich auf Identitätssuche befindet. Edward erinnert sich an seine Jugend als Mensch. Damals fühlte er sich bereits als Mann, der aber nicht auf der Suche nach einer Frau, sondern darauf erpicht war, Soldat zu werden. Nach der Verwandlung in einen Vampir durch Carlisle wurde er aber nicht Soldat und blieb zum Kummer seiner »Eltern« Esme und Carlisle jahrzehntelang allein – trotz mehrerer Verkupplungsversuche und vieler Verehrerinnen. Biss, ja bis er Bella sieht und riecht. Bemerkenswert ist, dass es dadurch nicht nur für Bella, sondern auch für Edward das erste Mal ist, dass er sich verliebt. Und so ist er in vielen Momenten der Annäherung mindestens ebenso unsicher wie Bella.

Esme und Carlisle freuen sich sehr, dass er sich endlich verliebt hat. Sie sind glücklich, dass Edward glücklich ist. Nach den Jahrzehnten der Enthaltsamkeit waren sie besorgt, Edward könnte bei seiner Verwandlung durch Carlisle noch zu jung gewesen sein, so dass ihm deshalb »etwas Wesentliches fehle«. Was die Zieheltern Edwards damit genau meinen, wird nicht gesagt. Aber diese Andeutung im ersten Band ist einer der ersten Hinweise darauf, dass es in der Vampirsaga nicht nur bei harmloser Teenager-Romantik bleiben wird.

Nachdem Edward eröffnet hat, dass er fast von Anfang an heimlich jede Nacht bei ihr verbracht hat, findet die erste bewusste gemeinsame Nacht in Bellas Zimmer statt. Ihr Schlafanzug besteht aus einem löchrigen T-Shirt und einer grauen Jogginghose. Beide sitzen auf Bellas Bett und tauschen Zärtlichkeiten aus. Dabei wagt Bella zu fragen, wie das bei Vampiren mit Heirat und Ehe sei. Im Grunde dasselbe wie bei den Menschen, antwortet Edward. Menschliche Verlangen hätten die Cullens auch, sie würden aber durch stärkere Verlangen überdeckt. Ohne dass das Wort fällt, fragt Bella nach Sex. Edward schließt die Möglichkeit aus, weil Bella so zart und zerbrechlich ist. Ein hastige Bewegung, schon könnte er sie schwer verletzen. Also darf er in ihrer Nähe nie die Kontrolle verlieren. Deshalb scheint Sex für die beiden in dieser Konstellation ausgeschlossen zu bleiben.

Beide gestehen sich, dass sie noch nie Sex hatten. Weil er die Gedanken der anderen Menschen kennt, weiß Edward, dass Liebe und Lust nicht immer Hand in Hand gehen. Erst im vierten Band, der nicht mehr für Leser ab zwölf Jahren, sondern eher für Leser frühestens ab fünfzehn Jahren zu empfehlen ist, wird diese Spannung aufgelöst.

Die ersten Amouren, wie sie sich zu Beginn auf dem Gelände der Highschool von Forks ereignen, sind von großer Unschuld geprägt. Siebzehnjährige Schüler, die mit ihren eignen Autos zu dem eigens für sie vorgesehenen Parkplatz zur Schule fahren, flirten sehr viel schüchterner als beispielsweise Vierzehnjährige in vergleichbaren Jugendromanen – und in der Realität. Das hängt offensichtlich mit Bellas und Edwards Charakteren – schüchtern und naiv die eine, altmodisch im Wortsinn der andere – und letztlich natürlich mit Stephenies Denkweise zusammen, die schon im Gespräch zum Ausdruck kam.

AMOUR FOU

Zurück zu Bellas Naivität: Bella staunt darüber, dass sich Eric und Mike für sie interessieren und wegen ihr sogar eine Rivaliät zwischen ihnen entsteht. In Phoenix interessierten sich die Jungs nicht für sie. Bella erklärt sich das damit, dass die Jungs zu Hause ihre »verschiedenen peinlichen Phasen der Pubertät« mitbekommen hatten und in ihr immer noch das Mädchen von einst sahen. Zudem vermutet sie, dass die Jungs in Forks ihre Tollpatschigkeit nicht erbärmlich, sondern aus unerfindlichen Gründen liebenswürdig finden. Später kommt Tyler noch dazu – drei unerwünschte Verehrer. Von allen bekommt sie Einladungen zum Frühjahrsball.

Entweder sie verteilt Körbe, was schon mal zu Tränen bei den Jungs führen kann, oder sie hilft anderen Paaren etwas nach. Als Bella nämlich merkt, dass Jessica heimlich für Mike schwärmt, wird sie es anlässlich des Frühjahrsballs geschickt organisieren, dass die beiden zueinanderfinden. Ähnliches gelingt ihr mit der schüchternen Angela aus dem Bio-Unterricht, die sie mit Eric zusammenbringt, sowie mit Lauren und Tyler.

Trotzdem lassen sich die Verehrer von Bella nicht so leicht abschütteln. Tyler beispielsweise kündigt schon mal seine Einladung an Bella für den Jahresabschlussball an. Bella hatte bis zum Beginn der Vampirsaga keinen Freund. Jetzt hat sie drei zur Auswahl und einen vierten, der sehr anziehend und sehr geheimnisvoll ist.

Bemerkenswert ist in diesem Zusammenhang der Mutterblick Renées auf Bella und Edward zu Beginn des dritten Bandes. Sie beschreibt das Verhalten ihrer Tochter im Beisein Edwards so scharfsichtig und genau, wie es sich mancher Leser vielleicht schon vorgestellt hat, obwohl es Bella noch nicht so schildern konnte. Zunächst spricht Renée hellsichtig von einem Geheimnis, dass es zwischen Bella und Edward gebe. Und weiter davon, dass Bella sich ohne es zu merken Edward mit jeder Bewegung anpasst. Sie müsse sich mal sehen, Bella und Edward seien wie Magnete. Oder Bella sei wie ein Satellit, der um Edward kreise.

Renée trifft mit ihrer Beobachtung ins Schwarze, aber Bella lenkt ihre Mutter ab und äußert die Vermutung, sie lese wohl wieder Mystery-Krimis oder Science-Fiction.

Renée lenkt rasch ein, doch Bella hat wenig später ein schlechtes Gewissen, weil sie einmal mehr jemandem gekonnt die Zweifel an der Normalität ihrer Beziehung zu Edward genommen hat.

Wie ein Refrain zieht sich das Gefährliche, das Unmögliche, das Verbotene der Beziehung zwischen Bella und Edward durch die Vampirsaga. Es beginnt mit Edwards Abwehr der Freundschaft und setzt sich in unzähligen Szenen fort, in denen Edward der Versuchung, seiner Leidenschaft für Bella freien Lauf zu lassen, nicht erliegen darf.

Edward beteuert, dass ihm ihre Sicherheit wichtiger sei als seine Wünsche. Und freut sich dann aber schelmisch, als er feststellt, dass ihre Sicherheit seine Anwesenheit rund um die Uhr erfordere. Und schon spielt Bella wiederum mit dem Gedanken, sie könne sich absichtlich in Gefahr bringen, um seine Nähe zu erzwingen.

Die Beziehung folgt den Mustern einer Amour fou. Es macht das besondere Leseerlebnis aus, zu verfolgen, wie immer wieder versucht wird, das gewaltige Liebesbedürfnis zu stillen.

Über eine menschliche Amour fou hinaus gewinnt die Beziehung so eine immense Dynamik, die sich in Tausenden von Facetten immer wieder neu auflädt: Etwa beim Streit darüber, ob Edward es bereut, Bella das Leben gerettet zu haben.

Als sie sich endlich ihre Liebe gestehen, flüstert sie »Ich liebe dich« und er antwortet schlicht »Du bist mein Leben«.

Perfektion und Menschlichkeit

Doch über dieser Liebe hängt wie ein Damoklesschwert ihre Unmöglichkeit. Man könnte sie mit anderen »unmöglichen« Beziehungen vergleichen. Unter ähnlichen Schwierigkeiten wie Edward und Bella litten und leiden Paare, die aus verschiedensten Gründen den Konventionen nicht entsprechen (altersbedingte, ästhetische, soziale, religiöse Unterschiede, Geschwisterliebe, Homosexualität, Beziehungen über ethnische Grenzen hinweg usw.). Die Schwierigkeiten Bellas und Edwards werden sich in dieser Vampirsaga, die vor allem eine Liebesgeschichte ist, an vielen Stellen wiederfinden. Edward sagt einmal, er warte immer noch darauf, dass es passiert, dass einer von beiden etwas sehen oder erleben oder sagen werde, das der andere nicht ertragen kann. Dann würde dieser sich entsetzt abwenden, schreiend davonlaufen. Edward würde Bella nicht zurückhalten. Im Gegenteil, fast wünscht er es sich, damit Bella dann in Sicherheit wäre. Andererseits sehnt er sich danach, ständig bei ihr zu sein. Beides gleichzeitig geht aber nicht – ein Dilemma aller unmöglichen Beziehungen.

Die Stimmung zwischen Bella und Edward verschlechtert sich immer dann, wenn Bella zu deutlich zeigt, wie besessen sie von ihm ist. Es ist aber nicht nur die Frage nach Nähe: Das Zusammensein der beiden ist aus vielen Gründen sehr schwierig. Als beispielsweise Billy Black das erste Mal auftaucht, sagt Edward nur kurz angebunden »noch eine Komplikation« und trifft damit den Nagel auf den Kopf. Bella und Edward führen eine Beziehung, die geprägt ist von Komplikationen.

Edward und Bella, das ist eine komplexe Beziehung von Anziehung und Abstoßung. Von Nähe und Ferne. Wie oft bittet Edward darum, sie möge ihm aus dem Weg gehen. Wie oft leidet Edward darunter, dass er Bella nicht durchschaut, dass er ihre Gedanken nicht lesen kann. Das macht sie ja auch so interessant für ihn. Merke: eine geheimnisvolle Aura erregt das Interesse möglicher Partner. All das und mehr macht den Reiz dieser an Reizen überreichen Saga aus: Das Beziehungsmodell lässt sich auf viele verschiedene Partnerschaften im Alltag der Leser übertragen.

Was zudem Distanz schafft, ist Edwards manchmal sehr sachliche Art, Dinge zu betrachten oder Probleme zu analysieren. So fühlt sich Bella wie ein wissenschaftliches Experiment Edwards. Lange Zeit empfindet sie ihr Verhältnis zu Edward als eine Beziehung auf Messers Schneide und es ist nicht klar, auf welche Seite sie kippen wird. Das hängt allein von Edward ab. Sie hat sich entschieden, aber er zögert.

So einzigartig die Beziehung zwischen Edward und Bella auch ist, in vielen Aspekten lässt sie sich mit normalen Liebesbeziehungen vergleichen. Gerade im Hinblick darauf, dass Edward Bellas Gedanken nicht lesen kann. Damit stellt auch er die Frage, die sich frisch Verliebte so oft stellen: Was denkst du?

Bella hält sich und ihr Leben für durchschnittlich und langweilig und schweigt. Um so gesprächiger ist gezwungenermaßen Edward. Seine Berichte erinnern manchmal an tabuisierte Geständnisse eines Mannes und lassen an verborgene sexuelle Phantasien denken. Es sind zwar »nur« die verborgenen vampirartigen Verhaltensweisen Edwards, aber sie lösen Assoziationen aus, schließlich sagt Edward in einer erotisch aufgeladenen Situation: »Ich fühle wie ein Mann«.

Bei solch männlichen Beichten ist Bellas Reaktion bemerkenswert: Sie versichert Edward, dass es sie nicht störe (es kann noch so absonderlich sein), er solle sich nicht ständig Sorgen machen, sie zu kränken oder zu ängstigen. So denke er nun mal und sie verstehe das, oder sie versuche es zumindest.

Bella unternimmt zudem viel, um in den physischen Genuss seiner Perfektion zu kommen. Sie kennt aber – wie ein jungfräulicher Teenager beim Petting – ihre Grenzen, denn sie will nicht »seine Selbstbeherrschung überstrapazieren«. Problemlos ließe sich die Gefahr des Beißens, die von Edward ausgeht, zur »Gefahr« des Penetrierens, die von Männern ausgeht, verallgemeinern.

Edward selbst spricht von »dieser Begierde – der Durst dieses grauenhaften Wesens, das ich bin« und später noch von anderen Begierden, die ihm selbst noch fremd sind. Er ist es nicht gewöhnt, sich so menschlich zu fühlen.

Wellblechwerkstatt gegen Luxusvilla

Je größer die strukturellen Schwierigkeiten einer Beziehung – man denke an Romeo und Julia –, desto geringer die Akzeptanz. Es fehlt nicht an warnenden Stimmen, die Bella vor den Cullens schütze wollen. Sehr früh schon sagt beispielsweise Mike zu Bella, ihr neuer Freund Edward schaue sie an, als wäre sie etwas zu essen. Das sagt Mike ganz ohne Hintergrundwissen. Und natürlich haben sich Liebespaare oft zum Fressen gern und knabbern aneinander. Daraufhin ist Bella, wie so oft in der Anfangsphase, hin- und hergerissen zwischen einem hysterischen Anfall und einem frechen Kichern. Den Lesern erlaubt Mikes Bemerkung kurz die Bella-Perspektive zu verlassen und sich zu überlegen, ob Edward in Wirklichkeit – also von außen betrachtet – Bella tatsächlich anschaut wie ein Raubtier seine Beute.

Vor allem Billy Black warnt aus guten Gründen eindringlich vor der Freundschaft. Und nicht zuletzt ist Bella auch bei den Cullens umstritten. Die Beziehung zwischen Bella und Edward wird von den Cullens sehr unterschiedlich beurteilt: Carlisle, Esme und Alice sind die verständnisvollsten, Rosalie am ablehnendsten. Der erste Besuch bei der Familie Cullen macht das Dilemma deutlich und entspricht einer weiteren Stufe in der Geschichte eines schwierigen Liebespaares. Sie erhält besondere Dynamik durch starke Kontraste. Bella hat Angst, die Vampirfamilie könne sie nicht mögen. Sie hat dann aber das Gefühl, sie begegne einer Märchenfigur, als sie das erste Mal Esme, ihre potentielle künftige Schwiegermutter, sieht. Trotzdem schwebt stets Unheil über den Begegnungen, das dann aber erst zu Beginn des zweiten Bandes eintreten wird, als Jasper versucht, Bella anlässlich der Geburtstagsfeier zu ihrem achtzehnten Geburtstag zu töten. Ein kleiner Schnitt in Bellas Finger, verursacht durch das Geschenkpapier, führt zu einem Blutstropfen und zu einer Beinah-Katastrophe, die Edward und im Gefolge die gesamte Familie Cullen veranlasst, Forks zu verlassen.

Ganz anders als die Liebe zwischen Bella und Edward, aber durchaus auch erotisch ist die Beziehung zwischen Bella und Jacob. Die beiden kennen sich aus der Kindheit. Ihre Väter, Charlie und Billy, sind beste Freunde. Seit dem ersten Wiedersehen von Bella und Jacob zu Beginn des ersten Bandes herrscht ein Missverständnis zwischen den beiden. Um Einzelheiten über Vampire und Werwölfe zu erfahren, versuchte Bella ein wenig mit Jacob zu flirten. Daraufhin verliebte sich dieser in Bella. Diese Liebe nimmt bis weit in den vierten Band der Vampirsaga hinein kein Ende, im Gegenteil, sie wird immer stärker und verzweifelter. Erst Reneesme, Bellas und Edwards außerordentlich schnell wachsende Tochter, halb Mensch, halb Vampir, auf die Jacob geprägt ist, verändert das komplizierte Dreiecksverhältnis.

Bella empfindet viel für ihren Freund Jacob. Es sei Freundschaft, keine Liebe, versucht sie Jacob immer wieder klar zu machen. Allerdings ist die Freundschaft so stark, dass manchmal Bella selbst nicht mehr ganz sicher ist, wo sie die Grenze ziehen soll. Schließlich verbinden wundervolle Erinnerungen Bellas Schicksal mit dem Jacobs. Während Edwards Abwesenheit, im Interregnum, das einen großen Teil des zweiten Bandes einnimmt, kommen sie sich sehr nahe. Jacob ist verglichen mit Edward eher der Loser-Typ, aber er besitzt doch viele Eigenschaften, die Edward fehlen. Angefangen von der Körperwärme und der physischen Menschlichkeit, also einem schlagenden Herzen und der damit verbundenen Sterblichkeit, bis zu einer Art Spitzweg-Romantik, die von Jacob ausgeht: Das alte Sofa in einem kleinen Zimmer, die Werkstatt aus Wellblechwänden, warme Cola. Alles Defizite, die dank Jacobs Güte und Offenherzigkeit, dank seines gewinnenden Lächelns zu positiven Eigenschaften werden, die kein noch so extravaganter Luxus der Cullens, auch nicht ihre abgelegene und atemraubend schöne Villa auslöschen kann. Im Gegenteil: Sozial steht Bella ihrem Kindheitsfreund Jacob sehr viel näher als dem superreichen Edward.

Angemerkt sei, dass Stephenies Werwölfe sehr lange sehr jung bleiben, dann aber sehr alt werden können und am Ende sterben. Im vierten Band stellt sich sogar heraus, dass Jacob und sein Rudel gar keine »echten« Werwölfe sind, sondern wie ihre Vorfahren in der Lage sind, in verschiedene Gestalten zu schlüpfen. Eine Art Gestaltwandler also, die einmal mehr Stephenies innovative Kraft beim Fortschreiben alter Mythen beweisen.

Bella wird begleitet von einer Sehnsucht, von einem Heimweh nach der einfachen Idylle, die ihr Jacobs Leben bedeutet, die jedoch mit dem Erwachsenwerden, dem Werwolf-Werden Jacobs empfindlich gestört wird. Der dritte Band ist geprägt von der Konkurrenz und auch der Kooperation zwischen Edward und Jacob. Manchmal hilflos, manchmal sehr geschickt steht Bella zwischen den beiden Männern. Beide lieben sie und wollen sie beschützen. Aber sie wenden dazu verschiedene Methoden an und sehen im jeweils anderen die jeweils größte Gefahr für Bella. Sie liebt den einen leidenschaftlich und möchte gleichzeitig gut mit dem anderen befreundet bleiben. Doch die Verschiedenartigkeit ihrer Verehrer macht ein friedliches Miteinander lange Zeit unmöglich. Nur ein gemeinsamer Feind von außen schweißt das ungleiche Trio kurzfristig zusammen.

Als Bella und Jacob in La Push einen Adler über dem Ozean sehen, der sich hinabstürzt, um einen Fisch zu fangen, philosophiert Jacob über den Kreislauf von Leben und Tod, über das Verhältnis von Jäger und Beute. Als sich der Adler erhebt und dabei mit dem Gewicht eines großen Fisches zu kämpfen hat, merkt Jacob an, man sehe nie, dass der Fisch einen Adler zu küssen versuche. Damit spielt er auf Bella und Edward an. Sie reagiert prompt, lobt die Schönheit der Adler und vermutet, dass der Fisch es vielleicht versucht habe. Man könne ja nicht wissen, was Fische so fühlten. Darauf verschärft sich Jacobs Ton und er fragt, ob es nur auf das Aussehen und das Geld ankomme. Die Frage trifft ins Schwarze, denn tatsächlich sind »Schönheit« und »Reichtum« für Bella problematische Eigenschaften. Bella beteuert, sie würde Edward auch ohne diese Eigenschaften lieben. Damit widerspricht sie sich weitgehend selbst. Denn bei der Beschreibung Edwards in den Momenten ihrer Leidenschaft dominieren äußerliche Aspekte. Auch Bellas Eindruck, sie empfinde den Abstand zwischen ihr und Edward als zu groß, scheint für Jacobs These zu sprechen. Bella empfindet Edwards Perfektion manchmal als Belastung, als Verstärkung ihrer Selbstzweifel. Weitaus häufiger macht allein das Staunen über Edwards Wesen die Faszination, die Leidenschaft, die Liebe aus.

Bella betont, dass Edward selbstlos, klug und nett ist, aber diese Attribute verschwinden fast angesichts seiner anderen, dominanten Eigenschaften. Auch angesichts der Häufigkeit, mit denen sie in der Vampirsaga thematisiert werden.

Kann man Liebe begründen? Jacob weist darauf hin, dass man zunächst jemanden aus seiner eigenen Art finden sollte, den man mag. Das wehrt Bella als Schwachsinn ab, weil sie dann mit Mike zusammen sein und ihn letztlich wohl auch heiraten müsste. Hier schließt sich der Kreis der Vampirsaga bei der Frage »Warum will sie ihn?«.

Stephenie Meyers Liebesgeschichte erhebt uns aus dem Alltag, aus dem Trott mehr oder weniger leidenschaftsloser Beziehungen, indem sie ein übernatürliches und daher umstrittenes Ideal präsentiert, das zu einer Gefühlsintensität führt, die Normalsterbliche nicht kennen.

Zu Beginn des dritten Teils wird Edwards Drängen thematisiert, sich zu verloben und zu heiraten, bevor Bella sich verwandeln lässt. Bellas Wunsch, vor der Verwandlung einmal als Mensch mit Edward Sex zu haben (da sie nicht sicher sei, wie sich das dann als Vampir anfühlen würde), sorgt für zusätzliche Komplikationen. Spätestens mit dem vierten Band und einer außerordentlich blutigen Kaiserschnitt-Geburtsszene erweitert Stephenie dann den Kreis der Leser und schließt die ganz jungen Fans aus.

Cross over –
Eine Saga für Jung und Alt

Stephenie Meyers Vampirsaga verbindet Generationen. Mit Begeisterung wird sie von Teenagern und ebenso von ihren Müttern gelesen. Es gibt daher inzwischen im deutschen Sprachraum neben den Jugendbüchern auch Ausgaben mit Covern für Erwachsene, die mit den Motiven der amerikanischen Originalausgaben spielen.

Claudia Cremer ist als Gymnasiallehrerin auf die Biss-Romane aufmerksam geworden. Ihre Antworten auf meine Fragen, die später auch noch von jugendlichen *Biss*-Fans kommentiert werden, sind sehr aufschlussreich:

Wann und wie haben Sie Ihr erstes Buch von Stephenie Meyer entdeckt?

Als ich noch Lehrerin war, ließ ich die Schüler im Leistungskurs Deutsch am Anfang einer Doppelstunde einen Roman ihrer Wahl vorstellen. Dazu bekamen sie zehn Minuten Zeit. Im meinem letzten Schuljahr (2007), präsentierte eine Schülerin den ersten Band *Bis(s) zum Morgengrauen* von Stephenie Meyer. Sie war völlig begeistert, las einen Ausschnitt aus dem Roman vor und riet allen Mädchen im Kurs, das Buch zu lesen. Ich war nur mäßig interessiert, denn Vampir-Geschichten mochte ich bisher überhaupt nicht. Doch die Schülerin blieb hartnäckig und gab mir ihr Exemplar zum Lesen mit. Was ich dann getan habe, und ich war begeistert! Ich lieh mir von ihr gleich im Anschluss die beiden Folgebände und erwartete danach dann ungeduldig den vierten Band.

Was gefällt Ihnen am Besten an Stephenie Meyers Vampirsaga?
Die Liebesgeschichte zwischen Edward und Bella natürlich!
Die Hauptfiguren: Bella in ihrer tollpatschigen, sturen, etwas rebellischen und eigenwilligen Art; Edward, der Traumtyp; Charlie, der bärbeißige Vater mit dem Herz am rechten Fleck, die Vampirfamilie – deren verschiedene Charaktere und ihre Vorgeschichte. Ab dem zweiten Teil Jacob!
Die amerikanische College-Atmosphäre, der Alltag der Jugendlichen in einer Kleinstadt.
Das triste Forks.
Die latente Bedrohung, die von den Vampiren ausgeht und für Dauerspannung sorgt.
Edwards Gedanken über Unsterblichkeit und sein Vampirdasein.

Haben Sie andere Lieblingsbücher, die Ihnen vielleicht noch besser gefallen?
Jane Austens Romane – vor allem *Stolz und Vorurteil*
Kate Atkinson – alle Romane ohne Ausnahme
Margaret Atwood – *The Blind Assassin*
Margaret Laurence – alle Romane des Manawaka-Zyklus.
Meistens Frauenromane aus dem englischsprachigen Raum.
Ohne Vampire und sonstiges Übersinnliches.
Mein neuester Lieblingsroman: Stephenie Meyers *The Host*

Welche Unterschiede sehen Sie zwischen Meyers Vampirsaga und normalen Fantasy-Romanen?
Ich lese selten Fantasy-Romane und kann deshalb nicht viel darüber sagen. J. R. R. Tolkiens *Herr der Ringe* und Marion Zimmer Bradleys *Die Nebel von Avalon* sind Werke in der Richtung. Ich denke aber, dass bei Stephenie Meyer die Liebesbeziehung überdimensional stark im Vordergrund steht.

Lesen auch Ihre Mutter oder andere erwachsene Frauen, die Sie kennen, die Vampirsaga?
Ich habe überlegt, meiner Tante (80 Jahre alt) oder meiner Schwiegermutter (74 Jahre alt) Stephenie Meyers Vampirsaga auszuleihen. Beide verschlingen alle möglichen Bücher, unter anderem Liebesromane. Ich habe mich dagegen entschieden, denn ich glaube, dass sie die angedeutete und später stattfindende Sexualität (mit einem Vampir, zwischen Vampiren) abschrecken würde. Ich empfand es als zu »modern« für sie.

Ich habe das Buch aber verschiedenen Kolleginnen (im Alter zwischen 30 bis 50 Jahren), die eine romantische Ader besitzen und gerne Liebesromane lesen, empfohlen, und die sind – ohne Ausnahme – begeistert. Ich glaube, Voraussetzung für diese Begeisterung ist, dass man schon als junges Mädchen romantische Romane geliebt und gelesen haben muss. Die Erinnerung an Leseerlebnisse in der Jugend (Schwärmen für die Hauptperson/den Jungen, Identifikation mit dem Mädchen) ist sehr wichtig.

Worüber unterhalten Sie sich am häufigsten mit anderen Lesern der Vampirsaga?
Über die Liebesbeziehung.

Ist Edward wirklich der Traumtyp oder ist er schon zuuuuu gut?

Edward oder Jacob?

Ist Unsterblichkeit erstrebenswert? Trifft Bella die richtige Entscheidung?

Warum lesen wir Frauen solche Liebesromane so gerne?

Inwiefern zeigt sich in den Romanen, dass Stephenie Meyer Mormonin ist?

Ist Stephenie Meyer nicht auch irgendwie pervers?

Wie fänden Sie es, in einer Familie wie die der Cullens zu leben und unsterblich zu sein?
Schrecklich!

Wie gut können Sie sich mit Bella identifizieren?
Sehr gut! Sie ist nicht perfekt, ein typischer Teenager, aufmüpfig, eigensinnig, auf der Suche nach der großen Liebe, macht Fehler, aber keine schlimmen, liebt aufrichtig, ist anständig, treu, wagemutig, manchmal frech, witzig, selbstkritisch, selbstironisch, liest gerne …

Glauben Sie, dass es im echten Leben einen Jungen wie Edward geben könnte?
Nein! Das wäre auch furchtbar! Aber es gibt durchaus Jungen/Männer, die so einige seiner guten Eigenschaften verkörpern. Ich denke da zum Beispiel an meinen Mann!

Ersetzen Sie in Ihrer Vorstellung manchmal Edwards Vampir-Begierde durch erotische Hoffnungen eines »normalen Jungen«?
Klar! Ich denke, das ist ja auch beabsichtigt. Edward liebt Bellas Geruch. Der Geruch ist die intensivste und sinnlichste Wahrnehmung eines Menschen. Wie könnte man die Anzie-

hungskraft einer Frau stärker darstellen als durch ihren Duft (siehe »Das Parfum« von Patrick Süsskind)? Und dazu das Pulsieren des Blutes, die Farbe rot, das Trinken des Blutes (Geschmack als zweite intensive Sinneswahrnehmung) … – alles Signale der Leidenschaft und Sinnlichkeit. Wie könnte man da nicht an Sex denken?

Glauben Sie an die Existenz von Vampiren?
Nein!

Welches (Happy-)Ende wünschen Sie sich für Bella und Edward?
Ich hätte mir gewünscht, dass Bella nicht zum Vampir geworden wäre. In dem Film »Highlander« altert die Frau des unsterblichen Highlanders und stirbt schließlich. Er liebt sie bis zum Schluss und beerdigt sie. Fand ich sehr schön! Wahrscheinlich bevorzuge ich den Highlander-Schluss, weil ich schon über 40 bin und der Traum ewiger Jugend ausgeträumt ist.

Was sagt Ihrer Meinung nach Twilight, bzw. der enorme weltweite Erfolg der Twilight-Saga, über die heutige Jugend aus? Gilt für Sie der Grundsatz »Wenigstens lesen die Jugendlichen noch«?
»Wenigstens lesen die Jugendlichen noch« – das kann ich immerhin für die Mädchen bestätigen. Ich finde es schön zu sehen, dass Mädchen auch heute noch eine romantische Ader haben und von der großen Liebe träumen. Aber ich bin mir nicht so sicher, ob sie den Roman so lesen, wie ich es tue.

Ist Bella für Sie eine anti-feministische Heldin oder opfert sie sich für ihre Liebe zu Edward zu sehr auf?
Bella ist im Grunde eine sehr moderne junge Frau. Sie ist egoistisch, verfolgt ihre Ziele konsequent und beharrlich.

Um mit Edward für immer zusammen zu sein, lässt sie andere leiden (ihren Vater, Jacob, selbst Edward). Ihre Interessen stehen im Vordergrund.

Eigentlich ist es Edward, der alles für Bella opfert, sogar seine Würde. Sein Angebot an Jacob, Bella zu schwängern, damit sie das ersehnte Kind bekommt (Ersatz für Edwards Baby, das sie zu töten droht), ist kaum zu ertragen. So viel Selbstaufopferung ist unmenschlich.

Stichworte von A biss Z

Abschlussball

Bella weigert sich, mit Edward am Ende der Highschool zum Abschlussball zu gehen, weil sie solche Anlässe nicht mag, weil sie eine schlechte Tänzerin ist und Abendgarderoben verabscheut. Schon der Frühjahrsball war eine Qual. Die gelbe Polyesterrobe, die alle über den Kleidern tragen müssen, findet Bella rückblickend so hässlich, dass sie im ersten Band nicht erwähnt und im Film weggelassen wurde.

Alkohol

Alkoholische Getränke kommenin der Vampirsaga abgesehen von ganz wenigen Ausnahmen nicht vor. Das hängt einerseits mit Stephenie Meyers Religiosität (im Mormonentum ist Alkohol neben Nikotin und Kaffee verboten) und mit ihrer Leidenschaft für Autos (das viele und schnelle Autofahren ist ohne Alkohol sicherer) zusammen. Andererseits glaubt Bella, dass Alkohol oder sonstige Drogen nur negative Auswirkungen auf den Menschen haben. Am deutlichsten wird das bei Rosalies Geliebtem Royce King, der ungern Champagner, aber gern härtere Getränke zu sich nimmt und im Alkoholrausch Rosalie vergewaltig.

Bei den Vampiren wird Alkohol nicht thematisiert, aber

ihr Lieblingsgetränk ist allseits bekannt und von so großer Bedeutung, dass daneben jede andere Flüssigkeit vollkommen bedeutungslos ist.

Alter

In der Vampirsaga ist das Alter nicht nur wichtig, weil es um verliebte Teenager geht, sondern weil Vampire nicht älter werden und Werwölfe nur auf ungewöhnliche Weise altern, nämlich wenn sie aufhören, die Wolfsgestalt anzunehmen. Bella findet es ungerecht, dass Edward und Jacob jung bleiben, während sie mit jedem Tag älter wird. Das führt zu einem denkwürdigen Wutanfall Bellas, bei dem sie sogar mit dem Fuß aufstampft und damit an Charlies Tiraden erinnert.

Vor allem Rosalie gelingt es, die Bedeutung des Älterwerdens deutlich zu machen. Sie schildert eindrücklich ihren Wunsch, Emmett mit grauen Haaren bei sich zu haben, umgeben von Enkelkindern. Obwohl das Bella zu denken gibt, wünscht sie sich weiterhin, verwandelt zu werden, damit auch für sie die Zeit stehen bleibt.

Es ist schließlich Edward, der Bellas Bedenken zerstreut, wenn es um die Frage von Angehörigen und Freunden geht. Es werde immer leichter, erklärt er beschwichtigend, nach einigen Jahrzehnten seien alle tot, die man kannte, womit das Problem gelöst wäre. Und Edward hat Erfahrung …

Arm und reich

Geld spielt in der Vampirsaga eine große Rolle. So dachte Bella zu Beginn, für ein altes und gebrauchtes Auto in Forks müsse sie all ihre Ersparnisse ausgeben. Glücklicherweise schenkt ihr Charlie dann den Chevy. Aber daran zeigt sich, dass Bella nicht gerade im Überfluss lebt. Als Polizist in Forks verdient Charlie nicht sehr viel. Das gilt auch für Renée, die als Erzieherin arbeitet, und ihren zweiten Mann Phil, der mehr schlecht als recht über die Runden kommt – ob als Baseball-Spieler oder -Trainer. Kein Wunder, dass Bella von ihrer Herkunft und ihrer Mentalität her besser zu Jacob passt, der in eher bescheidenen Verhältnissen lebt, als zu Edward, für den Geld keine Rolle spielt. Das Dilemma von Arm und Reich zeigt sich etwa in einer kleinen Szene im dritten Band: In der Garage der Cullens steht ihr geliebtes altes Motorrad neben einem nagelneuen. Beim Anblick und Vergleich der beiden Motorräder wird Bella traurig, weil dies ein passendes Bild dafür sei, wie sie neben Edward aussehe.

Armdrücken

Kurz nach der Verwandlung besitzen die neugeborenen Vampire die größte Kraft. Edward sitzt der Schalk im Nacken, als er sich vorstellt, wie die frisch verwandelte Bella den Koloss Emmett zum Armdrücken auffordert. Leser können sich nicht vorstellen, dass dies jemals geschehen wird, doch im vierten Band ist es so weit.

Aufklärung

Als zu Beginn des dritten Bandes für Charlie feststeht, dass sich seine 18-jährige Tochter Bella ernsthaft in Edward verliebt hat, versucht er sie aufzuklären. Für beide ist es eine sehr peinliche Situation. Um ihren Vater zu beruhigen, erklärt Bella schließlich, dass sie noch Jungfrau ist. Weder mit ihm noch mit Edward kommt es zu einem Gespräch über Verhütung. Die unausgesprochene Theorie besagt, dass Vampire auch beim Cross-Over-Sex mit Menschen nicht zeugungsfähig sind. Zu Beginn des vierten Bandes wird Bella aber von

Edward schwanger. Verliebte Teenager können eben nicht vorsichtig genug sein.

Beherrschung

Es gibt mindestens zwei Arten, wie Edward seine Beherrschung verlieren könnte, wobei Bella die eine verabscheut und die andere herbeisehnt: Edward droht mehrfach wegen Jacob seine Beherrschung zu verlieren und ihn umzubringen. Noch öfter ist er kurz davor, diese beim Schmusen mit Bella zu verlieren und sie – versehentlich – umzubringen. Ein Glück, dass er ihr in der im vierten Band angedeuteten ersten Liebesnacht nur zahllose Blutergüsse und Quetschungen zufügt, ansonsten aber nur Kissen so zerfetzt, dass die Federn fliegen, oder die Holzgestelle der Betten zerstört. Aber all das nimmt Bella erst am Morgen danach wahr.

Bell

Vor allem Vater Charlie nennt seine Tochter gerne Bell. Dies ist nur eine von unzähligen Querverweisen zum Roman *Sturmhöhe* von Emily Brontë, der zunächst unter dem Pseudonym »Ellis Bell« erschien.

Biss

Im Vampirbiss konzentriert sich die erotische Wunschphantasie, die Sehnsucht nach einem dominanten Wesen, das die Verantwortung übernimmt, das den Weg weist und das Opfer mit sich fortreißt. Daher die Lust Bellas, sich Edwards Autorität zu überlassen, sich ihr unterzuordnen. Der Vampirbiss und dessen Schmerz sind Teil der erotisch aufgeladenen Situation, sie erhöhen die Lust, sie führen zur Symbiose, zur Blutsbrüderschaft, zum Verschmelzen zweier Wesen. Der Vampirbiss, die stechende Wunde, als Initiation zur

Verwandlung, als buchstäblich einschneidendes Erlebnis hin zum Übergang in einen anderen Modus, kann für die Gebissenen auch bedeuten, dass sie nur Opfer sind, Spender von Lebensenergie für den Beißer.

Bei Bella verlaufen Biss und Verwandlung vollkommen überraschend, ganz anders als die Leser und Bella selbst sich das vorgestellt hatten. Ein Babybiss (ohne Folgen) und eine Spritze mit Vampirgift mitten ins Herz – verabreicht wenigstens vom Geliebten – führen zu einer gänzlich unerotischen Verwandlung Bellas, die ganz im Zeichen einer unfassbar schmerzhaften und blutigen Geburt steht. Als Trost bleibt die Gewissheit, dass die konventionelle Sexualität durch das wiewohl erhoffte, aber nicht stattgefundene überwältigende Ereignis der erotischen Verwandlung durch den Vampirbiss nun nicht leidet. Kein geringzuschätzender Aspekt, wenn man bedenkt, dass Lust und Leidenschaft bei Bella und Edward ab sofort ein ewiges Leben lang andauern sollen.

Blut

Für Bella riecht es unangenehm rostig-salzig. Wenn sie es sieht und riecht, wird ihr schwindlig und manchmal fällt sie in Ohnmacht. Das ändert sich im vierten Band mit ihrer Schwangerschaft, in deren Verlauf sie auf den Geschmack kommt und literweise den Saft des Lebens trinkt. Kein Wunder: Blut gilt in allen Kulturen der Welt als Essenz der Vitalität. Heute noch pflegen manche Jäger in Europa das Blut ihrer Beute zu trinken. Geist und Fähigkeiten der Tiere sollen so in sie übergehen. Im Christentum, aber auch in anderen Religionen, ist das Bluttrinken verboten. So steht es in der Bibel. Aber siehe da: Als katholischer Geistlicher trinkt man das Blut Christi.

Sollte Stephenie ihre Bücher künftig verstärkt an Erwachsene richten, eröffnen sich im Vampirgenre weitere, bisher ungenutzte Möglichkeiten, beispielsweise die Thematisierung des magischsten, des mächtigsten und zugleich des intimsten und geheimnisvollsten Blutes: das der Menstruation.

CC
Das steht hier nicht für Carbon Copy oder für die Band Creedence Clearwater (Revival), obwohl immerhin die Clearwaters eine besondere Rolle spielen, sondern für die Initialen von Carlisle Cullen. C wie Charlie ist der Buchstabe der Vaterfiguren in Stephenies Vampirsage.

Dämmerung
Die sicherste Stunde des Tages für die Cullens, die einfachste, aber auch die traurigste Stunde – das Ende des Tages, der Anfang der Nacht.

Ehe
Bellas Bild von der Ehe ist geprägt vom Scheitern der Elternbeziehung. Sie hält es für den folgenschwersten Fehler ihrer Mutter Renée, als verträumter Backfisch frisch von der Highschool weg einen Mann zu heiraten, den sie kaum kannte, und ein Jahr später Bella zu gebären. Obwohl Renée beteuert, das es das Beste gewesen sei, was ihr je passiert ist, beschwört sie ihre Tochter, es besser zu machen. Sie soll aufs College gehen und sich ins Berufsleben stürzen, bevor sie eine ernsthafte Beziehungen eingeht.

Daher rührt Bellas Abneigung gegen eine frühe Verlobung, gegen eine Heirat mit Edward. Sie will den Fehler ihrer Mutter nicht wiederholen. Zudem hätte sie Angst, eine solche Ehe Renée beibringen zu müssen.

Einzigartigkeit

Bella ist das einzige Wesen in der Vampirsaga, das sich willentlich für eine andere Existenzform als die menschliche entscheidet. Alle anderen Vampire oder Werwölfe suchen sich ihr über- oder widernatürliches Leben nicht aus. Sie werden unfreiwillig zu dem, was sie sind. Manche akzeptieren es, manche fühlen sich dabei unwohl und beneiden normale Menschen.

Emanzipation

Welches Frauen- und Männerbild die Vampirsaga transportiert, ist Gegenstand vieler Diskussionen. Dass sich die Leser nicht einigen können, liegt unter anderem daran, dass Stephenie viele verschiedene Facetten des Geschlechterverhältnisses schildert, ohne zu urteilen, welche die besseren seien. Hinzu kommt, dass sich gerade Bella im Lauf der Saga verändert. Zu Beginn wirkt sie naiv: Das unerfahrene, von Selbstzweifeln geplagte Mädchen begegnet dem überirdisch schönen, klugen, reichen und dominanten Prinzen. Bella lässt sich viel gefallen und Edward genießt die Beschützerpose, die ihn mehrfach als potentiellen Macho entlarvt. Doch mit der Zeit offenbart Bella ihre Qualitäten. Etwa bei der Flucht vor dem Jäger James, hier ist Bella Edward intellektuell weit überlegen. Auch bei den Verhandlungen in Sachen Abschlussball oder beim Besuchsrecht in La Push erweist sich Bella als zäh und listig. Immer deutlicher werden Bellas Qualitäten, der es sogar gelingt, ihren in jeder Hinsicht überlegenen Bewachern zu entkommen. Bella verfolgt ihre Ziele mit großer Ausdauer und Beharrlichkeit. Und je tiefer sie in die Welten von Werwölfen und Vampiren vordringt, desto kritischer werden ihre Fragen. Als Jacob ihr das Phänomen der Prägung zu erklären versucht, setzt sich

Bella sofort für Claire ein und fragt nach den Rechten der Frauen.

Familie

Die gesamte Vampirsaga lässt sich auch als ein großer Sehnsuchtsroman lesen, an dessen Ende eine glückliche Familie entsteht, die Bella schon als Kind immer vermisste. Das Scheidungskind Bella – hin- und hergerissen zwischen Renée und Charlie, zwischen Phoenix und Forks, zwischen Sonne und Regen – erlebt als Teenager Trennungsgefühle in ähnlicher Form, als sie zwischen Vampiren und Werwölfen, zwischen Edward und Jacob hin- und hergerissen wird. Mit entsprechend eisernem Willen kämpft diese junge Frau nun für das Gelingen einer die drei Arten – Mensch, Vampir, Werwolf – überbrückenden Gemeinschaft. Stephenie Meyers Vampirsaga ist deshalb der außergewöhnlichste Familienroman der Literaturgeschichte, weil er drei extremen Pole mitsamt dem Zwischenglied Renesmee in Eintracht verbindet. Ob Renesmee, die halb Vampir und halb Mensch ist und einen Werwolf liebt, der seinerseits auf sie geprägt ist, ein perfektes Geschöpf der Zukunft ist, werden die künftigen Romane Stephenies hoffentlich noch zeigen.

Freund

Manchmal weiß Bella nicht, ob Jacob ihr Freund ist oder ihr Feind. Sie weiß nur, dass Edward für sie sehr viel mehr ist als ein Freund. Erst nach Auflösung der Missverständnisse wird ihr zudem klar, dass Jacob ihr mehr bedeutet als ein gewöhnlicher Freund, allerdings auf andere Weise als Edward. Bella versucht immer wieder diese Grenze, die einen Lover von einem Freund unterscheidet, zu ziehen. Wobei Lover für Edward selbstverständlich ein herabwürdigendes Wort wäre.

Freundschaft

Die gesamte Vampirsaga lässt sich als Beispiel für Völkerverständigung lesen. Immer wieder geht es darum, die unterschätzten Qualitäten verschiedener Arten zu erkennen und sie zu respektieren. Mehrmals droht Krieg zwischen den Arten, doch jedes Mal kann er verhindert werden. Dass es nicht zum Ausbruch von Gewalt kommt, ist in erster Linie Bella zu verdanken. Sie kämpft unermüdlich für Toleranz. In unzähligen Gesprächen weckt sie das Vertrauen der Vampire für die Werwölfe und umgekehrt. Sie wechselt zwischen den Fronten und blickt über die Tellerränder, bis die Kontrahenten selbst die Perspektiven ändern und die Standpunkte tauschen. Das ist schwerste Friedensarbeit, vor der die Leser den Hut ziehen. Und wenn Bella mit ihrem Verhandlungsgeschick einmal tatsächlich am Ende zu sein scheint, kommt ihr der Zufall meist in Form eines Feindes von außen zu Hilfe, etwa die bösen Vampire Jason und Victoria.

Gedanken

Gedanken sind in der Vampirsaga meist keine Privatsache. Da Werwölfe und Vampire die Gedanken ihrer Artgenossen und der meisten Menschen hören können, ist die Kommunikation ungleich komplexer als in anderen Romanen. Stephenie versteht es meisterhaft, Telepathie für die Steigerung dramatischer Effekte einzusetzen. Einer der Höhepunkte diesbezüglich ist eine der Auseinandersetzungen zwischen Edward und Jacob: Der Vampir liest die Gedanken Jacobs, der sich bewusst Bella vorstellt, wie sie vollkommen verstört von Sam gefunden wird – was Jacob seinerseits nur wissen kann, weil er das in Sams Gedanken sah. Damit quält Jacob absichtlich Edward, der Bellas Qualen durch seine Flucht verursacht hat. Dies ist auch ein Beispiel dafür, welch hohen

Grad an Komplexität Stephenie mit spielerischen Mitteln erreicht.

Gefahr

Wenn Gefahr droht, reagieren Vampire und Werwölfe auf ähnliche Weise: Die Augen sind aufgerissen, die Nasenlöcher gebläht, die Zähne gefletscht. Jedes Vorwort der vier *Biss*-Bände thematisiert Gefahr.

Geruch

Vampire können Werwölfe nicht riechen und umgekehrt. Der Geruch spielt auch beim Fährtenlesen eine wichtige Rolle. Mit Hilfe von Bellas gestohlenen Kleidern werden beispielsweise Victorias neugeborene Vampire angestachelt.

Geschenk

Bella bekommt mehrfach Geschenke, auch intime, wie den winzigen Holzwolf von Jacobs Armband. Das macht Edward eifersüchtig, von dem Bella bis kurz vor der Verlobung keine Geschenke annimmt, ohne sich darüber aufzuregen – nach dem Fiasko an ihrem achtzehnten Geburtstag verständlich. Sie beruhigt den irritierten Edward jedoch, indem sie ihm sagt, er sei selbst das größte Geschenk. Er habe sich ihr geschenkt, das sei mehr, als sie verdiene, wenn er ihr noch mehr schenkte, würde das Missverhältnis noch größer werden.

Geschichtsschreibung

Jasper Cullen erwähnt die Intervention der Volturi in Mexiko, nachdem die Zahl der Toten eines Vampirkrieges dort epidemische Ausmaße angenommen hatte. Dies sei ein unvergessenes Kapitel in der Geschichte der Unsterblichen.

Vampire haben, so Jasper, ebenso wie die Menschen ihre Historie. Was von Geschichtsschreibern bei den Menschen als Seuche festgehalten werde, sei in Wirklichkeit oft ein Vampirkrieg gewesen. Nur blieben meist kaum Zeugen übrig, die davon hätten berichten können. Spätestens an dieser Stelle erwarten die Leser einen Vampir-Chronisten, ein Geschichtsbuch, das die Historie aus Sicht der Vampire erzählt. Und prompt droht die Gefahr, dass Bella bei den Klausuren nicht aufpasst und einen Geschichtsaufsatz über die Vampirkriege in den Südstaaten schreibt. Auch hier eröffnen sich Welten für Spin-offs Stephenies.

Gewalt

Niemand in Stephenie Meyers Vampirsaga verabscheut Gewalt so sehr wie Carlisle Cullen. Aber als gegen Ende des dritten Bandes Victoria mit ihren Jungvampiren die Existenz der Cullens bedroht, fordert Carlisle seinen Ziehsohn Jasper, den in kriegerischen Fragen erfahrensten Cullen, dazu auf, der Familie beizubringen, wie man am besten Jungvampire tötet. Das in epischer Breite erzählte Bedrohungsszenario zeigt, wie sich sogar der Pazifist Carlisle in einen Krieger verwandeln kann.

Glück

Die Frage nach dem Glück ist zentral in der Vampirsaga. Bella ist überzeugt, dass sie durch die Verwandlung in einen Vampir und der damit verbundenen Möglichkeit, für immer mit Edward ein Liebespaar zu bilden, ihr vollkommenes Glück finden wird. Dementsprechend aufmerksam ist Bella bei der Beobachtung der Glücksuche anderer Menschen. Oder anderer Vampire, etwa Rosalie. Ihr Schicksal rührt die Leser besonders, denn Rosalie glaubte in den 1930er-Jahren als 18-jährige Frau das vollkommene Glück gefunden zu haben: Die perfekte Rosalie, für die Neid ein Fremdwort war, sollte einen reichen und schönen jungen Mann heiraten. Kurz vor der Hochzeit jedoch wird sie von eben diesem in betrunkenem Zustand vergewaltigt. Seither ist Rosalie ein unglückliches Wesen. Sie beneidet die Menschen, insbesondere Bella, und versucht sie davon zu überzeugen, dass die Verwandlung in einen Vampir nicht zu einem glücklichen Dasein führt. Aber Bella glaubt ihr nicht.

Die Frage nach der Bedeutung von Glück taucht immer wieder auch in kleinen Szenen auf. Edward beispielsweise denkt im ersten Band, er wäre erleichtert, wenn er Bella alles von seiner geheimen Existenz erzählt hätte, wenn sie alles über ihn wüsste. Bella ist schließlich der erste und einzige Mensch, dem sich Edward anvertraut. Bei ihrem ersten Besuch nach der großen Beichte stellt er jedoch fest, dass er nicht nur erleichtert ist, sondern dass ihn die vollkommene Offenheit glücklich macht.

Grenze

Zwischen Forks und La Push verläuft die unsichtbare Vampir-Werwolf-Grenze. Sie entspricht einer Demarkationslinie auf Kriegsgebiet, die jedoch im Lauf der Zeit ihre Bedeutung mehr und mehr verliert.

Grinsen

Es wird viel gegrinst in der Vampirsaga. Aber kein Grinsen – wenn auch nur ein angedeutetes oder scheinbares – sorgt für mehr Spannung als Jacobs Mimik bei seiner dritten (und ersten entspannten) Begegnung in Wolfsgestalt mit Bella. Zunächst sieht es so aus, als würde auch dieses Treffen für Bella schrecklich werden. Jacob der Wolf öffnet das

Maul, bleckt die Zähne und sieht eigentlich zum Fürchten aus. Da bemerkt Bella, dass seine Zunge seitlich heraushängt. Sie glaubt, er grinse, worauf sie … kichert. Dadurch wird Jacobs Grinsen – ja, es war ein Grinsen – breiter. Die Leser atmen auf und sind ab sofort darauf vorbereitet, dass sich Bella demnächst bei dem großen Wolf wohlfühlen wird, gedankenverloren mit seinem zotteligen Pelz spielen (er ist deshalb länger als bei anderen Werwölfen, weil Bella einmal Jacobs lange Haare gelobt hatte und er sich seither nicht traut, sie zu schneiden) oder es sich wie auf einem Sofa bequem machen wird.

Gut und Böse

In einer frühen Szene fragt Edward Bella, warum sie so sicher sei, dass er eine Art gutmütiger Superheld sei. Sie wisse doch, dass von ihm Gefahr ausgehe. Gibt es gute und böse Gefahr? Könnte Edward ein böser Held sein?

Bella verschafft sich schnell Gewissheit, aber das Erkennen von Gut und Böse stellt in der Vampirsaga einen immerwährenden Prozess dar. Auch wenn mit dem ersten Band feststeht, dass Edward, die Cullens und Jacob gut sind, später wird vieles ausdifferenziert. Sie waren nicht immer und alle gut. Man denke nur an Rosalies Rache. Neue Fragen tauchen auf: Richten sie nur versehentlich oder auch absichtlich Böses an? Der Werwolf, der das schöne Gesicht eines Mädchens entstellt? Der Rückzug Edwards, der die alleingelassene Bella in den Suizidversuch treibt? Immer wieder hinterfragen die Leser die Beweggründe und die Moral der handelnden Figuren.

Schwerer fällt es Bella zu verstehen, warum das Böse in der Welt ist. Wie kommt es, dass James und Victoria auf teuflische Weise ihren Mordgelüsten nachgehen? Was ist mit den vier Jugendlichen, von denen Bella in Analogie zu Rosalie bedroht wird? Warum sind diese Männer so geworden, wie sie sind? Für die Aktionen der Volturi, die wie eine Vampirpolizei gewaltsam für Ordnung sorgen, bringt die Polizistentochter Bella nur bedingt Verständnis auf. Nach den Drohungen und den Qualen, die die Volturi Edward und Bella zugefügt haben, ist das nicht erstaunlich. Daher nimmt Bella mit Staunen zur Kenntnis, dass besonders Jasper Respekt und Dankbarkeit gegenüber den Volturi empfindet, und sie als die Guten betrachtet. Verbrecherische Gewalt verabscheut Bella, jedoch oft ohne an ihre Wurzeln zu gelangen. Das birgt viel Stoff für weitere Romane Stephenies.

Hausarrest

Charlie verhängt den ersten und vergleichsweise milden Hausarrest für Bella im zweiten Band, nachdem sie für drei Tage ohne Erklärung verschwunden und von einer Klippe gesprungen war. Den zweiten und strengeren Hausarrest spricht er aus, nachdem Bella heimlich mit Jacob Motorrad gefahren war. Was dazu führt, dass sie sich nicht mehr mit Edward treffen kann.

Bella erträgt die Strafen ihres Vaters klaglos. Allerdings verbringt Edward heimlich fast jede Nacht in ihrem Zimmer. Es ist erstaunlich, dass sich ein 17-jähriges Mädchen so veraltete autoritäre Maßnahmen gefallen lässt. Sie spielt wohl mit dem Gedanken auszuziehen, weiß aber, oder glaubt zu wissen, dass sie die Strafe verdient hat und dass eine sehr lange Trennung von Charlie bald kommen wird. Zudem gehören der Hausarrest wie die romantische Liebe zu den alten Werten, die Stephenie mit ihrer Vampirsaga transportiert und die bei so vielen Leserinnen weltweit auf positive Resonanz stoßen. Der Wunsch nach festen Regeln, nach Gebräuchen und

Traditionen manifestiert sich in einer Gesellschaft, in der oft das »Anything goes« postuliert wird.

Haustier

Als Bella sich so richtig gut mit Jacob in Wolfsgestalt versteht – auch deshalb, weil Jacob so nicht (wider-)sprechen kann –, erzählt sie dem Werwolf, an den sie sich gerade behaglich kuschelt, dass sie als Kind immer einen Hund haben wollte, aber nie einen bekam, weil Renée allergisch gegen Hundehaare ist.

Herz

Obwohl es sich um eine so romantische Geschichte handelt, wird es verhältnismäßig selten thematisiert. Und wenn, dann gerne kombiniert mit Komik: Etwa wenn Bella in einem Streitgespräch mit Jacob die Cullens in Schutz nimmt und erklärt, diese hätten das Herz auf dem richtigen Fleck.

Hochzeit

Lange Zeit wehrt sich Bella gegen Edwards Wunsch, sie vor ihrer Verwandlung zu heiraten. Bella würde sich wie eine »Provinztussi« fühlen, die sich unmittelbar nach der Highschool von ihrem Freund schwängern lässt und dann heiraten muss. Doch Edward bleibt hart. Er setzt die romantischen Vorstellungen, die er in seinem Menschenleben verinnerlichte, fast hundert Jahre später durch: Erst die Hochzeit, danach Sex. Nicht umgekehrt, wie Bella sich das dringlichst wünscht.

Horrorgeschichte

Ob Science-Fiction, Mystery-Thriller oder Horrorgeschichte, immer wieder werden literarische Genres, die mit Stephenies

Vampirsaga verwandt sind, in Dialogen thematisiert. Das erzeugt einen größeren Abstand zu vergleichbaren Büchern und erhöht gleichzeitig die Authentizität von Bellas Geschichte.

Jäger

Der Vampir James ist ein vollkommener Jäger, ein Tracker, der nicht aufgibt, ehe er sein Opfer gefunden, ausgesaugt und getötet hat. James' Geliebte Victoria ist nicht so zielstrebig und nicht so talentiert wie James, aber auch sie lässt nicht locker und greift angesichts des nahezu perfekten Schutzes, den die Cullens und die Werwölfe um Bella errichtet haben, zu drastischen Mitteln: zur Züchtung einer Truppe wilder Jungvampire, die Seattle während der Vorbereitungszeit in Angst und Schrecken versetzen.

Körperflüssigkeiten

Die Frage, welche Flüssigkeiten sich im Körper eines Cullen-Vampirs befinden, gehört zu den spannendsten der Saga. Gift trägt jeder Cullen in sich. Bella sehnt sich nach Edwards Gift. Es ist ihr aber peinlich, den Wunsch nach seinem Gift in ihrem Körper auszusprechen.

Es ist keine Szene bekannt, in der Edward »für Menschen« muss, obwohl er viel Blut trinkt und somit auch Blut im Körper hat. Cullen-Vampire weinen nicht, schwitzen nicht, bluten nicht, urinieren nicht – nur Samenflüssigkeit scheidet Edward aus, wie sich mit Bellas außerordentlicher Schwangerschaft im vierten Band zeigt. Stephenie schreibt in Internetforen viel dazu, ohne dass es jedoch plausibler wird.

Konflikt

Die Vampirsaga schildert viele Konflikte. Der wichtigste betrifft Vampire und Werwölfe. Zu Beginn scheint er nicht lösbar. Bis es Bella gelingt, mit enormem friedenstiftendem Willen und gemeinsamen Feinden Vertrauen zu bilden. Am Ende des dritten Bandes sind sogar der Vampir Edward und der Werwolf Seth beste Freunde.

Kuss

Naturgemäß unterscheiden sich Bellas Küsse mit Edward einerseits und die mit Jacob andererseits. Überirdisch faszinierend, kalt und doch brennend sind die Vampirküsse. Menschlich warm und weich die Werwolfküsse. Für jeden Geschmack ist etwas dabei. Glückliche Bella, die in den Genuss der ganzen Bandbreite leidenschaftlichster Küsse kommt. Ein rein menschlicher Kuss hingegen, wie Mike ihn ihr geben könnte, ist für sie vollkommen uninteressant.

Liebe

Liebe ist *das* Thema der Vampirsaga. Als Bella erfährt, dass der Werwolf Sam vor Emily in Leah verliebt war, folgert sie, dass sich wohl die meisten Leute im Leben viele Male verlieben. Für Bella ist Edward nicht nur die Liebe ihres Lebens. Sie geht davon aus, dass sie ihn länger lieben wird, dass er somit die Liebe ihres Daseins – und zwar die einzige – ist.

Wie verwirrend die Liebe für Bella trotzdem sein kann, zeigt sich in ihrer Beziehung zu Jacob, die sich für kurze Zeit am Ende des dritten Bandes in eine erotische wandelt. Bella gesteht sich ein, dass sie Jacob liebt. Dem Eingeständnis geht ein so leidenschaftlicher Kuss voraus, der von einer anderen, einer deutlich höheren Qualität ist, als alle bisherigen Küsse mit Edward. Kein Wunder: Weder Bella noch Jacob müssen sich in Acht nehmen. Der Kuss dauert lange, länger als alle bisherigen Küsse Bellas, und ist so leidenschaftlich, dass Bella nicht den leisesten Wunsch verspürt, aufzuhören. Trotzdem fühlt Bella, dass ihre Liebe zu Jacob nicht reicht, um an der Situation etwas zu ändern. Rasch relativiert Bella ihren Seitensprung. Schließlich hatte Jacob davor indirekt gedroht, in der bevorstehenden Schlacht gegen Victorias Jungvampire bewusst den Tod in Kauf zu nehmen. Dieser Druck Jacobs auf Bella ist auch der Grund dafür, dass Edward gar nicht auf den Gedanken kommt, ihr verzeihen zu müssen. Trotzdem hasst sich Bella für diesen (allerdings richtig schönen) Moment der Schwäche und erwartet eine gerechte Strafe. Edward erklärt ihr jedoch, dass sie Jacob liebt und zu recht liebt. Schließlich war er in der von Edward ausgelösten Stunde ihrer größten Not da, um ihr zu helfen – die Schuld an ihrer Liebe zu Jacob trage somit allein er.

Lügen

Bella ist grundsätzlich offen und ehrlich. Doch das schwierige Verhältnis zu Edward zwingt sie immer wieder zu (Not-) Lügen. Oft erzählt sie jemandem nur die halbe Wahrheit, und als sie von dem Jäger verfolgt wird, belügt sie Charlie nicht nur, sondern verletzt ihn, indem sie ihn mit denselben Worten verlässt, mit denen ihn schon ihre Mutter verließ.

Magnete

Sie bilden die Lieblingsmetapher Stephenie Meyers, um symbolisch Anziehung und Abstoßung zwischen Menschen darzustellen. Auch Bellas Mutter Renée bedient sich dieses Bildes. Mit den Magneten an ihrem Kühlschrank spielt Bella die Gegensätzlichkeit der beiden Männer durch, zwischen denen sie steht. Den Misserfolg beim Versuch, die beiden Magnete zusammenzuführen, überträgt Bella auf die Aussichtslosigkeit, Naturgesetze – hier die Feindschaft zwischen Vampiren und Werwölfen – auszuhebeln.

MENÜS
Bella fragt sich, wie ihr Vater Charlie siebzehn Jahre nahezu ohne den Gebrauch des Herds überleben konnte. Berühmt berüchtigt sind die gescheiterten Koch-Experimente Renées, so dass sich Bella vorsichtig von einem Gericht zum nächsten das Vertrauen ihres Vaters erkochen muss. Zum Beispiel mit Geflügel-Enchiladas (mit vielen Zwiebeln und Chilis). Da Charlie hin und wieder mit einem prächtigen Fisch nach Hause kommt, beschließt Bella, irgendwann in Seattle ein Fischkochbuch zu kaufen. Da sie aber nicht nach Seattle fährt, behilft sie sich mit der Erinnerung an alte Rezepte. Letztlich stellt sie beim Gucken einer Kochsendung fest, dass sie sich für Charlies Essen wohl nicht genug einsetzt. Auf den Tisch ihres Vaters kommen außerdem Lasagne, aufgetaute Hamburger oder Waffeln, die Bella rasch in den Toaster wirft. Im vierten Band verschlingt Bella jede Menge Eier. Mit Bœuf Stroganow nach einem Rezept von Oma Swan kann Bella Charlie jederzeit für sich gewinnen. Kulinarischer Höhepunkt ist Harry Clearwaters hausgemachte Kräutermischung für selbst geangelten Fisch. Auffallend ist, Bella kocht ohne Knoblauch. Auch Salz – damit kann man Zombies von ihrem Schicksal erlösen – findet keine Erwähnung.

MORAL
Als Bella erfährt, dass Menschenblut die Cullens so sehr stärken könnte, dass Victorias Jungvampire auch in Überzahl keine Chance hätten, wäre sie in Gedanken bereit, Menschenleben zu opfern. Ihre Gefühle erschrecken sie, aber um

Edward zu schützen, kann sie davon nicht Abstand nehmen. Die Vampirsaga wirft in vielen Passagen moralische Probleme auf, wobei die Leser oft gezwungen sind, selbst zu entscheiden, was sie tolerieren könnten.

Das gilt auch für Edwards Verhalten kurz nach der Verwandlung. Edward kam mit der Abstinenz-Philosophie Carlisles in den ersten Jahren nach der »Geburt« nicht klar.

Edward, der Carlisles Gedanken lesen kann, wusste um dessen absolute Aufrichtigkeit, er schätzte sie und verstand auch, warum Carlisle sich so entschieden hatte. Deshalb dauert es etwa zehn Jahre, bis Edward sich ihm widersetzte. Edward selbst bezeichnet das als eine typische Phase jugendlicher Rebellion. Seine Wut wuchs, weil Carlisle permanent seinen Appetit zügelte.

Edward gesteht Bella, in jener Zeit eigene Wege gegangen zu sein, also als Monster gelebt und somit Menschen umgebracht zu haben. Moralisch habe er es damals so gerechtfertigt, dass er mit Hilfe des Gedankenlesens Unschuldige verschonen, ja retten – Böse hingegen verfolgen und töten – konnte. »Was war denn so schlimm daran, dachte ich, wenn ich einem Mörder in eine dunkle Gasse folgte und damit ein junges Mädchen rettete?«

Edward hatte seine eigene Philosophie und lebte etwa zehn Jahre als Nomade getrennt von Carlisle. Er litt aber zunehmend unter seinem schlechten Gewissen. Bella gegenüber gesteht er seine seelischen Qualen: Er empfand sich immer häufiger als Monster. Langsam änderte sich seine moralische Einstellung und ihm wurde klar, dass es falsch wäre, weiterhin Verantwortung für all die Menschen zu übernehmen, ob er sie nun rettete oder sie seinen Durst stillten. Er wollte nicht weiterhin Schicksal spielen. Edward kehrte daraufhin zu Esme und Carlisle zurück, die ihn aufnahmen wie einen verlorenen Sohn. Seither lebt er nach den Grundsätzen Carlisles.

Bella ist nicht angewidert, als sie von Edwards Vergangenheit als Mörder erfährt. Sie akzeptiert es, weil es für sie einleuchtend klingt.

Muskeln

Der Körperbau eines Mannes ist für Bella von großer Bedeutung. Edwards marmorne Brust ist Legende.

Im dritten Band erfahren die Leser, warum Jacob so oft mit nacktem Oberkörper unterwegs ist. Nach der Verwandlung in einen Wolf lösen sich die Kleider nicht in Luft auf. Deshalb trägt er so wenige wie möglich am Leib, ist meist barfuß und hat ein Lederband um seinen Knöchel gebunden, das ihn nicht behindert. Jedenfalls hat Bella beim Anblick seines nackten Oberkörpers Gelegenheit, sich über Jacobs viele neuen Muskeln Gedanken zu machen. Sie vergleicht sie nicht mit Edwards Formen, muss aber zugeben, dass sie beeindruckend sind.

Muster

Muster spielen eine wichtige Rolle in der Vampirsaga, beispielsweise bei den wiederholten Angriffen Victorias und Alices Reaktionen darauf. Wie bei der Fahndung der Polizei nach Serientätern muss auch Bella immer wieder auf Muster in der Jahrtausende alten Historie der Vampire achten. Zudem wiederholt und variiert die Vampirsaga selbst zahlreiche Muster, etwa die Themen Freund-Feind, Gut-Böse, Liebe-Hass usw. Nach Vorgabe eines Grundkonflikts wird jeweils phantasievoll darauf aufgebaut.

Natur

Innerhalb der vielen Naturbeschreibungen Stephenies ist der Wald wichtig. Was Bella zu Beginn nicht mochte, wird immer interessanter und gipfelt in der Entdeckung der Lichtung aus dem berühmten Kapitel »Lamm und Löwe«: Bella sagt nach langem Fußmarsch durch dichtesten Wald, das sei der schönste Flecken Erde, den sie je gesehen hat. Plötzlich ist ihre Sehnsucht nach der Landschaft um Phoenix, die sie zuvor so oft und mit so viel Begeisterung beschrieben hatte, verschwunden.

Bei der Lichtung handelt es sich um eine kleine kreisförmige Wiese voller Feldblumen – violetten, gelben und weißen. In der Nähe plätschert ein Bach. Das Licht wirkt im Dunst buttrig. Ideale Voraussetzungen für das Outing Edwards in der Sonne

Neugier

Da Vampire und Werwölfe ihre Identität vor den Menschen geheim halten müssen, liegt über der gesamten Vampirsaga eine ständige Spannung, wer wann etwas von diesen Doppelleben mitbekommen könnte. Indizien – seltsame Verhaltensweisen von Vampiren und Werwölfen – wecken auf verschiedenste Weise die Neugier der Figuren. Bella macht dabei genaue Unterschiede: Mit Angela redet sie gerne. Selbst wenn diese sie nach Edward fragt, weiß Bella, dass Angela nicht auf Klatsch aus ist, so wie Jessica, sondern sich ernsthaft für Bellas Probleme interessiert.

Opfer

In ihren Träumen opfert sich Bella ähnlich wie »die dritte Frau«. Sie sieht in ihrer Verzweiflung eine Zeit lang keine andere Möglichkeit, die Schlacht zwischen Victorias neugeborenen Vampiren und den Cullens zugunsten Edwards zu entscheiden, als sich mit einem Messer zu töten und so die Jungvampire abzulenken. Bella versteht und akzeptiert später im Wachzustand ihren unbewussten Wunsch, ein Opfer zu sein für den Sieg des Guten, für die Gerechtigkeit und für den Frieden.

Kurz vor dem entscheidenden Kampf gegen Victoria bricht eine Opferkonkurrenz zwischen Bella und Jacob aus. Beide werden von Schuldgefühlen geplagt und beide sind bereit, für die gute Sache zu sterben.

Prägung

Manche Werwölfe sind geprägt, das heißt, ihr Lebenspartner ist vorherbestimmt. So wie bei Liebe auf den ersten Blick, aber sehr viel mächtiger, können diese Werwölfe nicht anders, als einen einzigen Menschen zu lieben. Wen, das steht manchmal schon fest, wenn die künftige Partnerin noch ein Kleinkind ist. Bis zum Ende des dritten Bandes sind nur Sam, Jared und Quil davon betroffen. Doch im Verlauf der Vampirsaga werden es immer mehr, bis im vierten Band sogar Jacob – ausgerechnet auf Renesmee – geprägt ist.

Voraussetzung für eine Prägung ist, dass der Werwolf die weibliche Person sieht. Wenn der Altersunterschied noch sehr groß ist, äußert sich die Zuneigung nicht in Form romantischer Liebe – diese wird später folgen. Der Werwolf tritt zunächst als Bruder, Beschützer oder Freund auf.

Dieser sehr seltsame Vorgang der Prägung wird ausführlich im dritten Band beschrieben. Er strapaziert an dieser Stelle das Vorstellungsvermögen – und manchmal auch die Geduld – der Leser, die erst im vierten Band erfahren, dass nur mit Hilfe der Prägung für die unselige Dreiecksbeziehung zwischen Bella, Edward und Jacob eine glückliche Lösung gefunden werden kann.

Das Wunder der Prägung versucht Bella deutlich zu machen, indem sie den Blick Jareds auf Kim mit dem Blick einer Mutter auf das Gesicht ihres Neugeborenen vergleicht oder mit dem Blick eines Blinden, der zum ersten Mal die Sonne sieht.

Im Zusammenhang mit der Prägung demonstriert Edward seine Belesenheit: Sie erinnere ihn an den »Sommernachtstraum«, wo durch den Zauber der Elfen alles durcheinander gerät.

Rache

Wie in »Sturmhöhe« ist auch in der Vampirsaga Rache süß. Sie ist das unzähligen Konflikten zugrundeliegende Motiv. Manchmal ergeben sich gleichsam Rache-Ketten: James – Laurent – Victoria – Irina.

Realität

Bella hat nach dem ersten Besuch bei den Cullens das Gefühl, wieder in die Realität zurückzukehren.

Aber was bedeutet Realität in dieser Vampirsaga? Normale Menschen wie Bella sollten nicht Bescheid wissen über Vampire. Durch die Ich-Erzählung weiht Bella die Leser in geheime Monsterwelten ein. Stephenie hat sich all das so überzeugend ausgedacht, dass viele junge Leser der Vampirsaga geneigt sind, mit Bella an eine Welt voller Monster zu glauben.

Für zahlreiche Leser gilt die uns bekannte Welt nur als Teil der Realität, die im Grunde viel komplexer ist, weil im Verborgenen Monster ihr Unwesen treiben.

Alles Unerklärliche in unserem Alltag, alle Schreckensmeldungen in den Medien könnten durch Monster erklärt werden. Serienmörder zum Beispiel wären »in Wirklichkeit« außer Kontrolle geratene Jungvampire. Für monströse Ereignisse wären eben Monster verantwortlich.

Erst im dritten Band schildert Bella, wie sie langsam zu verstehen beginnt, dass Vampire eine viel größere Rolle auf der Welt spielten, als sie bisher dachte. Bei der Vorstellung, wie bevölkert »die andere Welt« sei, beim Gedanken an ihre eigene Zukunft als Vampir, bekommt sie eine Gänsehaut.

Religion

Edward und Bella fällt es schwer sich vorzustellen, dass die Welt von alleine entstanden sein soll. So wie Babyrobben und Killerwale könnten auch Menschen und Vampire entstanden sein, philosophieren sie augenzwinkernd. Beim ersten Besuch bei den Cullens staunt Bella über ein großes hölzernes Kreuz an der Wand. Es stammt aus dem Jahr 1630 und hängt aus nostalgischen Gründen dort, denn es gehörte einst Carlisles Vater. Er hatte es selbst geschnitzt und es hing an der Wand über der Kanzel des Pfarrhauses, in dem er predigte. Zu Beginn des zweiten Bandes, nach Jaspers Attacke auf Bella, führen sie und Carlisle ein langes Gespräch über Religion. Nebenher verarztet Carlisle Bellas Armverletzung, die so stark blutet, dass sie alleine sind. Bella erklärt in diesem Gespräch, dass sie nicht religiös ist, Carlisle hingegen ist gläubig und versucht ihr das zu erklären.

Rivalen

Konkurrenz belebt Geschichten. Nicht nur Edward und Jacob sind Rivalen. Auch die anderen Verehrer Bellas, allen voran Mike, sind Rivalen der beiden männlichen Helden. Hinzu kommt die Rivalität unter Vampiren. Und nicht zuletzt hat auch Bella selbst eine Gegenspielerin: die wunderschöne, rotblonde Tanya aus dem Denali-Vampir-Clan. All das löst große Emotionen aus: von Eifersucht bis Mordlust. Immer wieder zeigt die Vampirsaga, wie man niedere Gelüste überwinden kann. Auch diesbezüglich ist sie ein Plädoyer für Toleranz, Frieden, Freiheit, Freundschaft und Liebe.

Rudel

Mit Hilfe von Edward und später im vierten Band direkt über Jacob als Ich-Erzähler erhalten die Leser Einblick in die vielschichtige Dynamik eines Rudels. Hier steht die kollektive Seele dem Willen eines Einzelnen gegenüber, bekommt das Alphatier (Sam) plötzlich Konkurrenz vom erbrechtlich legitimen Leitwolf (Jacob); hier hat die einzige Wolfsfrau (Leah) ihre liebe Mühe im Männerverbund, zumal jeder Werwolf in Wolfsgestalt die Gedanken des anderen lesen kann.

Rudelplural

Wie ein Sportreporter kommentiert Edward den Kampf zwischen Victorias Jungvampiren und den Werwölfen. Als er Sam auffordert, »ihm« zu helfen, ahnt Bella Böses und versteht, dass Edward sich in die Kommunikation des Rudels eingeschaltet hat. Er spricht im »Rudelplural«.

Schicksal

Edward rettet Bella mehrfach das Leben. Waren ihre Tage gezählt, als der Van auf dem vereisten Parkplatz auf sie zuschleuderte und sie beinahe zerquetscht hätte?

Schierlingstannen

Direkt hinter dem Garten, der zu Charlies Haus in Forks gehört, beginnt ein großer Wald. Darin befinden sich unter anderem Ahornbäume oder Eiben. Weniger bekannt sind die Schierlingstannen: Sie sind immergrün und werden bis zu eintausend Jahre alt – fast wie Vampire.

Schimpfwörter

Es herrscht ein sehr gepflegter Ton in der Vampirsaga. Nur wenn Werwölfe über Vampire schimpfen und umgekehrt, verlieren die Protagonisten manchmal die Haltung. So spricht Jacob von Blutsaugern oder Parasiten, Edward von Hunden.

Schönheit

Bella hat genaue Vorstellungen von Schönheit. Das männliche Ideal stellt für sie unangefochten Edward dar, das weibliche Ideal Alice oder Tanya. Ein Beispiel für eine deutlich weniger attraktive Frau ist Kim: Bella schildert ihr Gesicht als breit und die Augen als zu klein, um von den kräftigen Wangenknochen abzulenken. »Nach den herkömmlichen Vorstellungen von Schönheit« findet Bella Kims Lippen und ihre Nase zu breit.

Schönheit spielt eine enorme Rolle, so auch in Rosalies Schicksal, die besonders schön ist. Sie empfindet sich rückblickend als albern und oberflächlich und macht ihre Schönheit verantwortlich für ihr Unglück. Rosalie empfindet Schönheit als Fluch. Sie wünscht sich nicht hässlich, aber durchschnittlich zu sein.

Schule

Im dritten Band befindet sich Bella in der Abschlussklasse. Die Freiheit steht bevor. Am Ende der Highschool stellt sich im Ausbildungssystem der USA die Frage, welcher Schüler an welche Universität, welches College darf. Da Edward dank seines Alters ein Musterschüler ist (seit Jahrzehnten wiederholt er dieselben Klassen), versucht er Bella an eine Eliteuniversität zu bringen. Alaska Southeast bietet sich meteorologisch an. Der Himmel über Juneau ist an dreihundertzwanzig Tagen im Jahr bewölkt. Die Bewerbungen hält Bella für überflüssig, da sie damit rechnet, nach der Schule verwandelt zu werden und als junger und unberechenbarer Vampir die ersten Jahre nicht unter Menschen leben zu können. Bis sie einen zuverlässigen Grad an Selbstbeherrschung gewonnen hat, käme nur ein Fernstudium in Frage.

Seele

Ob die Cullens eine Seele haben, ist ihnen selbst nicht völlig klar. Bella hingegen ist fest überzeugt davon und auch von der Güte der Cullens.

Selbstbeherrschung

Vor der Verwandlung ist die Beziehung zwischen Bella und Edward geprägt von Selbstbeherrschung. Ständig besteht die Gefahr des Kontrollverlusts. Der Austausch von Zärtlichkeiten darf nur eine bestimmte Zeit andauern. Ein bestimmter Grad der Erregung darf nicht überschritten werden. Hemmungslose Leidenschaft zwischen Bella und Edward würde für sie wahrscheinlich tödlich enden. Die Vampirsaga kommt so einem unfassbar langen Vorspiel gleich, das fast 2000 Buchseiten dauert.

Edward kann sich nicht vorstellen, dass Bella ihm jemals beim Jagen zuschauen könnte. Die Gründe sind naheliegend: Beim Jagen hört Edward auf, sich mit dem Verstand zu kontrollieren und überlässt sich stattdessen seinen Sinnen, insbesondere dem Geruchssinn. Wenn Bella in dem Augenblick in der Nähe wäre, könnte das schrecklich enden. Aber auch bei vielen anderen Gelegenheit, in denen er Bella zu nahe kommt, könnte seine Leidenschaft zu groß werden. Da sagt Edward den verwirrenden Satz: »Ich bin auch nur ein Mensch.« Später, in einer Schlafzimmer-Szene, als sie ihn fragt, ob er sie auch körperlich attraktiv finde, bejaht er, indem er sagt: »Ich bin zwar kein Mensch, aber ein Mann!«

Carlisle hat »zwei Jahrhunderte mörderischer Anstrengung« gebraucht, um seine Selbstbeherrschung zu perfektionieren. Inzwischen ist er nahezu immun gegen den Geruch von menschlichem Blut und kann die Tätigkeit als Arzt frei von Versuchungen ausüben.

Selbstsucht

Bella ist überrascht, als sie erfährt, dass Edward sich für selbstsüchtig halten würde, ließe er ihre Verwandlung zu. Sie hingegen dachte, er wäre dagegen, weil sie als Vampir nicht mehr ihre Wärme, nicht mehr ihren Duft besäße und Edward sie nicht mehr so attraktiv finden könnte. Edward gibt zu, dass er ihren Herzschlag vermissen wird, das wichtigste Geräusch für ihn, dass sie aber trotzdem immer seine Bella bleiben wird, nur etwas langlebiger. Daraufhin erklärt Bella, die Edward immer als den selbstlosesten Menschen bezeichnet, den sie kenne, »selbstsüchtig« zu einem schönen Wort. Doch dieses Bild verfliegt wieder, als sie spürt, wie egoistisch sie sich selbst gegenüber Jacob verhält, den sie stets als Freund zu behalten versucht, obwohl sie weiß, wie sehr ihn das schmerzt.

Sex

Die körperliche Liebe zwischen Mann und Frau findet erst im vierten Band statt. Die ersten drei Bände – vom ersten

Blickwechsel Bellas mit Edward bis zum Aufstecken des Verlobungsrings, um Charlie über die bevorstehenden Hochzeit zu informieren – können als ein sehr langes Vorspiel gelesen werden: »… er küsste mich, bis mein Puls raste …« und der Puls der Leser mit dem Bellas. Dadurch steigert sich nicht nur die erotische Spannung ins schier Unermessliche, sondern auch der Zweifel, ob sich Bella und Edward überhaupt je leidenschaftlich lieben und miteinander schlafen werden. Sie werden! Aber davor besteht Edward auf der Eheschließung. Wegen seiner altmodischen Denkweise herrscht bei Bella und Edward die seltsame Meinungsverschiedenheit, dass sie Sex ohne Heirat will, er hingegen erst heiraten und dann erst Sex will.

Sicherheit

Immer wieder stellt sich die Frage, wo Bella sicher ist: Bei den Cullens, bei den Werwölfen? Eine enorme Spannung in der Vampir-Saga ist darauf zurückzuführen, dass die eine Seite glaubt, Bella sei auf der anderen Seite nicht sicher – und vice versa.

Edward behauptet, Werwölfe seien unberechenbar, Jacob behauptet, Vampire seien unberechenbar. Beide haben in gewisser Weise recht. Und doch hört Bella nie auf, die positiven Aspekte beider zu betonen.

Es herrscht eine Form chronischer Kriegsgefahr und ständiger Friedensverhandlung, wobei Bella die Vermittlerin ist, die zwischen den Fronten hin- und herwechselt und versucht, Vorurteile abzubauen und Missverständnisse auszuräumen.

Bella weiß mehr als die Vampire über Werwölfe und umgekehrt, weil sie offen ist für beide Seiten, weil sie das Vertrauen beider Seiten genießt.

Silbermond

Wie erhabene Halbmonde, im richtigen Licht wie Silbermonde, sehen die Narben aus, die ein Vampirbiss auf der Haut hinterlässt.

Spiel

Alice kann das Wetter genauer vorhersagen als Meteorologen. Wenn ein Gewitter bevorsteht, spielen die Cullens gerne ihre Art von Baseball. Das Feld ist riesig groß, irgendwo im Wald. Pitcher und Schlagmann stehen weit voneinander entfernt, niemand trägt Handschuhe. Wenn der Schläger den Ball trifft, dann gibt es ein ungeheuer lautes, donnerndes Geräusch – deshalb sind die Cullens gezwungen, ihrem Hobby bei Gewittern nachzugehen. Für Bella steht sofort fest, dass sie vor Langeweile sterben würde, wenn sie noch einmal ein normales Major-Legue-Spiel anschauen müsste. Was nicht ohne Reiz ist, zumal Renées Freund Phil Baseballspieler ist.

Ob es wohl einmal eine Begegnung zwischen Ed und Phil geben wird? Wird Charlie, der so viele Abende vor dem Fernsehen verbringt, irgendwann das ultimative Baseballsiel der Cullens live sehen dürfen?

Zu den erzählerischen Kostbarkeiten der Vampirsaga gehört die Schilderung von Alice und Edward beim Schachspiel. Da jeder die Züge des anderen voraussehen kann, werden die Figuren nur zu Beginn des Spiels bewegt. Der Großteil der Partie findet im Kopf statt. Am Ende stößt einer der Cullens seinen König um, obwohl er sich noch einer idealen Verteidigung erfreut.

Stephenie liebt die Schach-Metapher und regte das entsprechende Covermotiv für den vierten Band der Originalausgabe an, denn am Ende des Romans findet – ähnlich wie beim Schach – das Kräftemessen nicht physisch, sondern mental statt.

Suizid

Manche Figuren in der Vampirsaga empfinden so leidenschaftlich, dass für sie nur der Suizid als letzter Ausweg möglich scheint. Wie ein roter Faden zieht sich das Thema der Selbsttötung durch Bellas Geschichte: Ihre Schwiegermutter Esme sprang in den Tod. Edward war zum Selbstmord entschlossen, als er vom angeblichen Tod Bellas erfuhr. Die »dritte Frau« nimmt sich in einer Auseinandersetzung zwischen Werwölfen und Vampiren das Leben, um ihre Angehörigen, ja, ihren ganzen Stamm zu retten. In einer für die Werwölfe aussichtslosen Kampfhandlung wirft sie sich einer Vampirin vor die Füße und stößt sich ein Messer ins Herz, um sie abzulenken und angreifbar zu machen. Nicht zuletzt spielt Bella selbst mehrfach mit dem Gedanken an Selbstmord, will sich während der Trennung von Edward (im zweiten Band) das Leben nehmen oder sich vor den neugeborenen Vampiren Victorias nach dem Vorbild der »dritten Frau« opfern (im dritten Band).

Tadsch Mahal

Das Tadsch Mahal von Washington nennen Bella und Jacob die aus Wellblechwänden zusammengeschraubte Werkstatt Jacobs. Der Gegensatz zwischen prachtvollem Tempel und ärmlicher Hütte könnte kaum größer sein und symbolisiert Bellas Fähigkeit, sich auch mit wenig zufrieden geben zu können. Letztlich allerdings kann sie dem Reichtum nicht entsagen. Bella gönnt sich beides: die Romantik in Bescheidenheit und die Leidenschaft im Luxus.

Temperatur

Kälte – den Vampiren innewohnend – und Hitze – den Werwölfen innewohnend – sind allgegenwärtig. Besonders spannend sind die Temperaturschwankungen in Extremsituationen, etwa beim Austausch von Zärtlichkeiten. So bewirken Edwards kalte Hände, dass es Bella warm wird. Fest umarmt schmilzt Bella an Edwards kalter Brust dahin.

Todesdrohung

Bellas Leben scheint ständig in Gefahr zu sein. Einerseits, weil sie Unglücksfälle wie magisch anzieht, andererseits weil ihre Liebe zu Edward so kompliziert ist, dass mehrere Vampire gleichzeitig und unabhängig voneinander sie ermorden wollen – ob aus Rache oder Prinzip. Diese Todesdrohungen sorgen für eine nicht nachlassende Spannung in der Vampirsaga, da ständig Gefahr im Verzug ist.

Träne

Am Ende von Edwards Klavierspiel stehen Bella Tränen in den Augen, so melancholisch sind die letzten Akkorde. Edward berührt ihre Augenwinkel, lässt eine Träne über seinen Finger laufen, betrachtet sie nachdenklich und leckt schließlich an seinem Finger. Da er selbst nicht mehr weinen kann, ist eine Träne Bellas für ihn fast so kostbar wie ein Blutstropfen von ihr.

Traum

Träume spielen eine wesentliche Rolle in Stephenies Vampirsaga, an deren Anfang der schon legendäre Traum der Autorin vom 2. Juni 2003 steht, in dem sie wie in einer Vision Bella und Edward auf der Lichtung gesehen hat. Im ersten Traum, den Bella erzählt, befindet sie sich mit Jacob im

Wald. Er verwandelt sich in einen rötlich-braunen Wolf mit schwarzen Augen. Auftritt Edward, der Bella zu sich winkt. Der Wolf will Edward anspringen – in dem Moment erwacht Bella. Hier wird der große Konflikt, die Dreiecksgeschichte vorweggenommen. Diese Funktion behalten die weiteren Träume bei, wobei sie manchmal auch nur Varianten einer möglichen Zukunft andeuten. Sie lassen dort bevorstehende Ereignisse erahnen, wo Alice nicht vor Ort ist. So auch bei der Vision, wie Rosalie sich auf Billy Black stürzt und Bella feststellt, dass sie beim Versuch, dazwischenzugehen, eine lange Klinge in der Hand hält. Oder gegen Ende, als Bella mehrfach ein Baby auf den Gebeinen ihrer liebsten Freunde und Verwandten sitzen sieht.

Treibholz

Ein riesiges Stück Treibholz, umgeben von regenbogenfarbenen Kieseln, ein ganzer Baum mit Wurzeln, weiß gewaschen und tief in den Strand von La Push eingegraben, dient Bella und Jacob oft als Sitzbank. Er stellt einen symbolischen Ruhepol dar, ein Ort der Meditation mit langer Tradition, vom Zufall getrieben und nach Jahrzehnten des Lebens und einer Reise durch den Fluss zum Stillstand gekommen.

Treibholzfeuer

Wegen des Salzes in den verdorrten, am Strand von La Push eingesammelten Ästen, sind die Flammen dieses Naturgrillfeuers blau und grün.

Twilight

So lautet der Titel des Debüts, mit dem Stephenie zu Beginn nicht besonders glücklich war, der sich jedoch inzwischen für die ganze Vampirsaga durchgesetzt hat. Wie schwierig es ist, einen passenden Titel für den Erstling zu finden, zeigen die Namen der Twilight-Übersetzungen anderer Länder – in Deutschland: *Bis(s) zum Morgengrauen*; in Finnland: *Verführung*; in Frankreich: *Faszination*; in Japan, wo der Erstling in drei Bücher geteilt wurde: *Der Junge, den ich liebe, ist ein Vampir*, *Blut schmeckt nach Traurigkeit*, *Die Vampirfamilie in der Dunkelheit*.

Unsterblichkeit

Bella ist fest entschlossen, ihre menschliche Sterblichkeit gegen die Unsterblichkeit eines Vampirs einzutauschen. Nur selten kommen ihr Zweifel. Dann fühlt sie sich wie ein Schaf, das zur Schlachtbank geführt werden soll. Doch die Sehnsucht, für immer mit Edward vereint zu sein, überwiegt alle Bedenken.

Valentinstag

Nicht nur Bella und Edward, auch Bella und Jacob erleben wundervolle Momente an den Valentinstagen. Und selbstverständlich die Leser, denn am Valentinstag erschienen jeweils die mit Spannung erwarteten deutschen Ausgaben der Vampirsaga.

Vampire

Vampire werden auch Gefangene des Durstes, Bluttrinker, Parasiten oder kalte Wesen genannt. Vampire haben eine lange Tradition und im Gegensatz zu Dämonen, Drachen, Dschinns, Elfen, Feen, Geister, Gespenstern, Ghulen, Hexen, Nachzehrern, Nixen, Trollen, Wiedergängern, Zombies oder Zwergen haben Vampire zur Zeit Hochkonjunktur – vor allem dank Stephenie, aber auch dank Anne Rice, Darren Shawn oder Buffy. Die heute populären Vampirtypen haben sich im

Vergleich zu ihren Urahnen in nahezu darwinistischer Manier weiterentwickelt. Man denke nur an die Succubus-Vampire, hier in Form der Denali-Schwestern, die (Menschen-)Männer verführen. Im Mittelalter als grausige Wesen und Sündenböcke für Seuchen entstanden, wandelten sich ihre Erscheinungsformen, ihre Eigenschaften und vor allem ihr Image im Lauf der Jahrhunderte bis hin zur höchsten Vollendung, dem Cullen-Vampir. Er ist – wie viele seiner Vorgänger – ein direkter Nachfahre des 1816 erstmals erwähnten Lord Ruthven. Ein Widerspruch, gewiss, ist doch Carlisle Cullen lange vor Lord Ruthven geboren worden. Es war der Arzt John W. Polidori (und vielleicht auch ein wenig Lord Byron und vielleicht sogar ein wenig Mary Shelley), der Lord Ruthven, den Prototypen vieler Vampire, ins Leben rief. Ruthven vereint zahlreiche Merkmale der Cullens: das blasse Gesicht, der besondere Blick, die leicht arrogant wirkende Art des schönen und elitären Sonderlings, gut betucht, etwas melancholisch, etwas gelangweilt und cool wie Robert Pattinson mit Sonnenbrille. Ja, in Forks trägt der Film-Edward unter geschlossener Wolkendecke eine Sonnenbrille – auf dem Schülerparkplatz, Bella im Arm, im Augenblick des Outings.

Weniger auf die Cullens hat Bram Stokers Graf Dracula abgefärbt. Allerdings hat die große Gattung der Vampire über die Jahrhunderte hinweg zwei wichtige Gemeinsamkeiten. Vampire sind ansteckend. Sie können auf verschiedenste Weisen weitere Vampire erzeugen. Die schönste und in der Vampirhistorie bisher einmalige – oder zumindest erstmals geschilderte – findet im vierten Band von Stephenies Vampirsaga statt. Die andere Gemeinsamkeit besteht darin, dass Vampire nie zur Ruhe kommen, dass sie schlaflos und immer aktiv sind und einige von ihnen daher lebenssatt sind und das Weiterleben als eine Pflicht, als eine Last empfinden und nach Wegen suchen, um irgendwie, irgendwann erlöst zu werden. Dabei ist Suizid, wie am Beispiel Carlisle Cullens gezeigt wird, nicht durchführbar, was das Unterfangen enorm erschwert. Eine Option besteht darin, gegen die von den Volturis verteidigten Gesetze so massiv zu verstoßen, dass diese die Verbrecher ohne viel Aufhebens liquidieren, was bei außergewöhnlich raffinierten Vampiren wie Victoria auch im Nu geschieht.

Übrigens, eine der wenigen Konstanten in der Evolution der Vampire ist die einzige sichere Methode, einen Vampir zu töten, die heute wie damals darin besteht, ihn zu zerfetzen und die Körperteile zu verbrennen. Das soll niemanden daran hindern, ihn heute noch zur Sicherheit vorher zu pfählen. Scherz beiseite: Warum faszinieren Vampire heute und insbesondere Stephenies Cullen-Vampire die Jugendlichen so sehr? Nebst den bereits genannten Gründen könnte man Gemeinsamkeiten in der Mentalität zwischen Vampiren und Jugendlichen erkennen: Beide bewegen sich am Rande von Konventionen, beide machen den Tag zur Nacht, sie rebellieren gegen verstockte Konservative, lehnen Stillstand ab, befinden sich in ständiger Bewegung, ruhelos und schlaflos ständig auf der Suche nach der nächsten Neuigkeit, nach dem nächsten Trend, nach dem nächsten Kick. Am liebsten nachts, am liebsten cool – auch wörtlich –, kalt, blass, durstig, ohne ein Zuhause, noch ohne einen eigenen Platz in der Gesellschaft gefunden zu haben, fern vom Trott der Erwachsenen in pubertärer Verwirrung lebend.

Vergewaltigung

In Port Angeles deutet sich eine Vergewaltigung an. Bella verirrt sich auf der Suche nach einer Buchhandlung, plötzlich begegnet sie vier Männern (für Büroarbeiter zu zwanglos gekleidet, für Touristen zu schmuddelig – hier zeigt sich die Gabe Stephenie Meyers für schnelle und treffende Charakterisierungen). Bellas Pfefferspray – offensichtlich ein gängiges Accessoire – hat sie nicht bei sich. Es befindet sich seit ihrer Ankunft in Forks in ihrer Reisetasche unter dem Bett. Bella ahnt, dass diese Männer schlimmere Absichten haben als nur Raub.

Hier in Port Angeles entfaltet Stephenie Meyer gekonnt ihre erste Hit-and-run-Szene. Sie zeigt sofort, wie man es macht, indem sie nicht nur eine Verfolgungsjagd schildert. Bella wird von den vier Männern eben nicht nur verfolgt. Sie wird in die Enge getrieben. Stephenie Meyer beherrscht das meisterhaft und legt noch vielfach im Verlauf der Vampirsaga Zeugnis davon ab.

Das Thema Vergewaltigung wird im dritten Band aufgegriffen. Rosalie erzählt darin ihre erschütternde Geschichte bis zur Verwandlung durch Carlisle.

Manchmal beginnt eine Vergewaltigung mit einem harmlosen Kuss. Eine diskussionswürdige Szene für Frauen in bedrohlichen Situationen könnte die Reaktionsweise Bellas bei einem unerwünschten Annäherungsversuch durch Jacob sein. Bella gibt die Versuche ihn wegzuschieben auf, die Jacob nur noch mehr anstachelten, sie lässt ihre Arme sinken, macht sich ganz steif, öffnet die Augen, wehrt sich nicht mehr – und hat Glück, Jacob hört auf.

Verwandlung

Nichts wünscht sich Bella so sehr wie die Verwandlung in einen Vampir, damit sie für immer mit Edward zusammen sein kann. Ohne Verwandlung würde sie altern, er bliebe unverändert und die Liebe müsste enden. Ein Hinderungsgrund ist Edward selbst, der hin- und hergerissen ist. Er weiß, wie kostbar das Menschsein ist. Auch Rosalie wünscht sich nichts sehnlicher, als ein Mensch zu sein. Sie ist neidisch auf Bella und kann nicht verstehen, dass sie ein Vampir werden will. Weitere Hinderungsgründe sind Renée und Charlie – wie soll Bella ihnen jemals die Verwandlung verständlich machen? Und wie würde Jacob reagieren, der es sofort bemerken würde? Der potentielle Ekel Jacobs überschattet immer wieder Bellas paradiesische Aussichten.

Mehrere Verwandlungen von Mensch zu Vampir werden geschildert. Zu den eindrücklichsten gehören die Verwandlungen Carlisles im ersten und die Verwandlung Rosalies im dritten Band. Den Höhepunkt bildet die Verwandlung Bellas im vierten Band. Aber auch die Nahtod-Erfahrung Bellas am Ende des ersten Bandes beschreibt detailliert die schmerzhaften Ereignisse beim Eintritt des Vampirgiftes in die Blutbahn.

Wahl

Die Entscheidungsfreiheit, ein Vampir zu werden oder ein Mensch zu bleiben, hat nur Bella. Auch keiner der Cullens konnte sich das Vampirschicksal aussuchen. Rosalie beispielsweise ist neidisch auf diese Möglichkeit Bellas und versucht sie zu überzeugen, ein Mensch zu bleiben.

Wald

Viele entscheidende Szenen der Vampirsaga spielen im Wald. Wald gilt seit der Antike als Fluchtpunkt für – aus heutiger Sicht – romantisch veranlagte Autoren; als Ort der Einheit von Mensch und Natur.

Werwolf

Ein Wesen zwischen Mensch und Tier, zwischen Mann und Wolf. Weibliche Werwölfe sind sehr selten, aber Stephenie hat auch hier einen untrüglichen Spürsinn für Grenzerfahrungen und führt ein weibliches Wesen in das Quileute-Rudel mit vielen fabelhaften Konsequenzen ein. Spätestens seit in Ovids *Metamorphosen* Zeus König Lyakon in einen Wolf verwandelte, gehört der Vorgang zu den faszinierndsten Elementen von Schauer- und Horrorgeschichten. Aber ähnlich wie die Cullens haben auch die Stammesangehörigen der Quileute evolutionsgeschichtlich enorme Fortschritte gemacht. Geprägt von einem humanistischen Weltbild ist neben Selbstverteidigung die Nächstenliebe das höchste Gebot. Jacob verfügt nicht nur über eine Seele und ein Gewissen, er würde auch niemals einen Menschen töten. Edward ist diesbezüglich durch Schaden klug geworden. Beide, Edward und Jacob, würden ihr Leben opfern, um Bellas Leben zu retten. Von Monstern kann insofern weder bei Stephenies Werwölfen noch bei ihren Cullen-Vampiren gesprochen werden. Im Übrigen gelten vor allem dank des Vorgangs der Prägung die Quileute als Verkörperungen eines neuen Ideals vollkommener und schicksalhafter Liebe.

Die Gemeinsamkeiten der Werwölfe und der Vampire in den volkstümlichen Vorstellungen bestanden vor allem darin, dass beide sagenhaften Wesen nachts aktiv waren und Menschenblut tranken oder zumindest den Menschen schadeten. Im Gegensatz zu den Vampiren starb der Werwolf definitiv mit seinem Tod. Oder er wurde zum Vampir und damit unsterblich. Kulturgeschichtlich war der Werwolfglaube im Vampirglauben fast ganz aufgegangen. Erst in neuerer Zeit werden beide Mythen wie bei Stephenie gemeinsam zu neuem Leben erweckt.

Wissenschaft

Als Alice befürchtet, ihre Gabe zu verlieren, und auch Bella sich größte Sorgen macht, erklärt Edward, dass »es noch keine wissenschaftliche Untersuchung« über die besonderen Talente bei Vampiren gebe. Er persönlich glaube, sie würden mit der Zeit eher stärker werden und weist auf Aro und Jane hin. Warten wir also die ersten Forschungsergebnisse dazu ab. Schließlich ist Carlisle Cullen selbst ein Wissenschaftler mit jahrhundertelanger Erfahrung.

WAYNE, BRUCE und PARKER, PETER

Im fünften Kapitel des ersten Bandes gesteht Bella, dass sie sich heimlich eine Theorie zurechtgelegt hat, worin Edward ein übernatürliches Wesen zwischen Bruce Wayne und Peter Parker sein müsste. Hierbei handelt es sich um den Milliardär Wayne, der anderen Identität Batmans, und um den Fotografen Parker, der anderen Identität Spidermans.

ZEIT

Bella hat das Gefühl, in Forks vergehe die Zeit unterschiedlich schnell. Mal verschwimmen ganze Wochen in ihrer Wahrnehmung. Mal ist jede Sekunde wichtig.

Zeit ist zudem eines der wichtigsten erzählerischen Mittel, um Spannung zu erzeugen oder aufrecht zu erhalten. Als Jacob beispielsweise im dritten Band meint, er habe noch einige Jahre Zeit, bis sich Bella verwandeln lassen wolle, korrigiert sie ihn. Es handle sich nur noch um Wochen. Dadurch spitzt sich die Lage in mehrfacher Hinsicht zu. Schließlich ist und bleibt Edward siebzehn und Bella nähert sich mit jedem Tag ihrem neunzehnten Geburtstag.

ZEITUNG

Sie gehört täglich in Charlies Haushalt, der nur über eine sehr langsame Internet-Verbindung verfügt, die Bella immer wieder verzweifeln lässt. Die Zeitung dient dazu, den Lesern Neuigkeiten mitzuteilen, die die Geschichte vorantreiben, wie beispielsweise die Vorfälle in Seattle, wo im zweiten Band immer mehr Morde stattfinden, die nicht aufgeklärt werden. Die Zeitung wird mit verschiedenen Spekulationen ausführlich zitiert.

Zeitverschiebung

In Florida, wo Renée wohnt, ist es drei Stunden später als in Forks, was immer wieder zu Komplikationen führt.

Entstehung und Entwicklung eines Weltbestsellers

Ich liebe Debütromane. Ihren Erstling schreiben die Autoren ohne Hast, ohne Belastung, ohne Erwartungsdruck, ohne Vorschusshonorar und ohne die geringste Ahnung, ob ihr Text jemals gedruckt, veröffentlicht und von Fremden gelesen werden wird. Diese Freiheit und Leichtigkeit der Autoren beim Schreiben eines Debüts wirkt sich positiv auf die Texte aus. Das Besondere bei Stephenie ist, dass sie sich nach Abschluss des ersten Bandes ihren Einfallsreichtum, ihre Intensität und ihre Unbeschwertheit bewahrt hat. Die schriftstellerischen Qualitäten des ersten Bandes bleiben in der ganzen Vampirsaga bestehen. Ich werde sie im übernächsten Kapitel genauer betrachten. Inhaltliche Gründe dafür, dass aus der Liebesgeschichte von Bella und Edward ein Weltbestseller wurde, gibt es viele und einige wurden schon genannt. Aber es gibt auch zahlreiche formale Gründe. Das Potential, das in Stephenies Geschichte steckt, haben bis auf wenige Ausnahmen alle frühen professionellen Leser des ersten Manuskripts geahnt. Überschwänglich und konsequent ausgebreitete Retro-Romantik sowie innovativ behandelte Vampir-Thematik, beides eng verwoben, kam einem Lesebedürfnis entgegen. Stephenies Agent und ihr Verlag setzten von Anfang an auf ein starkes begleitendes Marketing.

Jugendliche Fans wurden mit Merchandising-Artikeln und Events verwöhnt. Inzwischen gibt es neben Kalender, Lesezeichen oder Karten und Brettspielen auch T-Shirts, Poster oder Puppen von Bella und Edward und viel Schmuck (z. B. Bellas Armband und Verlobungsring). Den Merchandising-Phantasien sind dabei keine Grenzen gesetzt: Aktuell sind *Twilight*-Parfüms passend zu allen Protagonisten der Renner.

Schon vor Erscheinen des ersten Bandes wurde das Internet wichtigstes Verbreitungsmedium für das *Twilight*-Fieber. Auf unzähligen offiziellen und inoffiziellen Webseiten weltweit tauschen sich Fans aus, werden Gerüchte in Umlauf gesetzt, Fakten aufgelistet oder Geschichten weitererzählt. Stephenie selbst trägt erheblich zum unkontrollierten Wuchern von Informationen rund um die Vampirsaga bei, indem sie in sehr vielen Interviews und FAQs Erklärungen zu ihren Geschichten abgibt. Dies spricht nicht für die Qualität ihrer Romane, die tatsächlich immer wieder Widersprüchliches enthalten. Aber das sei Stephenie verziehen. Bei der Schöpfung neuer Wesen können einem schon mal kleine Konstruktionsfehler passieren. Sie selbst betont immer wieder den fiktionalen Aspekt ihrer Geschichten: Alles ist unmöglich, was sie sich da ausgedacht hat. Innerhalb dieser erfundenen Welten versucht Stephenie aber nach Kräften logischen Anforderungen gerecht zu werden. Das Surfen durch die unzähligen Interpretationen und Erläuterungen der Vampirsaga lohnt sich – beginnend bei den offiziellen Seiten bis hin zu den alternativen.

Auch die Fanfiction nimmt inzwischen große Teile der *Twilight*-Portale ein. Dramen um verbotenerweise veröffentlichte Manuskripte werden ebenso ausgebreitet wie Indiskretionen aller Art, die neugierig von anderen Webmastern kolportiert werden. Vor Erscheinen der Übersetzungen werden millionenfach Inhaltsangaben verbreitet, mit oder ohne Spoiler. Diese Warnungen an die Leser, dass nun gleich Texte folgen, die etwas vorwegnehmen oder verraten könnten, werden ihrerseits immer fantasievoller: Ob Geheim- und Spiegelschrift oder eine mit dem Hintergrund identische Schriftfarbe, die erst lesbar wird, wenn sie markiert wird – dies ist nur ein kleiner Aspekt, der den Witz zeigt, mit dem Fans ihrer Leidenschaft im Netz frönen.

Unter den Beiträgen dominieren die zahllosen Reaktionen auf die Bücher. Auch hier demonstrieren die Fans viel Witz, wie beispielsweise der Name der Leserin beweist, die Folgendes zum ersten Band schreibt: »›Dieses Buch ist einfach herzzerreißend schön. Es ist geistreich und gefühlvoll geschrieben und half mir persönlich über eine schwere Zeit.‹ *Heike Eldenreich.*« Nachdem sich nun schon Iris Radisch in der ZEIT positiv zu Stephenie Meyer geäußert hat (siehe Nachwort), dürfte es nicht mehr lange dauern, bis auch *Elke Heidenreich* die Vampirsaga liest.

Hitzig geht es vor allem dann im Internet her, wenn jemand Verrisse veröffentlicht, was beim vierten Band häufig geschehen ist. Hier besonders leidenschaftliche in Ziffern, wobei ich viele Punkte auslasse:

1. »Stephenie Meyer hat ihre zuvor im Internet ausgebreiteten Regeln ihrer Vampirwelt gnadenlos umgestoßen. Auf Seiten wie imdb und dem twilightlexiconblog war zuvor immer zu lesen gewesen, dass das Gift der Vampire alle Körperflüssigkeiten ersetzt (Antwort von Stephenie Meyer in einem Interview). Nach *Breaking Dawn* hieß es plötzlich ›fast alle Körperflüssigkeiten‹.
   Viele sagen, da es aber nicht in den Büchern stand, spielt

es keine Rolle und ich respektiere diese Meinung, aber ich sehe es anders.
Für mich ist es ein Zeichen dafür, dass Stephenie Meyer ihre eigenen Geschichten und ihre eigenen, damit verbundenen Handlungen nicht gut genug durchdacht hat.

2. Durchschnittswachstum Mensch + ausbleibendes Wachstum Vampir = super schnelles Wachstum.
Logischer: Durchschnittswachstum Mensch + ausbleibendes Wachstum Vampir = verlangsamtes Wachstum.
Das ist nur ein weiterer Punkt, bei dem die Logik Stephenie Meyer verlassen hat.

7. Bellas Verwandlung/Zeit als Neugeborene. Bella, die so gerne jammert, schafft es drei Tage lang, während sie Höllenqualen leidet, still dazuliegen und keinen Mucks von sich zu geben? Und hat sich außerdem direkt danach unter Kontrolle?
Mal abgesehen davon, dass Bellas Verwandlung etwas besonderes hätte sein sollen. Ging es nicht darum, dass sie ihr Leben freiwillig aufgibt, um mit Edward zusammen zu sein? Stephenie Meyer hat daraus nur einen weiteren Moment gemacht, in dem Bella gerettet werden musste, und damit unterscheidet sich Bellas Verwandlung nicht von Edwards, Esmes, Rosalies und Emmetts.

8. Die Geburt: Leute, solltet ihr Kinder haben, die (sagen wir mal) dreizehn oder jünger sind, und diese Kinder wollen dieses Buch lesen – bitte, bitte, nehmt sie vorher auf die Seite und erklärt ihnen, wie eine ›normale‹ Schwangerschaft, eine ›normale‹ Geburt und ein ›normaler‹ Kaiserschnitt abläuft!
Ach ja, und wenn wir schon dabei sind, könnte den lieben Kindern gegenüber auch noch erwähnt werden, dass es nicht gängig ist, seinem Ehemann/Freund das Angebot

zu machen, die komplette weitere Lebensplanung umzuwerfen, nur damit er noch mal mit einem schläft.

9. Ein praktizierender Arzt und ein Ehemann mit zwei Arztdiplomen brauchen einen Highschool-Schüler, um auf die Idee zu kommen, dass der kleine, gerade heranwachsende Halbvampir statt normalem Menschenfutter eventuell Blut bevorzugt?
Praktizierender Arzt = Carlisle, Ehemann mit zwei Arztdiplomen = Edward, Highschool-Schüler = Jacob.

10. 23 Chromosome + 25 Chromosome = 24 Chromosome
Daran stören zwei Dinge: Nummer 1 – es gibt Veränderungen in der Chromosomenanzahl/Struktur, aber – daraus »entsteht« kein supersüßes, superschlaues kleines Kind, im Regelfall sind es eher Kinder, die mit schwerwiegenden Behinderungen oder gänzlich lebensunfähig geboren werden. Eine Tatsache, die in meinen Augen nicht einfach verdreht werden sollte und – ja, ich weiß, es ist Fiktion, aber es gibt Grenzen! Nummer 2 – die Werwölfe haben auch 24 Chromosome, aber jede Art hat einen spezifischen Chromosomensatz, d. h. Nessie/Renesmee müsste auch ein Werwolf sein.

11. Werwölfe – Formwandler? Und Edward wusste es die ganze Zeit, hielt es aber nicht für nötig, es zu erwähnen?

15. Edward, der Jacob davon überzeugen will, Bella zu überzeugen, das Kind nicht zu behalten und vorschlägt, Bella könnte ja kleine »Welpen« bekommen, wenn das ›Ding‹ weg ist und sie trotzdem noch ein Kind will.

17. Es ging immer um Entscheidungen, das hat Stephenie Meyer immer wieder betont, und dann prägt Jacob sich auf Nessie und alle Entscheidungsgewalt geht flöten.

19. Bella ist nach ihrer Verwandlung perfekt – wo ist ihr Babybauch? Eigentlich dürfte der nicht verschwinden, im-

merhin sehen Vampire, laut Stephenie Meyer, für immer so aus wie zu dem Zeitpunkt ihrer Verwandlung.«

Es braucht nicht viel Phantasie, um sich vorzustellen, mit welcher Wucht viele Fans, die diese Kritik – zum Teil zu Recht – für verfehlt halten, darauf reagieren. Hier zeigt sich: Stephenie hat Bestseller mit Biss geschrieben. Deshalb gilt: Es darf gebissen werden. Ich finde es nicht übertrieben, gerade angesichts der Kontroversen um den vierten Band, von einer allgemeinen Bissigkeit zu reden. In den Foren wimmelt es von Pros und Contras und Stephenie selbst entschärft auf ihrer Homepage recht geschickt fast alle auch der oben genannten Vorwürfe und Zweifel.

Virales Marketing

Nicht erst im vierten Band, schon davor stellen sich da und dort Fragen. Neben den vielen übernatürlichen Fähigkeiten der Cullens gibt es einige Aspekte im Dasein der Vampire, auf die in der Saga kaum oder gar nicht eingegangen wird. Da sind Fragen anatomischer oder alltäglich-praktischer Natur: Die bläulichen Venen Edwards sind unter der Haut sichtbar. Dass da seit Jahrzehnten kein Blut mehr fließt, lässt sich leicht durch das Vampirgift erklären. Dieses spielt auch im vierten Band eine wesentliche Rolle, als sich die Frage nach der Art der Fortpflanzung stellt. Sollten im Buch nicht alle Fragen nach der Praktikabilität der Körpersäfte beantwortet werden, so lohnt einmal mehr der Besuch auf Stephenies Webseite. Dies gilt übrigens auch für die nachfolgenden

Fragen. Zu fast allen hat sich Stephenie in Interviews geäußert. Das Problem besteht eher darin, dass sich die Fragen allein mit Hilfe der Bücher und ohne äußere Hilfe beantworten lassen müssten. Besser noch: Die Fragen sollten gar nicht aufkommen.

Dass Edward ohne zu Atmen leben kann, erklärt er ausführlich. Aber was ist mit seinem umwerfend süßen Atem? Was ist mit den Speiseresten zwischen den Zähnen, die von den Pumafleischfetzen übrigbleiben müssten? Wenn er sie nicht entfernt, führten sie über kurz oder lang unweigerlich zu schlechtem Atem. Wann putzt er sich die Zähne? Wie schaut es überhaupt mit seiner Körperhygiene aus? Deo? Aber er schwitzt ja nicht. Er weint nicht.

Warum vermehren sich die Cullens nicht – seit Hunderten von Jahren? Ja, Vampirfrauen können nicht gebären, aber Emmett erzählt von den reizvollen Sängerinnen (»La tua cantante«). Okay, im großen Hause der Cullens gibt es in den Schlafzimmern keine Betten. Aber wie sehen die Toiletten aus? Wurden sie umgebaut oder werden sie einfach nicht benutzt?

Da die Cullens nie schlafen können: Wann gähnen sie? Wann sind sie müde? Wann hellwach? Und Träume? Als Bella scheinbar schläft und Edward in ihrem Schlafzimmer wacht, kommt plötzlich Edwards *muntere* Stimme vom Schaukelstuhl in der Ecke. Mal munter, mal müde? Wie stellen sich Kontraste ein, wenn es nie mehr Ruhe- und Schlafphasen gibt?

Was geschieht mit der psychischen Entwicklung. Wie ist es möglich, Jahrhunderte lang wie Edward psychisch auf dem Niveau eines Siebzehnjährigen zu bleiben, nur weil der Körper sich nicht verändert? Die Saga pickt ja gerade den Moment heraus, in dem Edward sich entwickelt und verändert.

Dadurch akzeptieren die Leser diesen Umstand als plausibel, der, genau betrachtet, unvernünftig ist. Sobald ein Wesen lernfähig ist, Neues erlebt und Erfahrungen macht, entwickelt sich auch seine Psyche. Das müsste kontinuierlich über die Vampir-Jahrhunderte hinweg geschehen. Die gebildeten, jahrhundertealten Vampire müssten seelisch sehr reif sein. Edward verabschiedet sich von seiner jahrzehntealten Einsamkeit und verliebt sich zum ersten Mal in seinem Leben. Zum ersten Mal lässt er diese Gefühle zu. Was ja seine Eltern lange gehofft hatten, weil sie sahen, dass er in seinem Status quo unglücklich war.

Beim Baseballspiel der Cullens stellt sich die Frage, aus welchem Material ein Ball hergestellt sein muss, der beim Auftreffen auf den Schläger Geräusche erzeugt, deren Lautstärke einem Gewitterdonner entspricht.

Müsste die Versuchung für Vampire nicht riesig sein, mit Hilfe ihrer übernatürlichen Kräfte unter den Menschen zu Helden zu werden? Supermänner und Bösewichte, die in den Alltag eingreifen?

Menschen rund um Bella kommen so oft in Kontakt mit den Cullens, beispielsweise bei den Hochzeitsvorbereitungen. Wie ist es möglich, dass sie sich nie über die Kälte, also die niedrige Körpertemperatur, oder über die chronische Blässe der Cullens wundern? Wie kann Carlisle Cullen in einer Klinik arbeiten, mit Kollegen, die ausgebildete Ärzte sind, ohne dass denen etwas auffällt? Auch im Film besteht dieses Problem. Die kalte Hand Edwards wird mehrfach thematisiert. Aber wenn Carlisle beim Händeschütteln gezeigt wird, passiert gar nichts. Auch in der Schule, im Alltag kämen die Cullens nicht gänzlich ohne Körperkontakt mit Menschen aus. Aber der Text spart solche Situationen aus. Je länger die Vampirsaga dauert, desto näher kommen sich Vampire und Werwölfe. Ein einfaches Händeschütteln, die Berührung einer überhitzten Werwolfhand und einer unterkühlten Vampirhand müsste zu unübersehbaren Reaktionen führen.

Bei Rosalie fragt man sich, was aus den Menschen von damals geworden ist. Wie geht es Vera, Rosalies bester Freundin in den 1930er-Jahren? Wie geht es Veras Kindern und Veras Mann, dem Schreiner? Rosalie war kurze Zeit neidisch auf das einfache Familienglück Veras. Was läge näher, sich nach ihrem Befinden, nach dem Fortgang ihres Lebens zu erkundigen?

Spitzfindige Fans haben noch viel mehr Problemzonen entdeckt. Für manche Fragen findet man Antworten in den Büchern, für andere findet man Antworten in Stephenies Interviews. Und falls dann noch Zweifel bleiben, gilt Stephenies Devise: »It's fun«.

Und es wird – auch angesichts des umstrittenen vierten Bandes – nicht nur gebissen. Mindestens wird ebenso oft geküsst. Hier das Beispiel einer gemäßigten Befürworterin des vierten Bandes:

»Das Schlimme ist, die meisten haben in ihrer Kritik Recht. Der Roman hat etliche Schwächen, allen voran die unglaubwürdige und plötzliche Veränderung der wichtigen Charaktere, z. B. Edward, und besonders Jakob ist nicht wiederzuerkennen (endlich finde ich ihn mal nicht mehr unsympathisch und ätzend ;-)). Auch Charleys Rolle und sein Charakter sind ziemlich verformt worden (dabei war gerade Charley so herrlich authentisch mit all seinen Macken). Auch missfällt mir nachträglich die arg reaktionäre (vermutlich sehr mormonische) Botschaft der Geschichte: Mädchen heiraten jung(fräulich), opfern ihr Leben der Familie, verzichten auf Studium und Karriere und sind für immer und ewig glücklich.

Aber leider ändert das gar nichts daran, dass mich diese und viele andere Schwachstellen beim Lesen des Romans kein bisschen gestört haben, ja dass sie mir nicht mal aufgefallen sind, und dass mir *Bis(s) zum Ende der Nacht* auch rückblickend und trotz aller Kritiken immer noch gut gefällt.

Vielleicht liegt es daran, dass ich von Anfang an völlig überrascht von dem Handlungsverlauf war. Alles kam ganz anders, als ich es erwartet hatte und auch ganz anders, als ich es der Autorin nach den – eher mäßigen und zum Teil sehr vorhersehbaren – beiden Vorgängerromanen zugetraut hatte. Alleine das Staunen über den Gang der Handlung (mag er nachträglich noch so abwegig und unlogisch erscheinen) hat mich bei der Stange gehalten und dazu geführt, dass ich dieses Buch nur für eine kurze Schlafperiode aus der Hand gelegt habe.

Außerdem, das letzte Drittel des Romans war wirklich gut, sehr spannend, einfallsreich und überraschend – ein würdiger Schluss, der mich mit vielen kleineren Ärgernissen der Vorgängerromane versöhnte.«

Und als drittes und letztes Beispiel die Erinnerung daran, dass es sich um Unterhaltung, nicht um Wissenschaft handelt:

»Ich finde das Buch gut. Punkt. Ich verstehe viele Leute nicht, die so vernichtende Kritiken zu Fortsetzungen schreiben. Natürlich ist der vierte Band anders als die Vorgänger. Ich muss sagen, ich war wirklich beeindruckt, dass mich die Story noch so überraschen konnte. Ich habe vorher nichts darüber gelesen, ich wollte mir erst mal mein eigenes Bild machen. Und bin entsetzt, wie viele negative Kritiken es gibt. Ich habe mir viele Gedanken darüber gemacht, was wohl in diesem Buch passieren wird, und hab mich ehrlich gefragt, wie man noch genug Story aus den verbleibenden ›offenen‹ Dingen (Hochzeit, Bella als Vampir) machen will. Und deswegen find ich es wirklich schön, dass noch so ein komplett neuer Aspekt dazugekommen ist, mit dem ich wirklich nicht gerechnet habe. Muss ja auch. Ich will doch nicht ein zweites der vorangegangenen Bücher haben, sondern ein neues! Warum kann man es denn nicht auch so bewerten? Die Geschichte muss! Es ist doch klar, dass nicht jeder Charakter noch mal so ausführlich beschrieben wurde. Wozu auch, wir kennen und lieben sie doch, wie sie sind. Ich hab auch drüber nachgedacht, ob ich ein so komplettes Happy End haben will. Eigentlich finde ich so was zu kitschig. Aber ich bin zu dem Entschluss gekommen, dass es nach den ersten drei Büchern erstens konsequent ist und zweitens ich es anders auch nicht hätte ertragen können. Bzw. wollen. So kann ich wenigstens mit der Geschichte abschließen ;-) Und seien wir doch mal ehrlich … wir sind doch eigentlich alle froh, dass alles so gut ausgeht. Und zur Aussage? Ich bezweifle stark, dass Stephenie Meyer mit dieser Geschichte eine bestimmte Aussage, bzw. noch weniger eine Aufforderung, machen wollte. Es ist Trivialliteratur, die uns unterhalten soll, und das schafft sie auf jeden Fall! Und wenn doch eine Aussage: Für mich war die stärkste Aussage dieses Buches, wie stark, allumfassend und vergebend Liebe sein kann.

Auch dieses Buch hat, wie die drei Vorgänger, geschafft, was doch das Wichtigste ist: Es hat mich wirklich gefesselt, stark emotional bewegt und mitleiden lassen. Was will ich von einem Buch denn noch mehr?«

Das virale Marketing für die Vampirsaga hat also längst ein Eigenleben entwickelt und steigert anlässlich der Kinoverfilmungen noch einmal die Intensität. Eines der führenden Biss-Portale in Deutschland heißt www.team-edward.net. Ich habe mit den Gründerinnen des Portals ein Interview geführt.

Mein »Kopf Edward«

Angela heißt eigentlich Verena Schulz, wird bei Erscheinen dieses Buches schon ausgebildete Lehrerin sein und meint, dass sie *Twilight* als gutes Material ansieht, um Kinder im Unterricht für Bücher zu begeistern. Isabella heißt eigentlich Türkhan Agvaz und studiert Sozialwissenschaften im dritten Fachsemester. In den Aussagen der zwei jungen Frauen wird das Engagement spürbar, das auch bei vielen anderen Portalbetreibern national und international durch die Lektüre der Vampirsaga ausgelöst wird. Deutlich wird auch, wie die Leselust und der Bekanntheitsgrad der Vampirsaga dadurch gesteigert wird.

Ihr betreut eines der aktuellsten und größten Portale zu Stephenie Meyer im deutschsprachigen Raum. Bedeutet das sehr viel Arbeit? Und auch viel Spaß?

Isabella:
Natürlich ist es viel Arbeit. Besonders der Anfang war hart, als wir die Seiten füllen mussten und natürlich durfte nichts Wichtiges fehlen. Selbst heute ist noch nicht alles komplett und wir arbeiten ständig daran, die Seite noch informativer zu gestalten.

Aber es macht noch viel mehr Spaß. Manchmal sitze ich den ganzen Tag an der Seite und schreibe Texte, suche Neuigkeiten und realisiere Ideen. Da vergesse ich auch gerne mal ›wichtigere‹ Dinge wie die Uni. Aber zum Glück habe ich relativ viel Zeit, die ich mir einteilen kann und so kann ich beides ganz gut bewältigen. Natürlich gibt es da noch die Hilfe des gesamten Teams, das die Arbeit erleichtert!

Ich bin auch ständig bei der Arbeit und recherchiere für unsere Seite, indem ich beispielsweise Zeitschriften durchblättere (auf der Suche nach Artikeln oder Schnipseln über die *Biss*-Bücher bzw. den Film). Natürlich ist da auch immer der Reiz, der einen immer weiter treibt. So liege ich manchmal abends im Bett und plötzlich fällt mir etwas ein, was wir an der Seite noch verbessern oder hinzufügen könnten. Dann stehe ich wieder auf und schreibe die Idee zumindest nieder – meist mache ich aber einen Entwurf dazu, den ich am nächsten Tag sofort realisieren muss, falls dies möglich ist.

Insgesamt ist es eine Bereicherung für mein Leben. Besonders die vielen Kontakte die ich knüpfen konnte, helfen mir oft weiter. Auch sind schon einige Freundschaften entstanden und dadurch Teammitglieder hinzugekommen, wie Kimsmama, unsere »Mutter«, die von den sogenannten »Twilightmoms« zu uns kam, als Anfang August 2008 einige amerikanische Fanforen geschlossen wurden, um Spoiler rund um den vierten Band zu vermeiden, und dann bei uns blieb.

Angela:
Die meiste Arbeit ist es, immer die aktuellen Inhalte aufzustöbern und einzupflegen, was ja inzwischen Isabellas und Milks (weiteres Teammitglied) Aufgabe ist. Anfangs habe ich auch noch viel bei den News geschrieben, aber mein Alltag lässt mir inzwischen meist keine Zeit dafür.

Da ich fast ausschließlich für den technischen Bereich zuständig bin, hält es sich für mich in Grenzen, da das Layout der Seite aus Gründen des Wiedererkennungswertes nicht häufig und auch nicht gravierend geändert wird.

Allerdings planen wir noch eine Umstellung auf ein Content Managment System, da ich mit der derzeitigen Optik nicht zufrieden bin und es dann auch für Isabella und Milk komfortabler wird, die Inhalte einzupflegen. Das wird dann ein größeres Stück Arbeit, da mit der Einführung diese Systems auch das Layout neu gestaltet werden soll.

Aber die Arbeit, die man investiert, wird ja belohnt. Die Seite hat einen Erfolg, den wir uns zu Beginn unserer Pläne nicht erträumt hätten. Es macht große Freude zu sehen, wie das Projekt wächst und dass sich unsere Leser über die Existenz unseres Werkes freuen.

War das eure erste Website zu einer Schriftstellerin und ihrem Werk?

Isabella:
Ja, die erste und einzige. Um wirklich gut zu sein, könnte ich auch keine weitere Seite betreuen. Zur Zeit habe ich auch kein Bedürfnis danach :)

Angela:
Auch ich habe zuvor noch nie eine Website mit größerer Zielgruppe gestaltet, sondern nur kleine private Projekte, bei denen es rein um das Erlernen von html, css, etc. ging. Team Edward ist die erste wirklich große, öffentlich besuchte Seite, an der ich beteiligt bin und damit auch die erste Seite, die sich auf eine Autorin und ihr Werk bezieht. Ich hätte zwar noch Ideen für weitere Seiten, aber die Zeit fehlt einfach.

Wie sind die Reaktionen eurer Leser?

Isabella:
Durchgehend positiv. Unser Ziel war es, eine deutsche Seite zu gründen, die viele und vor allem aktuelle Informationen bringt und die auch die einen oder anderen Artikel und Interviews übersetzt, denn einige unserer Besucher sind des Englischen nicht oder nicht gut mächtig. Wir haben schon einige E-Mails von Fans erhalten, die uns dafür danken. Fast täglich gibt es Lobes-E-Mails und Gästebucheinträge. Dass es bisher keine wirklich negativen Meinungen gibt, mag aber wohl daran liegen, dass Besucher, die unsere Seite nicht mögen, sich auch nicht die Mühe machen, uns dies mitzuteilen. Damit können wir aber gut leben ;)

Angela:
Viele Leser sind froh, die Informationen zentral auf einer deutschen Seite finden zu können und nicht diverse englischsprachige Seiten besuchen zu müssen. Gerade die Fans, die nicht so gut in Englisch sind, freuen sich, dass sie bei uns alles auf Deutsch erfahren können. Das war auch der Hintergedanke, als wir uns im Frühjahr 2008 entschieden haben, eine Homepage zu gestalten: Es gab zwar bereits einige deutsche Fanseiten, jedoch waren diese alle eher auf eine Community ausgelegt. Während der Dreharbeiten zum Film fiel uns auf, dass in Deutschland eine große Lücke klaffte, da man auf keiner der deutschen Fanseiten gesammelte Informationen erhalten konnte.

Wisst ihr in etwa Bescheid, wie viele weibliche/männliche Besucher ihr habt und wie alt sie im Durchschnitt sind?

Isabella:
Ich denke, es sind größtenteils Mädchen. Ich habe noch nicht viele »Twilightguys«, wie sich männliche Leser gerne nennen, kennengelernt. E-Mails kommen zu einhundert Prozent nur von weiblichen Besuchern. Männliche Besucher sind natürlich sehr gerne gesehen! Einen hatten wir auch mal in unserem Forum. Was das Alter angeht: Das ist bunt gemischt. Wir haben schon E-Mails von Lesern über dreißig bekommen und auch viele von Teenagern, ab ca. dreizehn Jahren. Das jüngste Forumsmitglied ist zwölf.

Wie wichtig schätzt ihr das Internet für den Erfolg von Stephenie Meyer ein?

Isabella:
Ich bin nicht von Anfang an (von Stephenies Karriere) dabei gewesen, aber ich denke, besonders durch das Internet wurden Stephenies Bücher bekannt. Anfangs war es auch möglich, Stephenie über ihre Webseite zu kontaktieren und so Bekanntschaften mit interessanten Menschen aufzubauen. So zum Beispiel kontaktiere ich die Gründerin der offiziellen englischen Fanseite, das TwilightLexicon, welches natürlich noch einmal einen großen Schritt für Stephenies Karriere darstellte.

Angela:
Ich schätze das Internet als einen hohen Faktor bei ihrem Erfolg ein. Ohne das Netz wäre ich selbst wahrscheinlich nicht auf die Bücher gestoßen, da Team Edward sich in einem Forum kennengelernt hat, in dem über die Bücher gesprochen

wurde. Ich hatte die Bücher zwar oft im Buchhandel gesehen, aber nie Interesse daran gehabt, bis ich in besagtem Forum bemerkte, dass sehr viele Leute äußerst begeistert davon waren. Außerdem ist es sehr schön, wenn man von einem Autor auf dem Laufenden gehalten wird oder Kontakt zu ihm pflegen kann, z. B. auf einer MySpace-Seite.

*Wie wichtig schätzt ihr den »*Biss-*Boom« für die Leseförderung ein? Und fürs eigene Schreiben? Fördert ihr Fanfiction und verfolgt das Weiterentwickeln im Internet der* Biss-*Romane?*

ISABELLA:
Die *Biss*-Bücher haben viele Jugendliche dazu gebracht mehr zu lesen. Ich denke, wenn Menschen, die nicht gerne lesen, *das* Buch finden, werden sie dazu gebracht, auch noch andere Bücher zu lesen, die ihnen vielleicht das gleiche befriedigende Gefühl wie die *Biss*-Bücher gibt. Beispielsweise habe ich einer (damals nicht lesenden) Freundin einmal einen Thriller ausgeliehen, den sie innerhalb von zwei Tagen verschlang. Seitdem ist sie eine regelmäßige Leserin und leiht sich gerne Bücher bei mir aus. Es muss einfach »klick« machen und das geschieht anscheinend oft bei Stephenie Meyers Büchern.

Ich lese persönlich auch gerne Fanfiktionen, vorzugsweise auf englisch. Eine meiner liebsten Autorinnen dort hat vor Kurzem ihr eigenes Buch veröffentlicht. Zum Schreiben kam sie eben durch *Twilight* und den Versuch, Fanfiktionen zu schreiben. Das finde ich klasse!

ANGELA:
Ich denke, dass die *Biss*-Bücher ähnlich wirken wie *Harry Potter*. Damals war es auch schon so, dass viele Jugendliche

sagten, es sei ihr erstes Buch, das sie wirklich mit Freude gelesen haben. Ob der Effekt anhält, ist allerdings sehr unterschiedlich. Bei einigen bleibt es sicherlich auch bei diesem einen Ausflug in die Buchwelt – ich selbst kenne solche Fälle, wo nach der einen Buchreihe dann kein weiteres Interesse an Büchern bestand. Andere dagegen entdecken, wie wunderschön Bücher sind und werden weiterhin lesen. Das freut mich sehr am *Biss*-Boom, da ich selbst von Kind an immer gerne und sehr viel gelesen habe. Ich finde, man verpasst viel, wenn man nicht liest. Einige unserer Forenmitglieder sagen auch selbst, dass sie vor den *Biss*-Büchern nicht oder nur wenig gelesen haben. Also ich denke, alle Bücher, die es schaffen, Jugendliche derart zu begeistern, dienen der Leseförderung.

Wenn man sich anschaut, wie viel Fanfiktionen geschrieben werden, denke ich auch, dass viele Jugendliche, oder auch Erwachsene, durch *Biss* zum Schreiben angeregt wurden. Alleine schon durch Stephenies Geschichte: Sie hatte einen Traum, schrieb ein Buch auf seiner Basis und hat damit Welterfolg. Das ist eine Aschenputtel-Geschichte und ermuntert vielleicht dazu, auch selbst mal den Schritt zu wagen und eigene Ideen auszubauen. Tuomari, eins unserer Teammitglieder, schreibt gerade selbst ein Buch, das einige von uns lesen, und wir können es meistens kaum erwarten, bis sie ein neues Kapitel für uns hat.

Wir freuen uns, wenn Autoren bei uns ihre Werke veröffentlichen. Allerdings müssen wir dabei um Jugendfreiheit bitten. Wir mussten leider schon Dinge löschen, die einfach zu »heiß« waren, da unsere jüngsten Leser erst zwölf sind.

Ich selbst lese eigentlich keine Fanfiktion, abgesehen von einer sehr guten Geschichte einer Amerikanerin konnten mich die meisten Ansätze nicht überzeugen, weil ich eher der Typ bin, der gerne liest, was der Autor selbst in seiner Welt sieht.

Gibt es auch manchmal heikle Themen? Etwa zu viel Erotik, zu viel Mormonentum, zu viele »echte« Vampire …?

Isabella:

Zwar sind die Bücher Jugendbücher, aber es gibt immer wieder sehr erotische Momente, ohne dass es zum Akt selbst kommt oder geschmacklos wird. Natürlich denke ich mir manchmal: »Wow, mit dreizehn habe ich so etwas nicht gelesen«, aber wir sind täglich von viel Erotik umgeben. Die heutige Jugend scheint damit anders umzugehen, als zu meiner Zeit (die noch nicht so lange her ist). Aber natürlich müssen wir die Seite und das Forum möglichst »sauber« halten und ab und zu entschärfen, wie beispielsweise einige Themen, in denen größtenteils Fotos von Stars (wie Robert Pattinson als Edward Cullen) gezeigt werden, die nicht immer ganz unschuldig sind. Oder eben was die Fanfiktion-Ecke angeht.

Wenn ich Texte für die Seite verfasse, frage ich mich oft: »Würde ich wollen, dass mein (noch nicht existierendes) Kind so etwas liest?«.

Das hilft dann, gewisse Themen elegant zu umgehen oder »»unschuldig« zu verpacken. Einmal gab es auch Zweifel meinerseits, ob bestimmte Fotos einer *Twilight*-Schauspielerin nicht zu »heiß« wären. Da haben wir eben nur zu den Fotos verlinkt und sie nicht direkt gepostet.

Angela:

Ich denke, dass das Thema Erotik in den *Biss*-Büchern kein Problem ist. Die erotischeren Szenen sind meiner Meinung nach nicht problematisch, da sie geschmackvoll sind. Wahrscheinlich sind Jugendliche heute schon ganz andere Dinge gewöhnt, da man überall mit Erotik konfrontiert wird.

Allerdings muss ich sagen, dass ich den vierten Band teilweise nicht mehr so jugendgeeignet fand. Es gab Momente, in denen ich dachte, dass ich nicht wollen würde, dass meine dreizehn- oder vierzehnjährige Tochter das lesen würde. In dem Buch finde ich auch das Mormonentum erstmals wirklich greifbar.

Stört es euch, dass Stephenie Meyer Mormonin ist? Glaubt ihr, dass ihre Religion viel Einfluss auf ihre Bücher hat?

Isabella:
Dass Stephenie Mormonin ist, fällt in den Büchern überhaupt nicht auf, wie ich finde. Natürlich, es gibt keinen Sex vor der Ehe und es gibt die Diskussionen um Seele, Himmel und Hölle, aber das verknüpft man nicht unbedingt direkt mit dem Mormonentum. Das Thema Erotik (welches nur natürlich ist) wird nicht unter den Teppich gekehrt, sondern recht offen besprochen, ohne geschmacklos oder jugendgefährdend zu sein. Schon allein die Tatsache, dass sie über Vampire schreibt, zeigt doch, dass sie Religion nicht unbedingt in die Bücher einfließen lässt.

Angela:
In den ersten drei Büchern merkt man keinerlei Einfluss von Stephenies Religion. Keinen Sex vor der Ehe zu haben, ist dieser Religion ja nicht exklusiv. Allerdings sehe ich beim vierten Band durchaus den Einfluss des mormonischen Weltbildes.

Findet ihr es gut, dass die Twilight-*Verfilmungen nun so erfolgreich sind? Oder besteht die Gefahr, dass dadurch die Bücher in den Hintergrund rücken?*

ISABELLA:
Ich denke, es wird eher so sein, dass die Bücher durch die Filme in den Vordergrund rücken.

Allerdings muss ich sagen, dass ich anfangs nicht so glücklich über eine Verfilmung war. Die *Biss*-Bücher waren damals noch so etwas wie ein Geheimtipp und es war persönlicher, von diesen zu wissen. Durch den Film werden nun noch mehr Fans dazukommen und wir müssen die Bücher sozusagen mit diesen neuen Fans teilen. Es ist wahrscheinlich so, als ob man sein Kind langsam erwachsen werden lassen muss. Es fällt schwer, aber sobald man sich daran gewöhnt hat, ist man einfach nur noch stolz, dass »das Kind« auf eigenen Beinen steht. So geht es mit mir und den Filmen. Natürlich sind die Bücher überhaupt nicht zu toppen. So gut Robert Pattinson auch als Edward passt. Mein »Kopf-Edward«, den ich mir beim Lesen vorgestellt habe, bleibt.

ANGELA:
Eigentlich bin ich generell nicht so begeistert von Buchverfilmungen. Die meisten dieser Verfilmungen enttäuschen mich nur, da ich wahrscheinlich relativ hohe Ansprüche stelle. Es gibt nur zwei Fälle von Buchverfilmungen, bei denen ich mit dem Film annähernd so glücklich war wie mit den Büchern selbst – beide Verfilmungen sind Mehrteiler (*Herr der Ringe*, Jane Austen von BBC).

Aber neben dieser subjektiven Meinung zu Buchverfilmungen halte ich die Verfilmung im Sinne der oben angesprochenen Leseförderung für kontraproduktiv. Mache Jugendliche werden sich denken: »Warum lesen, wenn ich auch den Film anschauen kann?« Dabei verpasst man, meiner Meinung nach, so viel, wenn man die Geschichte nicht selbst im eigenen Kopfkino erlebt. Filme können bestenfalls ein Buch ergänzen, aber nicht ersetzen.

Wie lange stellt ihr euch vor, werdet ihr diese Website weiterführen?

Isabella:
Darüber habe ich natürlich des Öfteren nachgedacht. Ich denke, solange die Filme da sind und es demnach Neuigkeiten gibt, werden wir auch da sein. Es sei denn, wir werden irgendwann von anderen Seiten verdrängt, sodass es sich für uns nicht mehr lohnen wird. Aber ich denke, wenn wir weiterhin so hart arbeiten, wird das (hoffentlich) nicht passieren. Ich schätze also, wenn jedes Jahr ein neuer Film kommen würde, dass wir noch gute drei bis vier Jahre haben. Mal sehen, was danach passiert. Stephenie wird sicher nicht aufhören zu schreiben und evtl. wird »Midnight Sun« (der erste Band aus Edwards Sicht) in Zukunft erscheinen. Twilight hat noch einige Jahre, in denen es immer wieder Neuigkeiten geben wird, da bin ich mir sicher.

Angela:
Das lasse ich einfach auf mich zukommen. Neben dem Nachlassen von News, wenn keine Bücher oder Filme mehr erscheinen, muss man auch überlegen, was passiert, wenn der *Twilight*-Boom abebbt, und die Besucherzahlen in den Keller sinken. Dann muss man sich fragen, inwieweit die aktive Arbeit an der Seite noch Sinn macht. Als passive Informationsquelle wird Team Edward aber in jedem Fall langfristig er-

halten bleiben, auch dann, wenn es eines Tages nichts Neues mehr zu berichten gibt.

Isabella und Angela:
Wir möchten uns einmal herzlich bei all unseren lieben Lesern und Teammitgliedern bedanken! Ohne euch wären wir nicht diese »große und aktuelle« Fanseite, die wir so gerne sind.

Die Cullen-Vampire – Schöpfung einer neuen Gattung

Jacob ist der Erste, der Bella und die Leser in das Vampir- und Werwolf-Thema einführt. Besonders raffiniert ist dabei der Umstand, dass Jacob selbst glaubt, Schauergeschichten zu erzählen, obwohl schon klar ist, dass es sich um die (literarische) Wirklichkeit handelt. Stephenie Meyer spielt ein fabelhaftes Spiel mit den verschiedenen Realitätsebenen. Es beginnt also mit den Legenden aus der Zeit der Sintflut: Dort heißt es, die alten Quileute hätten ihre Kanus auf den Berg gebracht und an den Gipfeln der höchsten Bäume befestigt und auf diese Weise überlebt wie Noah mit der Arche. Eine andere Legende besagt, dass die Quileute von den Wölfen abstammen und immer noch mit ihnen verbrüdert sind. Das Stammesgesetz verbietet es deshalb, Wölfe zu töten. Geschichten über die »kalten Wesen« stammen auch aus der Zeit der Wolfslegenden, manche seien auch neueren Datums, erzählt Jacob der verblüfften Bella, die an ihm erstmals bewusst ihre Verführungskünste erprobt, um möglichst viele Informationen zu erhalten. So erfährt sie, dass Jacobs Urgroßvater sogar noch kalte Wesen gekannt haben soll. Er traf mit ihnen das Abkommen, nach dem sie sich vom Land der Quileute fernhalten sollen. Jacobs Urgroßvater war Stammesältester, genau wie Jacobs Vater.

Die kalten Wesen seien die natürlichen, aber einzigen Feinde der Wölfe, die sich wie Jacobs Vorfahren in Menschen verwandeln – und zurück: Werwölfe also. Erst im vierten Band erfährt Bella, dass es sich um eine einzigartige und besondere Gattung handelt, denn die Quileute müssen sich nicht zwangsläufig in Werwölfe verwandeln. Die Neuigkeit bietet viel Potential für weitere Geschichten Stephenies. Denn die Quileute können mit ihrem Geist auch in andere Tierkörper schlüpfen, möglicherweise sogar in menschliche Körper. Ein Thema, dass Stephenie auf meisterhafte Weise bereits in ihrem Roman *Seelen* geschildert hat, wo sich zwei Seelen in einem menschlichen Körper aufhalten.

Der Clan der kalten Wesen, der zu Zeiten von Jacobs Urgroßvater auf dem La-Push-Territorium lebte – Bella ahnt, dass es die Cullens sein könnten –, verhielt sich anders als frühere kalte Wesen. Sie galten als ungefährlich für den Werwolf-Stamm. Sie jagten anders, keine Menschen, sondern Tiere, und bedrohten die Quileute nicht, weshalb eine Art Waffenstillstand vereinbart wurde: Die kalten Wesen garantierten, die Quileute nicht anzugreifen, als Gegenleistung würden die Indianer den Clan nicht an die Bleichgesichter verraten. Die Quileute hatten den Eindruck, der neue Clan der kalten Wesen sei zivilisiert. Trotzdem befürchteten sie, es gehe Gefahr von ihnen aus. Man wisse nicht, ob sie irgendwann zu hungrig würden, um ihrer Natur zu widerstehen.

Bald steht fest, dass die Cullens jener Clan waren. Der Anführer hieß schon damals Carlisle. Als »Bellas Volk«, also die Weißen, dort ankam, war der Cullen-Clan allerdings schon wieder verschwunden. Volk, Clan, Stamm, Bleichgesichter, Territorium, Indianer, bis hin zu abergläubischen Eingeborenen – schon die Wortwahl führt die Leser in eine wilde Welt, in der Legenden mehr Gewicht hatten als heute.

Bella tut aber schließlich das, was wohl viele der Leser auch tun. Sie gibt »Vampir« in die Suchmaschine ein. Und wie bei ihr erscheinen auch bei den Lesern – sollten sie es nachprüfen – erstmals die seltsamsten Vampir-Web-Adressen.

Sinn für Moral

Bella beginnt mit der Charakterisierung von Vampiren, mit Definitionen von Montague Summers oder Überlegungen zur Existenz von Vampiren von Jean-Jacques Rousseau. Sie sieht auch den Kontrast zwischen Legenden – in denen es nur wenige Dracula-Typen gibt – und den Filmen, die fast nur den von Bram Stoker entworfenen Blutsauger-Mythos variieren. Bella ist aber auf der Suche nach davon abweichenden Vampirtypen und beschäftigt sich rational mit Vampirmythen aus aller Welt. Wunderbar, wie Bella beispielsweise die Legenden um schöne dämonische Frauen und ihre Opferkinder dahingehend interpretiert, dass damit die hohe Sterblichkeitsrate von Kleinkindern gerechtfertigt werden sollte. Bellas Eindruck ist mehr als plausibel. Jetzt bitte festhalten: Ich springe kurz zu Stephenies Erzähl-Ebene und frage im Stil Bellas – aber nur ganz kurz –, ob auch die Cullens und die Blacks etwas rechtfertigen sollen. Hat Stephenies Vampir- und Werwolf-Universum Funktionen, die den reinen Unterhaltungswert übersteigen? Verbirgt sich etwas in diesen leidenschaftlichen und spannenden Romanen, das nur schwer zu erkennen ist?

Zurück zu Bella: Sie erkennt nur wenige Parallelen zwischen den Mythen und den Cullens. Der rumänische »Varacolaci«, ein untotes Wesen, das als schöner, blasshäutiger Mensch in Erscheinung treten kann; der slowakische »Nelapsi«, der sehr stark und sehr schnell war und der italienische »Stregone benefici«, ein guter Vampir, Feind aller bösen Vampire. Darauf setzt Bella ihre Hoffnungen. Und in der Tat, darauf hat Stephenie ihren Cullen-Mythos aufgebaut. Sie hat ihn variiert und so weit fortgeschrieben von den ursprünglichen Elementen, bis ein Cullen-Universum entstanden ist, eine neue Vampir-Gattung.

Die Eigenschaften des Cullen-Vampirs:
schnell
stark
schön
kalthäutig
blass
lichtscheu
wechselnde Augenfarbe
schlaflos (wörtlich: die Cullens können nicht schlafen)
atemlos (wörtlich: die Cullens atmen genau genommen nicht, sie atmen nur aus Gewohnheit und halten es unbegrenzt lange ohne zu atmen aus, würden dann aber nichts riechen)
unsterblich (es sei denn, sie werden zerfetzt und verbrannt)

Der Cullen-Vampir ist:
Bluttrinker (wenn es geht, ausschließlich tierisches Blut)
Feind des Werwolfs (zunächst)
In Einzelfällen ist der Cullen-Vampir zudem:
Gedankenleser (Edward)
Gedankenschützer (Bella)
Zukunftsseher (Alice)
Gefühlsmanipulierer (Jasper)

Die Cullens brauchen keine geregelten Mahlzeiten. Sie können statt Wasser Blut »auftanken« und dann für einige Zeit, ohne in Versuchung zu geraten, friedlich unter Menschen leben. Die Cullens nennen sich selbst Vegetarier, das ist ihr kleiner Insiderwitz. Tiere jagen stillt nicht vollständig den Durst, gibt aber genügend Kraft – meistens –, um widerstehen zu können, um keine Menschen zu jagen, nicht Monster zu sein.

Die treibende Kraft für das Entstehen dieser neuen Vampir-Gattung ist ein ausgeprägter Sinn für Moral bei Carlisle Cullen (und selbstverständlich bei Stephenie): Warum wehrt sich Edward – und alle Cullens – gegen das eigene Naturell? Die meisten Vampire, sogar die Volturi, sind mit ihrer Bestimmung zufrieden. Die intelligenteren unter ihnen wollen aber wissen, warum die Cullens enthaltsam, »Vegetarier«, sind.

In Edwards Augen muss man sich nicht mit dem Los abfinden, das einem vom Schicksal zugeteilt wurde. Er versucht sich darüber zu erheben und die Grenzen des Schicksals auszuweiten. Er will seine menschlichen Wesensarten, die moralisch guten, so schwach ausgeprägt sie auch sein mögen, erhalten.

Zurück zu sich selbst

Die Einstellung der Cullens zu Menschen variiert ebenso wie die möglichen Beziehungsformen.

Jasper ist als Letzter in die Cullen-Familie gekommen und muss sich grundsätzlich zur Enthaltsamkeit zwingen. Er ist noch niemandem begegnet, den er so anziehend findet wie Edward Bella. Es dauert bei den Vampiren einige Jahre, manchmal Jahrzehnte, bis sich ein persönlicher Geschmack herausbildet, was den Geruch und das Aroma betrifft.

Emmett ist schon länger abstinent. Zwei Mal verliebte er sich so wie Edward jetzt. »Selbst die Stärksten haben ihre schwachen Momente«, erklärt Edward. Emmets Beziehungen endeten nicht gut. Bella und die Leser ahnen, wie. Daher fragt sie Edward, ob es unvermeidlich sei – das bittere Ende. Und ist überrascht, wie gelassen und leichtfertig sie über ihren eigenen Tod sprechen kann. Manchmal versichert Edward ihr, dass es vermeidbar sei, manchmal glaubt er selbst nicht daran, was zum Interregnum im zweiten Band führt. Am Anfang empfand er Bella wie einen Dämon, der ihn ruinieren will. Aber nach vielen Irrungen und Wirrungen, nach unzähligen »Mordgedanken«, nach einer Flucht bis nach Alaska, nach reiflichem Nachdenken, nach Verstärkung seiner Selbstdisziplin, gesteht er ihr auf der Lichtung seine Liebe: Sie sei nun das Wichtigste in seinem Leben. Aber auch dieses Geständnis ist keine Garantie für ewiges und ungefährdetes Zusammensein. Liebe und Tod liegen immer nahe beieinander. Auch in den Gesprächen. Das sorgt manchmal für Komik. Gemeinsam lachen sie über »den Aberwitz und die schiere Unwahrscheinlichkeit des Augenblicks«, in dem der Löwe dem Lamm seine Liebe gesteht. Dummes Lamm, abartiger und masochistischer Löwe.

Edward betont, dass er durchaus menschliche Instinkte habe, auch wenn sie vielleicht tief vergraben seien. Er vergleicht seinen Blutdurst mit dem Durst eines Alkoholikers und setzt diese Metapher noch einmal ein, um Bella ihren einzigartigen Geruch zu erklären. Seine Fixierung auf Bella sei wie die Leidenschaft eines Trinkers für einen edlen Cognac. Das kostbare Getränk hebt sich schon beim Riechen von der Masse, beispielsweise von viel abgestandenem Bier, ab. Aber dann hält Edward den Vergleich mit Alkohol für zu schwach und spricht von Drogenabhängigen. Erstaunt will Bella wissen, ob sie wie Edwards Lieblingsdroge rieche, worauf Edward antwortet, dass sie nicht nur danach dufte, sondern dass sie selbst seine Lieblingsdroge sei.

Ein wesentliches Merkmal der neuen Vampir-Gattung ist die sogenannte »Rettung« sterbender Menschen. Es handelt sich um einen äußerst schwierigen Vorgang. Nur wenige der Cullens verfügen über die Selbstbeherrschung, die dafür notwendig ist. Und für den zu Rettenden ist sie sehr schmerzhaft.

Carlisle hat diese Form der Rettung als Erster vollzogen und damit den Grundstein des neuen Cullen-Vampirs gelegt. Er tat es aus Einsamkeit und vor dem Hintergrund einer besonderen Biographie: Als Sohn eines Geistlichen im Spätmittelalter in London geboren (»damals, als Monster nicht nur Mythen und Legenden waren …«, wie Edward sagt), erlebte er hautnah Horden kruder Untoter. Sein Vater war Anführer vieler Hetzjagden und Carlisle trat in seine Fußstapfen, wobei er sich als sehr geschickt erwies. Er sah keine Dämonen, wo es keine gab, doch er war ausdauernd und entdeckte irgendwann eine Gruppe wirklicher Vampire. Sie lebten in den Abwasserkanälen der Stadt und jagten nur nachts. Ein uralter und vor Hunger schwacher Vampir, der Latein sprach, roch den Mob, flüchtete und Carlisle verfolgte ihn. Doch der alte Vampir – Edward nennt ihn »die Kreatur« – war zu hungrig, er griff Carlisle an und erwischte ihn. Damals galt das Gesetz: Alles, was mit Monstern in Berührung kommt, muss zerstört werden. Carlisle versuchte sein Leben zu retten und versteckte sich in einem Keller – drei Tage lang, bis er erkannte, was aus ihm geworden war. Daraufhin versuchte er, sich »das Leben« zu nehmen, sich zu töten, was jedoch kompliziert war. Er stürzte sich von Häusern und Brücken, ertränkte sich im Meer – alles ohne Erfolg. »Sein neues Leben« (so Edward) war erwacht. Doch Carlisle war stark und widerstand seinem Durst. Er war angewidert von seinem Verlangen, war erfüllt von Selbsthass und wollte sich zu Tode hungern. Aber auch das war nicht möglich. Schließlich stürzte sich Carlisle auf Rehe, kam wieder zu Kräften und sah das als Ausweg. Er hatte ja schon in seinem früheren Leben Wild gegessen. Daraus entwickelte Carlisle seine Philosophie: Eine Existenz schien möglich, ohne ein Monster zu sein, ohne Menschen zu töten, ohne noch mehr Monster zu erzeugen. So wollte er zu sich selbst zurückfinden.

Gezielte Verwandlung

Carlisle war schon als Mensch intelligent und wissbegierig gewesen – jetzt stand ihm unbegrenzte Zeit zur Verfügung. Während seiner Studien in ganz Europa traf Carlisle auf »andere seiner Art«, die sehr viel gebildeter und zivilisierter waren als die Monster in Londons Unterwelt. Kultivierte Vampire mit guten Umgangsformen, die sich allerdings alle konventionell ernährten. Sie hielten das für die natürliche Lebensform der Vampire und konnten Carlisles Denkweise nicht nachvollziehen. Er lebte einige Jahrzehnte bei den sehr viel älteren und hochgebildeten Volturis in Italien, aber es gelang ihm nicht, sie von seiner humanistischen Einstellung zu überzeugen. Er träumte von einer anderen Lebensart, einer Gemeinschaft mit Gleichgesinnten und richtete daher seine Hoffnungen auf die Neue Welt. In Amerika hoffte er Seelenverwandte zu finden, doch erlebte er dort, wie Hexen, Werwölfe und Vampire im Bewusstsein der Menschheit immer mehr zu Figuren von Legenden und Märchen wurden. Er sah aber auch, wie manche »Monster« als ihresgleichen mit ahnungslosen Menschen verkehrten. Das versuchte er, blieb aber einsam. Während der Grippeepidemie zu Beginn des 20. Jahrhunderts arbeitete er nachts in einem Krankenhaus in Chicago. Die Fortsetzung der Ereignisse wird zwei Mal erzählt, im ersten Band kürzer und härter, im zweiten Band ausführlicher und sanfter. Bella erfährt zunächst, dass Carlisle sich gezielt Weggefährten schaffen wollte. Da er sich aber nicht sicher war, wie genau seine eigene Verwandlung vonstattengegangen war, zögerte er noch. Er wollte auf keinen Fall jemandem so das Leben nehmen, wie es ihm der alte Vampir genommen hatte. Dann fand er Edward, der gemeinsam mit anderen Sterbenden auf einer Station für hoffnungslose Fälle lag. Carlisle hatte Edwards Eltern gepflegt und wusste, dass Edward nach ihrem Tod keine Angehörigen mehr hatte. Im zweiten Band spielt Edwards Mutter eine große Rolle. So als ahnte sie kurz vor ihrem Tod, dass Carlisle übernatürliche Kräfte besitzt, fordert sie ihn mit aller ihr zur Verfügung stehenden Macht auf, ihren Sohn Edward zu retten – um jeden Preis. Das war für Carlisle die Legitimation, die er wollte.

Manchmal scheint es fast, als korrigiere oder erläutere Stephenie gewisse Ereignisse (wie hier Carlisles Motivation) in den jeweiligen Folgebänden, sofern Ungereimtheiten oder logische Lücken vorhanden waren. So geschehen beispielsweise auch mit den Finanzen. Obwohl Stephenie die Cullens im ersten Band wortreich und bis in alle Einzelheiten beschreibt, vergisst sie den Luxus, in dem sie leben, zu erklären. Woher das ganze Geld? Gleich zu Beginn des zweiten Bandes wird erklärt, dass die Cullens nicht wissen, wohin mit den Dollars, da Alice seit Jahr und Tag die Börsenkurse voraussehen kann, wodurch sich ein Vermögen angehäuft hat. Rätselhaft bleibt dann nur noch, warum Alice sich so sehr auf Edwards Geschenk, auf den gelben Porsche freut, den sie sich doch jederzeit selber kaufen könnte.

Doch zurück zum neuen Typus des Cullen-Vampirs, dessen Eigenschaften zum Teil auch auf die Volturi und weitere, in der ganzen Welt verstreute Vampire zutreffen, die in der Tabelle am Ende des vierten Bandes aufgelistet sind. Carlisles Theorie zu den Talenten, den übernatürlichen Kräften der Mitglieder seiner Familie, besagt, dass die stärksten menschlichen Eigenschaften mit in das andere Leben – in das Vampirleben – genommen werden und dort intensiviert werden. So war Edward schon vorher sensibel für die Gedanken der Leute um ihn herum. Alice besaß bereits präkognitive Fähigkeiten. Carlisle brachte das starke Mitgefühl mit, Esme die Fähigkeit, leidenschaftlich zu lieben, Emmett die Kraft, Rosalie die Beharrlichkeit und Jasper war schon immer charismatisch. Er konnte andere dazu bringen, die Dinge mit seinen Augen zu sehen. Er konnte wütende Menschen beruhigen oder lethargische stimulieren. Bis hin zu Bella, die am Ende in der Lage ist, ihren unsichtbaren Schild der Liebe über all ihre Liebsten zu spannen.

Carlisle ist auch der Begründer einer der wichtigsten Eigenschaften des neuen Vampir-Typus, der gezielten und bewusst durchgeführten Verwandlung. Ihre Schilderung für jedes einzelne Mitglied der Cullen-Familie nimmt breiten Raum ein. Wesentlich dabei ist, dass Carlisle nur dann einen Menschen verwandelt, wenn er im Sterben liegt. Carlisle würde nie jemanden in einen Vampir verwandeln, der eine andere Wahl hätte. Diese Rücksichtnahme, dieses Mitgefühl Carlisles ist auch der Grundstock, aus dem die Cullen-Vampire ein Gewissen entwickeln – so nennen sie es selbst. Das Motto der Cullens ist daher identisch mit dem Motto Stephenies: Niemand ist perfekt, Fehler machen wir alle, aber wir sind lernfähig und können das Beste daraus machen.

Dank der grossen Liebe

Es gibt nicht viele Vampire wie die Cullens, die unerkannt unter Menschen leben. Die wenigsten sind sesshaft. Nur die Vampire, die die Jagd auf Menschen aufgegeben haben, können auch längere Zeit unter ihnen leben. Die Cullens kennen bis zum dritten Band nur eine weitere Familie, die so wie sie sesshaft lebt, in einem Dorf in Alaska. Die meisten anderen ihnen bekannten Vampire sind Nomaden und leben im Norden. Sie sind gewöhnliche Vampire, also böse.

Als etwa gegen Ende des ersten Bandes die drei Vampire Laurent, James und Victoria auf die Lichtung treten und die Cullens beim Baseball stören, vergleicht Bella ihre respektvolle Haltung mit der von Raubtieren, die einer größeren und unbekannten Gruppe ihrer eigenen Art begegnen. Bella betont deren katzenhaften Gang, als wären sie ständig im Begriff, in die Hocke zu gehen. Gekleidet sind sie wie Rucksacktouristen. Sie gehen barfuß und ihre Kleidung ist zerschlissen.

Für die Vampire in Stephenies Saga gilt folgende Typologie: Wie alle Raubtiere sind Vampire im Übermaß mit Fähigkeiten ausgestattet wie physische Stärke, Unverwundbarkeit, Schnelligkeit, geschärfte Sinne oder zusätzliches Wahrnehmungsvermögen. Und selbstredend sind Vampire unfassbar geduldig. Wie geduldig sie sein können, zeigt sich in der Hotelszene in Phoenix, in der Alice und Jasper im vermeintlich sicheren Versteck vor James durch nichts aus der Ruhe zu bringen sind – im Gegensatz zur zappeligen Bella. Unsterblichkeit und unendliche Geduld scheinen für Vampire zusammenzugehören.

Vampire wirken attraktiv auf ihre Beute, wie Fleisch fressende Pflanzen.

Vampire sind giftig. Ihr Gift kommt wie bei Schlangen aus den Zähnen, tötet nicht, macht aber bewegungsunfähig. Es breitet sich in der Blutbahn des Opfers aus, wodurch es zu starke Schmerzen hat, um zu fliehen.

Kann das Gift sich ungehindert ausbreiten, dauert es einige Tage, bis die Verwandlung abgeschlossen ist. Die genaue Dauer hängt von der Bissstelle ab: je näher dem Herzen, desto schneller. Sie hängt also von der Konzentration des Giftes im Blut ab. Solange das Herz während der Verwandlung schlägt, wird der Körper verändert und gestärkt. Die Verwandlung ist ununterbrochen unfassbar schmerzhaft. Das Opfer wünscht sich, tot zu sein. Wenn das Herz zu schlagen aufhört, ist die Verwandlung abgeschlossen. Die Schmerzen der Verwandlung sind für alle Vampire die deutlichsten Erinnerungen an das menschliche Leben.

Vampire sind ein bisschen wie Haie. Sobald sie Blut gerochen oder gekostet haben, können sie nicht aufhören davon zu trinken. Deshalb sind kontrollierte Verwandlungen, wie Carlisle sie durchführt, so schwierig. Sie fordern beiden Seiten alles ab. Dem Vampir die Selbstbeherrschung, nur zu beißen und nicht zu trinken. Dem Opfer die Qualen.

Am Ende des ersten Bandes spürt Bella, schon halb bewusstlos und blutüberströmt, im Showdown gegen den Jäger James einen scharfen Schmerz in ihrer Hand. Edward erscheint ihr darauf als Engel. Bella schildert exakt den Beginn einer Verwandlung bei ihr selbst. Sie empfindet den Vorgang als eine Abfolge sich überlagernder Schmerzen zuzüglich des glühenden Schmerzes in ihrer Hand. Bella kann die Augen nicht öffnen, sieht stattdessen ein Feuer. Erst am Ende der vom herbeigeeilten Carlisle durchgeführten Untersuchung – Kopfverletzung, gebrochenes Bein, gebrochene Rippen – bemerken Edward und Carlisle, dass sie in die Hand gebissen wurde. Carlisle muss die Blutung am Kopf stoppen und schlägt vor, dass Edward ihr das Gift heraussaugen soll. Nach langen Zweifeln saugt Edward. Zunächst wird dadurch der Schmerz stärker. Dann wird Bellas Hand von Taubheit erfüllt. Das Feuer klingt ab, als schrumpfe es auf einen kleiner werdenden Punkt zusammen. Carlisle will wissen, ob das ganze Gift draußen ist und Edward antwortet, ihr Blut sei sauber, sogar das Morphium habe er geschmeckt.

Bella verliert bei dieser Szene so viel Blut, dass sie in der Klinik eine Transfusion bekommt – was Edward gar nicht gefällt, weil sie dadurch eine Weile lang falsch riecht.

Edward gesteht, dass es ihm eigentlich unmöglich hätte sein müssen, mit Saugen aufzuhören. Aber er hat es geschafft und folgert daraus, dass er sie wirklich liebt. Ihr Blut schmecke noch besser, als es rieche. Bella bedauert Edwards Eingreifen, denn ohne seine Intervention wäre sie jetzt wie er und genau das ist ihr Ziel.

Bis es so weit ist, beschäftigt sich Bella mit der Theorie: Aus der Sicht eines Vampirs – so erklärt es Jasper – stellt jeder Mensch auf einer Landkarte einen winzigen roten Punkt, eine Mahlzeit dar. Je mehr rot, desto leichter können Vampire, die sich von Menschenblut ernähren, leben ohne aufzufallen. Im manchen Gegenden herrsche seit Jahrhunderten ununterbrochen Krieg. Gekämpft wird um die Gebiete mit dem meisten Rot. Vampire dort nähmen die Existenz von Menschen in etwa so wahr, wie Soldaten Rinder am Wegesrand. Diese Kämpfe im Stil von Mafia-Kriegen werden von Jasper ausführlich geschildert. Nach solchen Berichten ist sich Bella jeweils nicht mehr so sicher, ob sie tatsächlich verwandelt werden will. Zweifel werden auch genährt durch den Umstand, dass neugeborene Vampire noch so voller eigenem Menschenblut sind, dass sie nie wieder in ihrem Dasein stärker sein werden als in dieser Zeit. Ihr Blut reagiert auf die Verwandlung, befindet sich in ihren Zellen und wird erst nach und nach vom Körper aufgezehrt. Diese enorme Kraft können Jungvampire nur sehr schwer kontrollieren. Doch im vierten Band zeigt sich, dass Bella offenbar dank ihrer großen Liebe für Edward und Renesmee und dank ihrer gründlichen theoretischen und praktischen Vorbereitung auf die Zeit unmittelbar nach der Verwandlung ein außerordentlich disziplinierter Jungvampir ist.

Die neuen Werwölfe

Genau betrachtet schafft Stephenie nicht nur eine neue Gattung von Vampiren, sondern auch eine neue Gattung von Werwölfen. Beiden Wesen impft Stephenie eine Moral ein, die es bis dahin so nicht gab. Ein großer Wolf setzt zum Sprung an und bleckt die dolchartigen Zähne – so wurden

Werwölfe bisher charakterisiert. Anders Jacob, oder nur ausnahmsweise, »im Dienst«, bei der Verteidigung des Territoriums der Quileute in und um La Push.

Die Besonderheiten von Stephenies Vampiren und Werwölfen liegen vor allem in ihren Beziezhungen zueinander und selbstverständlich im Verlauf der Saga, in ihrer Fähigkeit, Freundschaft zu schließen.

Die Stammesältesten der Quileute erzählen, dass sie schon immer etwas Magisches im Blut hatten, zu Beginn noch nicht die Magie der Verwandlung, sondern die Magie der Geisterkrieger. Ähnlich wie in Ovids *Metamorphosen* oder später in *Matrix* lösten sie den Geist vom Körper, eine Technik, die von Generation zu Generation verfeinert wurde. Als Geist verwandelt waren die Krieger in der Lage, die Gedanken anderer zu lesen. Als einer der Krieger in einer Notsituation einen Wolf bat, ihm Platz zu machen und seinen Körper mit ihm zu teilen, begann die Zeit der Werwölfe. Erst im vierten Band erfährt Bella, dass sich die Quileute nicht unbedingt in Wölfe verwandeln müssen, sie könnten sich auch in andere Wesen verwandeln.

Als zwischen Ephraim Black und Carlisle Cullen ein Friedensvertrag geschlossen wird, schwören die Cullens, dass sie keine Menschen, keine Indianer, keine Quileute gefährden werden. Sie versprechen, niemanden zu töten oder in einen Vampir zu verwandeln. Doch dieser Vertrag steht immer wieder auf der Kippe, mal durch rachsüchtige Vampir-Nomaden, mal durch eifersüchtige Liebhaber Bellas – Edward und Jacob. Wer bricht den Vertrag? Edward, der Bella verwandeln wird? Oder Jacob, der Bella von der Existenz von Vampiren erzählt?

Die Quileute leben über Jahrzehnte ohne Stammesmitglieder, die sich in Werwölfe verwandeln. Die Werwölfe kommen nur zurück, wenn die Vampire zurückkommen. Eine genetische Besonderheit macht die Verwandlung möglich.

Die Verwandlung von Mensch zu Werwolf ist bei den Quileuten meist eine unwillkürliche Reaktion und schwer vorhersehbar. Der Moment des Übergangs von einer Gestalt in die andere ist schwer fassbar, so als verlören sie für kurze Zeit ihre Identität. Deshalb fällt es Alice auch schwer, ihre Zukunft vorherzusagen.

Schon zu Beginn des zweiten Bandes deutet Jacob die Möglichkeit der Kooperation zwischen Werwölfen und Vampiren an. Als nämlich Victoria wieder in der Nähe von Forks auftaucht, hätte man sie mit Hilfe einer konzertierten Aktion erwischen können. Doch die Annäherung erfolgt sehr langsam und in vielen Zwischenschritten. Als Jacob einmal Edwards Schwester Rosalie zu beschreiben versucht, mischt sich in ihm Abscheu mit widerwilliger Bewunderung.

Jacob besteht darauf, im Gegensatz zu den Vampiren ein Mensch zu sein. Was er ist, sei in ihm geboren, es sei Teil seiner selbst, seiner Familie, seines Stammes. Quil ist froh, zum Rudel zu gehören. Er findet es cool, ein Werwolf zu sein. Die anderen waren eher unglücklich, als sie von ihrer zweiten Natur erfuhren. Aber dann gefällt es den meisten: Freiheit, Stärke und das Gefühl, zu einer besonderen Familie zu gehören.

Zu den physischen Besonderheiten der Werwölfe gehört, dass ihre Hände in Menschengestalt deutlich wärmer sind als die normale Körpertemperatur, so als hätten sie ständig Fieber.

Wichtiger noch ist, dass Werwölfe auf ungewöhnliche Art altern. Ein Kind der Quileute weiß zunächst nicht, ob es ein Werwolf wird. Es hält die Mythen und Sagen über Werwölfe für erfundene Geschichten. Wenn es die Situation erfordert, wenn Vampire in der Nähe sind, wird das Werwolf-Gen der Quileute aktiviert und innerhalb weniger Monate ist ein pubertierender Junge ausgewachsen. Deshalb ist Jacob mit 17 Jahren zu Beginn des dritten Bandes biologisch gesehen etwa fünfundzwanzig Jahre alt.

Wie bei den Vampiren herrscht auch bei den Werwölfen ein Redeverbot. Niemand darf von der wahren Existenz erfahren. Ganz wenige Ausnahmen, wie der Ältestenrat, bestätigen die Regel.

Die Kommunikation bei den Werwölfen ist außergewöhnlich. In Wolfsgestalt, und nur in dieser, können sie die Gedanken der anderen Werwölfe hören. Das hat Vor- und Nachteile. Die Nachteile bestehen darin, dass es kein Privatleben und keine Geheimnisse vor den anderen gibt, was auch zu peinlichen Situationen führen kann. Die Vorteile bestehen unter anderem bei Kämpfen. So können sie sich gegenseitig warnen und sich während einer Schlacht strategisch absprechen.

Eine weitere besondere Eigenschaft von Werwölfen ist, dass Wunden und Verletzungen, auch wenn sie sich in Menschengestalt befinden, sehr schnell heilen.

Creative Writing – Stephenie Meyers Lehren

»Ich« lautet das erste Wort des Vorworts des ersten Bandes. »Ich«, das ist Isabella Swan, die Ich-Erzählerin. Zu Beginn der Vampirsaga ist sie siebzehn Jahre alt. Sie wirkt älter. Ihre Mutter Renée scherzt gerne, auf Bellas Vernunft anspielend, ihre Tochter sei bei der Geburt schon fünfunddreißig Jahre alt gewesen.

Eine der bemerkenswertesten erzählerischen Eigenheiten der Vampirsaga wird im Kapitel des ersten Bandes »Der Lauscher an der Wand« deutlich. Darin versucht Bella Edward ihre Durchschnittlichkeit zu erklären. Sie sei eben nichts Besonderes – vor allem angesichts seiner Perfektion. Daraufhin kritisiert er sie und wirft ihr vor, sie könne sich schlecht selber einschätzen. Edward weist darauf hin, »was jedem männlichen Wesen an dieser Schule durch den Kopf ging«, als Bella zum ersten Mal in der Highschool von Forks aufgetaucht ist. Das habe Bella offenbar nicht mitbekommen. Sie sei das genaue Gegenteil von durchschnittlich.

Was bedeutet diese Szene für die Leser der Vampirsaga? Wenn die Ich-Erzählerin Bella sich selbst schlecht einschätzen kann, dann schätzt sie möglicherweise auch andere Personen schlecht ein. Und einiges spricht dafür – wie Edward betont –, dass Bellas Selbstbild verzerrt ist. Die Leser selbst haben ja erfahren, wie schnell sich gleich mehrere männliche Verehrer um Bella kümmerten. Viele Indizien sprechen dafür, dass Edward recht hat, dass Bella eine sehr attraktive junge Frau ist.

Die Ich-Erzählerin Bella ist jedoch die einzige Quelle, die einzige Gewährsfrau, die uns durch die Vampirsaga führt. Die Leser sind auf Gedeih und Verderb auf sie angewiesen. (Wäre da nicht Stephenie selbst, die aus dem »Off« ihren Figuren immer wieder via Internet und Interviews glaubt, helfen zu müssen.) Bella empfindet sich also nicht als attraktiv, sondern eben als durchschnittlich. Was stimmt? Bellas bescheidene Sicht auf sich selbst oder Edwards Begeisterung für Bellas Reize? (Stephenies Meinung hierzu ist irrelevant. Es zählt jetzt nur, was im Buch steht. Stephenie kann nicht von allen Lesern erwarten, dass sie sich im Internet über die Interpretation der Autorin informieren.)

Die Entscheidung fällt den Lesern schwer. Dabei ist Bella eine wunderbare Beobachterin. Eine präzise Chronistin der Ereignisse. Nur manchmal schätzt sie die Dinge, die Personen und sich selbst offenbar falsch ein. Diese Unsicherheit, diese Fehlerquelle begleitet die Leser als zusätzliches reizvolles narratives Element durch die Vampirsaga. Denn wer kann schon ohne jeden Selbstzweifel behaupten, er könne sich selbst und seine Wirkung auf Dritte exakt beurteilen. Niemand. (Schade, dass Stephenie ihrer Erzählerin diese so sympathische Eigenschaft nicht belässt. Den Hauptgrund für die text-externen Debatten habe ich oben schon erwähnt. Das virale Marketing kann jedoch seriöse Leser nicht davon abhalten, immer wieder zur letztlich einzig relevanten Quelle, dem Text selbst, zurückzukehren.) Bellas Schwäche ist damit eine weitere einnehmende Eigenschaft, mit der sich die Leser gerne identifizieren. Zugleich erlaubt diese Schwäche herrliche erzählerische Freiheiten: ein Spiel mit Schein und Sein, mit »Fakten« und Fiktionen.

Warum identifiziert man sich so schnell und so stark mit Bella? Ja, sie ist die Ich-Erzählerin. Aber sie ist eine besondere Ich-Erzählerin. Bellas Erinnerungen wirken in höchstem Maße authentisch. Das hängt einmal damit zusammen, dass Bella durchaus Schwächen ihrer Mitmenschen benennt, wodurch Bellas eigene Vorzüge deutlich werden. Es hängt aber auch damit zusammen, dass Bella gleichzeitig ausführlich ihre Schwächen beichtet. Bella errötet beispielsweise oft. Jetzt ist der Zeitpunkt gekommen, die wichtigste Figur der Vampirsaga genauer zu betrachten.

Bella beschreibt sich selbst so: elfenbeinfarbene Haut; schlank, aber nicht muskulös; irgendwie weich; motorisch ungeschickt; unsportlich. Laut Bellas Selbstauskunft ist sie 1,60 Meter groß und 55 Kilogramm schwer. Es fällt auf, wie sich Stephenie Meyer äußerlich von ihrer Heldin Bella Swan abgrenzt.

Überleben, um zu erzählen

Bella wurde in Forks geboren. Als sie wenige Monaten alt war, verließ Isabellas Mutter Renée mit ihr die regnerische Kleinstadt und ihren Ehemann (und Isabellas Vater Charlie), um nach Phoenix zu ziehen. Bella wohnte in Phoenix in einem der wenigen einkommensschwachen Viertel des Paradise Valley Districts, wo Renée als Erzieherin arbeitete. Bis Isabella vierzehn wurde, verbrachte sie jedes Jahr einen Monat ihrer Sommerferien in Forks. In den darauf folgenden drei Jahren machte jeweils Charlie zwei Wochen Urlaub mit Bella in Kalifornien. Nachdem Renée siebzehn Jahre später in Phoenix den Baseballspieler Phil heiratete und mit ihm ein unstetes Leben begann, beschloss Isabella eher widerwillig, das geliebte Phoenix zu verlassen und zu ihrem Vater nach Forks zu ziehen.

Zu Beginn empfindet sie Forks als selbstauferlegte Strafe. Bella scheint trotz ihrer Vernunft Unfälle wie magisch anzuziehen – zumindest seitdem sie in Forks lebt. Bella verdankt Jacob Black ihr Leben und – wie sie meint – dazu noch ihren Verstand. Das heißt, sowohl ein Vampir als auch ein Werwolf haben ihr Leben gerettet. Mehrfach. Und gleichzeitig wollen so viele Bella an die Gurgel – manchmal kommt sie sich wie ein wehrloser Leckerbissen vor.

Sie fühlt sich in Forks zu Beginn niemandem näher als ihrer Mutter in der Ferne. Falls Bella jemals im Lotto gewinnen sollte, möchte sie ihrer Mutter einen Flügel kaufen. (Bella selbst nahm nicht lange Klavierunterricht.) Trotzdem war es ihr, »als würden wir im selben Buch lesen, aber immer gerade auf verschiedenen Seiten.« Überhaupt spielen Bücher und Literatur eine große Rolle: Bella ist eine Leseratte. Sie betont, dass niemand weiß, wie versunken sie sein kann, wenn sie von Büchern umgeben ist. Über »Sturmhöhe« sagte Bella, sie lese es gerne noch einmal für den Englischunterricht, dabei hat sie den Roman schon oft gelesen. Von der Bibliothek in Forks ist Bella so enttäuscht, dass sie sich keine Mitgliedskarte besorgt, sondern beschließt, eine Buchhandlung in Olympia oder Seattle zu besuchen. Als sie aber schon in Port Angeles nach einer Buchhandlung sucht, geschieht beinahe das bereits erwähnte Unglück.

Wie beschreibt Stephenie das? Welche Techniken wendet sie an, um die Leser zu fesseln? Erster Band, erste Szene –

das Vorwort: Bella beginnt ihre Erzählung mit ihren Gedanken über Sterben und Tod in einem dramatischen Moment, in dem sie von einem Jäger bedroht wird. Bella ist überzeugt, dass sie nun gleich getötet werden wird. Auf nur einer knappen Seite wird angekündigt, was erst sehr viel später wieder aufgegriffen wird. Das schafft einen großen Spannungsbogen. Zudem dürfen die Leser hoffen, dass Bella, die Ich-Erzählerin, diesen dramatischen Moment überlebt hat, so aussichtslos die Lage in der Einleitung auch zu sein schient – wie sonst könnte Bella später davon und von all den Ereignissen, die dazu geführt haben, erzählen?

Weil es nicht nach Ewigkeit klingt

Auch im zweiten Band wird im Vorwort eine Szene zusammengefasst, in der sich Bella in höchster Not befindet. Die Struktur ist identisch wie in Band eins und wird auch in Band drei wiederholt, wo sich Bella fragt, ob sie lange genug leben wird, um den Ausgang eines anderen Kampfes, der parallel stattfindet, zu erfahren. Wird also Bella lange genug leben, um von ihrer Wiedergeburt als Vampir zu berichten? Der Leser ahnt, sie wird! Allerdings könnte der teilweise mehrfache Perspektivwechsel in Band drei und vier Anlass zu Zweifeln geben. Wenn plötzlich nur noch aus der Sicht Jakobs erzählt wird, könnte dann Bella nicht eines Tages wirklich sterben? Lediglich in Band vier variiert Stephenie Meyer das Muster. Ähnlich ist die Nähe des Todes, das Aufgreifen der gefahrenreichen Situation, aber nicht mehr Action steht im Vordergrund, wilde Verfolgungen oder blutrünstige Gewalt, sondern Liebe.

Ungewöhnlich kurz ist das Vorwort zum zweiten Buch in Band vier, aber auch hier geht es in einem Satz um Leben und Tod. Erst im Vorwort zum dritten Buch in Band vier greift Stephenie auf das gewohnte Muster zurück: Bella befindet sich in einer ausweglosen Situation und ist kurz davor, ermordet zu werden. Und es ist der Autorin hoch anzurechnen, dass sie in diesem Fall die Erwartungen der Leser enttäuscht. Sie verfährt im vierten Band anders als in den vorhergehenden. Damit setzt sie Zeichen, denn Kitsch lässt sich definieren als das Erfüllen von Erwartungen. Doch Stephenie verzichtet auf die Erfüllung des vorgegebenen Schemas, irritiert ihre kitschverwöhnten Fans und erfreut dafür ihre neugierigen Leser.

Kein anderes Schulfach wird in der Vampirsaga so oft genannt wie der Literaturunterricht. Bella erwähnt beispielsweise den dritten Akt von *Macbeth*. Sie muss einen Aufsatz darüber schreiben. Als Thema hat sich Bella die Frage ausgesucht, ob Shakespeares Darstellung von weiblichen Figuren frauenfeindlich sei. Shakespeare ist im Moment ihre Schullektüre. Außerschulische Lektüre sind vor allem die zerlesenen Jane-Austen-Romane, die sie nach Forks mitgebracht hat. Bellas Lieblingsromane sind *Stolz und Vorurteil* und *Sinn und Sinnlichkeit*. Sie liest sie gerade wieder und bemerkt, dass der Held der Geschichte Edward heißt. Daher wechselt sie zu *Mansfield Park* – doch dort heißt der Held Edmund. Ob es keine andere Namen in den Romanen des späten 18. Jahrhundert gebe, fragt sie sich genervt in der kritischen Phase, als Edward versucht, sie auf Abstand zu halten. So wie die *Twilight*-Fans ihre Lieblingsbücher mehrfach lesen, so liest Bella ihre *Sturmhöhe* immer wieder. Bellas Lektüre setzt Marken, strukturiert die Geschichte. Als beispielsweise Charlie zu Beginn des dritten Bandes umständlich ansetzt, den Hausarrest aufzuheben, ist Bella gerade bei Heathcliffs Rückkehr angelangt.

Dass Stephenie ihre Liebe zur Literatur ihrer Heldin Bella übertragen hat, steht außer Zweifel. Dazu gehört auch die Sensibilität für Schrift. Der dritte Band beginnt mit einem Brief Jacobs, für den die Herstellung im Verlag eine besondere Schrift gewählt, Tintenkleckse eingefügt und Zeilen durchgestrichen hat. Damit sollte der Schmerz gezeigt werden, den Jacob beim Schreiben empfand. Beim Lesen des Briefes ist Bella ohnehin schon schmerzerfüllt, aber Jacobs Leiden belastet sie noch mehr als ihr eigenes. So scheinen ihr beim Betrachten von Jacobs verletzenden Sätzen die Ober- und Unterlängen der durchgestrichenen Buchstaben lauter kleine Sichelmesser zu sein.

Bella ringt trotz, oder vielleicht gerade wegen, ihrer Liebe zur Sprache und ihrer Belesenheit oft um die richtigen Worte. Manchmal fallen sie ihr nicht ein oder sie vermeidet sie, weil sie zu unbekannt sind. Mehrfach berührt Edward beispielsweise zärtlich mit seinen kalten Lippen die Senke unterhalb von Bellas Kehle. Bella umschreibt immer wieder diesen sinnlichen Ort. Doch der hat einen Namen, der in der Vampirsaga nie genannt wird: Drosselgrube oder Jugulum. Zu Beginn des dritten Bandes sucht Bella nach dem richtigen Ausdruck für Edward. »Freund« passt nicht, weil er nicht nach Ewigkeit klingt. Andererseits hält sie Begriffe wie Schicksal und Fügung für aufgeblasen.

Solche Szenen machen die Vampirsage immer wieder lesenswert. Bellas Feingefühl für Sprache wirkt sich auf ihre Erzählungen aus. Was sich von den Übersetzern nicht immer behaupten lässt. Bei der Schilderung von Phoenix heißt es gleich auf der allerersten Seite: »... ein makellos blauer, wolkenloser Himmel ...« Was bewirkt hier die Ergänzung

»wolkenlos«? Muss ein makellos blauer Himmel nicht sowieso immer wolkenlos sein? Dieser weiße Schimmel der Übersetzerin galoppiert schon durch den zweiten Satz des ersten Kapitels des ersten Bandes der Vampirsaga. Später fürchtet Bella »für« Edwards Leben, statt um sein Leben. Bellas Verfolger in La Push werden mit »Büroarbeitern« verglichen statt mit Büroangestellten. Bella fragt: »Kann ich fahren?«, statt: Darf ich fahren? Generell sind die Übersetzungen aber wunderbar. Vielleicht sollten bei Nachauflagen noch kleine Differenzen in den von verschiedenen Übersetzern verfassten Texten angeglichen werden. Gerade beim Autofahren ist im ersten Band von »Meilen pro Stunde« die Rede, später von »Kilometer in der Stunde«.

Lieber langsam sterben?

Wenn sich Bella einen anderen Namen aussuchen könnte, würde sie Jane wählen. Charlie nennt sie Bell. Auch dies sind Zeugnisse ihrer Liebe zur Literatur. Dementsprechend schimpft Bella über das Fernsehen, insbesondere über die »schwachsinnigen Sitcoms«.

Ernsthaftigkeit dauert. Zu Beginn des dritten Bandes erinnert sich Bella an den Kinobesuch mit Jacob und Mike. Es war Jacobs letzter Abend, bevor er die Wahrheit über seine zweite Natur erfuhr. Es überrascht sie, wie die Zeit ihre Erinnerung verändert hat. Damals empfand sie den Abend als verwirrend und anstrengend. Aus der Distanz kann sie nun darüber lachen.

Die Leser machen diese Veränderung mit. Sie entwickeln

sich mit Bella. Sie richten sich ein in Bellas Leben wie im Leben einer guten Freundin.

Ein wichtiger Bestandteil des Erfolges der Vampirsaga ist der literarische Hintergrund. Literatur spielt in der Vampirsaga von Anfang bis Ende eine wichtige Rolle. Schon zu Beginn mokiert sich Bella über die Leseliste, die ihr der Englischlehrer Mr Mason gibt: Brontë, Shakespeare, Chaucer und Faulkner seien »ziemlich elementare Sachen«, die sie alle schon gelesen habe, was sie als beruhigend und gleichzeitig auch als Gefahr für Langeweile im Unterricht empfindet. Nicht so die Leser von Stephenies Vampirsaga. Denn die wenigsten der deutschen Leser von Bella und Edwards Abenteuern werden zu den oben genannten Autoren behaupten können, »alles schon gelesen« zu haben. Das Besondere an der Vampirsaga ist, dass sie immer wieder Verbindungslinien zu großen Werken der Literatur zieht und dass sie für manche Leser den (Wieder-)Einstieg in literarische Werke bedeuten kann, die einem vielleicht durch die Schule verdorben worden sind.

Zu Beginn des dritten Bandes unterhalten sich Bella und Edward über *Sturmhöhe*. Edward kritisiert, dass Cathy und Heathcliff mit Paaren wie Romeo und Julia oder Elizabeth Bennet und Fitzwilliam Darcy verglichen werden. »Sturmhöhe« sei keine Liebes-, sondern eine Hassgeschichte. Bella erwidert, dass sie bei *Sturmhöhe* die Unausweichlichkeit fasziniere, weder Cathys Egoismus noch Heathcliffs Boshaftigkeit und auch nicht der Tod könne die beiden trennen. Die einzige gute Eigenschaft der beiden Protagonisten sei ihre Liebe.

In einem längeren Gespräch vergleichen Bella und Edward ihr Leben mit dem von Cathy und Heathcliff.

Literatur entsteht aus Literatur – Stephenie macht daraus

kein Geheimnis, im Gegenteil, sie integriert Literatur raffiniert in ihre Vampirsaga. *Sturmhöhe* ist ein Buch im Buch und die Vampirsaga die beste Werbung dafür. Ich finde es fabelhaft, dass die Fans von Stephenie dadurch auf die Wurzeln der Vampirsaga hingewiesen werden, von denen aus ganz neue Lese-Biographien entstehen können. Deshalb bin ich auch überzeugt, dass Stephenies Bücher für die Leseförderung sehr viel wichtiger sind als andere Bestseller für Jugendliche vor ihr. Im Unterschied beispielsweise zu *Harry Potter*, der seine Fans (wenn überhaupt, daran wird noch geforscht) zur Lektüre anderer, meist schlechterer Fantasy-Titel animiert, ermöglicht Stephenie ein »Hinauflesen«. Ja, sie ermuntert ihre Fans, sich an die Klassiker zu wagen. Und das mit Beharrlichkeit, denn einige hundert Seiten nach dem oben erwähnten Gespräch greift Edward das Thema erneut auf. Je mehr Zeit er mit Bella verbringt, desto mehr menschliche Regungen erscheinen ihm verständlich. So stellt er beim Lesen von *Sturmhöhe* nun fest, dass er auf eine Weise mit Heathcliff fühle, die er nicht für möglich gehalten hätte. Nach dem nächtlichen Literaturgespräch findet Bella ihre zerfledderte Ausgabe von *Sturmhöhe* aufgeschlagen auf dem Boden, wo Edward sie fallen gelassen hatte, und Bella liest die Stelle, die Worte Heathcliffs, die Edward so tief beeindruckt haben: »Im Augenblick, da ihre Liebe aufgehört hätte, würde ich ihm das Herz aus dem Leibe gerissen und sein Blut getrunken haben. Aber bis dahin – wenn du mir nicht glaubst, kennst du mich nicht – bis dahin wäre ich lieber langsam gestorben, als dass ich ihm nur ein Haar gekrümmt hätte.«

Von der Wahrhaftigkeit alter Sagen

Stephenie ist für jeden der vier Bände sehr konkret von literarischen Vorlagen inspiriert worden: In Band eins von *Stolz und Vorurteil*. In Band zwei ist die Verbindung zu *Romeo und Julia* eng. Band drei ist Stephenies Hommage an *Sturmhöhe*. In Band vier spielen zwei Romane eine wichtige Rolle: *Der Sommernachtstraum* und *Der Kaufmann von Venedig*, womit sie unter anderem die ausbleibende Schlacht, den nicht – oder nur mental – stattfindenden Showdown, also letztlich die fehlende Gewalt am Ende der Vampirsaga begründet. Durch die friedliche Lösung, durch das allumfassende Happy End hat sie viele Leser vor den Kopf gestoßen, die sich daran gewöhnt hatten, dass es am Ende jeden Bandes knallt und kracht. Für das große Finale hat sie nicht Friedrich Dürrenmatts Devise beherzigt, eine Geschichte sei nur dann gut erzählt, wenn sie ihre denkbar schlechteste Wendung nehme. Keine Tragödie, keine Toten am Ende der Vampirsaga: Damit ist Stephenie immerhin die größtmögliche Überraschung gelungen.

Alle Bezüge zwischen den literarischen Vorlagen – hier insbesondere des *Kaufmanns von Vendedig* – und ihren Einfluss auf Stephenies Werk zu analysieren, ist Stoff für viele Doktorarbeiten. Ebenso werden diese mit Gewinn Stephenies fabelhaft arrangiertes Crescendo voller sich steigender Indizien für das Vorhandensein von Vampiren analysieren, die manchmal äußerst subtil platziert werden, etwa wenn sich Dr. Cullen in der Klinik nach der ersten Beinah-Katastrophe wegen Tylors schleuderndem Van abwendet. Bella sprach von dem großen Glück, dass Edward angeblich neben ihr stand, und plötzlich sagt ihr die Intuition, dass

Dr. Cullen Bescheid weiß. Was genau er weiß, wird nicht erläutert, schließlich ist sich auch Bella noch nicht im Klaren über die komplizierten Hintergründe. Bella sieht Dinge, für die es keine vernünftige Erklärung geben kann. Etwas passiert – sie sieht es mit eigenen Augen –, aber sie kann nicht daran glauben. Als Bella im Internet mehr über Vampire erfahren will, schämt sie sich anschließend, es getan zu haben. Es ist ihr peinlich und sie findet ihr Verhalten dumm und morbide.

Bellas Zweifel scheinen kein Ende zu nehmen. Sie erhält keine befriedigenden Antworten auf ihre Fragen. Sie schwankt zwischen der Erkenntnis, dass Edward kein normaler Mensch sein kann, und einer inneren Sperre, den Rahmen rationaler Erklärungen zu sprengen. Und wenn sie es doch versucht, kann sie sich nicht vorstellen, irgend jemandem ihre geheimen Vermutungen mitzuteilen. Denn sie glaubt es sich ja nicht einmal selber. Bella nähert sich einem schizophrenen Verhalten, das die Leser auf die Folter spannt und ihre Bereitschaft erhöht, das Unvermeidliche zuzulassen. Dieser Zustand der Ungewissheit hält lange an, so lange, bis sich die Leser sanft – viel sanfter als in den meisten Fantasy-Romanen – und letztlich freiwillig und gutgläubig in die übernatürliche Welt von Vampiren und Werwölfen überführen lassen. Es findet auf Hunderten von Seiten eine Verabschiedung von Logik und von gesundem Menschenverstand statt und zugleich die langsame Entdeckung des Übernatürlichen. Auch das unterscheidet Stephenies Vampirsaga von anderen Romanen.

Nach dem zweiten Drittel des ersten Bandes, nach dem ersten Besuch Bellas bei den Cullens, droht der Spannungsbogen abzuflachen. Bella und Edward haben sich ihre Liebe gestanden, sie sind zärtlich zueinander und die Umgebung weiß davon. Das Wesentliche der Liebesgeschichte scheint erzählt zu sein. All die Besonderheiten einer Liebe zwischen Mensch und Vampir sind erläutert worden. Wie weiter?

Das neue Action-Element wird von Edward angekündigt. Er erzählt Bella, dass er in den nächsten Woche übertrieben beschützend sein werde, weil Alice Besucher voraussieht.

Die bevorstehende Dramatik macht die erste Begegnung zwischen Billy Black und Edward deutlich. Billy ist mit seinem Sohn Jacob zu Charlie gefahren, um den alten Freund von der sich anbahnenden Liaison zwischen Edward und Bella zu warnen. Es knistert in der Luft. Nur Jacob, »das Kind«, wie Edward ihn nennt, ahnt noch nichts von der Wahrhaftigkeit all der alten Sagen und der aktuellen Spannungen zwischen Werwölfen und Vampiren.

Billy trifft Bellas Schwachstelle, als er fragt, ob Charlie ebenso gut über die Cullens Bescheid weiß. Bella spürt aber auch, dass Billy sich ehrlich Sorgen um sie macht, also das Gutgemeinte von außen, das nur das Beste will, die Leidenschaft der Beziehung aber nicht kennt.

Vermisst, gesucht, gerettet

Unmittelbar nach dem Auftauchen des Jägers James findet auf den letzten hundert Seiten des Romans ein Genrewechsel statt. Edward zeigt Nerven und Bella beeindruckt durch Vernunft.

Aufgrund der Notsituation ist Bella gezwungen, Charlie zu verletzen, denn sie muss sich so schnell wie möglich von ihm verabschieden. Das geschieht unbewusst mit den Worten, mit denen siebzehn Jahre davor Renée Charlie verlassen hat: »Lass mich gehen, Charlie.«

Wegen James kommt es zur ersten Trennung zwischen Edward und Bella. Vor dem Abschied verschmelzen ihre Blicke. Die Gefahr, die von James ausgeht, kann nicht hoch genug eingeschätzt werden. Beinahe gelingt es ihm mit Hilfe seiner Erfahrung und Intuition, die Cullens zu überlisten und Bella zu töten. Die Liebesgeschichte spielt keine Rolle mehr. Der Plot ändert sich zu einem Thriller. Wird zur Verfolgungsjagd. Hit and run. Action pur, die hier nicht zusammengefasst werden muss. Ein Showdown für das Buch mit einem beachtlichen Höhepunkt. Zum ersten Mal wird deutlich, welche Konsequenzen die Mesalliance hat: Edward und Bella bringen durch ihr Zusammensein viele andere in Gefahr. Zunächst vor allem Charlie und Renée, dann aber auch die anderen Cullens und die Werwölfe.

Aber zurück zu Bellas Schwächen. Wie schon erwähnt, errötet sie oft. Zu Beginn empfindet sie sich beispielsweise als Tochter der flatterhaften Exfrau vom Polizeichef und läuft allein schon deswegen puterrot an. Ihr häufiges Erröten finden Edward und alle anderen Cullens ganz köstlich, aber es ist unübersehbar, dass Bella darunter leidet. Wenn sie ihre Nervosität kaum noch aushalten kann, kaut sie auch auf dem Daumennagel herum. Wenn Bella wütend ist, muss sie weinen, was sie als entwürdigend empfindet. Und es schnürt ihr die Kehle zu, als sie die stillschweigende Fürsorge Charlies spürt. Bella ist es nicht gewohnt, dass sich jemand um sie kümmert.

Bella errötet sogar im Dunkeln, in »bestimmten Situationen«, wenn Edward bei ihr ist. (Sie errötet wirklich sehr oft und das bis zur Verwandlung im vierten Band, aber manchmal weicht auch das Blut aus ihrem Gesicht, vor allem in Schrecksekunden.) Als Grund dafür, dass Bella ein Vampir werden will, taucht das Erröten allerdings nicht auf. Denkbar als Motiv – zumindest im Unterbewussten Bellas – wäre es. Leider habe ich vergessen, Stephenie zu fragen, ob sie selbst errötet. Oder ob man ihrer Ansicht nach im Traum erröten kann. Wäre es nicht schön, unerwünschtes Erröten als Grund für die Themenwahl »Vampire«, als Ursache für einen Weltbestseller zu sehen? Der Wunsch, nie mehr erröten zu müssen, wäre der geheime Motor einer Autorin und ihrer Protagonistin für die Sehnsucht nach Verwandlung in einen Vampir. Doch letztlich ist die Motivation für das Thema dieser Tetralogie nicht von Belang. Wichtig ist das Ergebnis, der Text selbst.

Bella sagt, sie komme mit Leuten generell nicht gut klar, weshalb sie wie eine Einzelgängerin lebe, die sich aber immer Mühe gibt, kommunikativ zu sein.

Sie schildert sich selbst auch als feige – natürlich mit einem literarischen Vergleich: »Verglichen mit mir war der feige Löwe aus *Zauberer von Oz* ein Superheld.«

Bella gesteht auch, dass sie in Phoenix selten ausging, nie auf einem Ball war, nie auch nur ansatzweise so etwas wie einen Freund hatte. Sie ist zum Erstaunen ihrer neuen Freundinnen in Forks und vor allem zum Erstaunen Edwards vollkommen unerfahren in Liebesdingen.

Immer wieder fällt auf, wie selbstkritisch sich Bella schildert. Sie gibt beispielsweise mehrfach zu, dass sie in bestimmten Situation nur noch stumm und idiotisch schauen kann. Ihre Handschrift empfindet sie als stümperhaftes Gekrakel (vor allem verglichen mit der Edwards). Als sie Jacob das erste Mal nach vielen Jahren wiedersieht, hofft sie, dass er noch zu unerfahren mit Mädchen ist, um ihren »ganz sicher erbarmungswürdigen Flirtversuch« zu durchschauen, in dem sie versucht, Edwards Verführerblick zu imitieren.

Man könnte von einem zu geringen Selbstwertgefühl Bellas sprechen, was ja angesichts der Cullens nicht erstaunt. Auch bei der Verfolgungsjagd findet Bella, sie sei es nicht wert, gerettet zu werden. Sie könne es nicht verantworten, dass wegen ihr ein Cullen in Gefahr gerate. Zudem sei ihr Schicksal ohnehin besiegelt, so wie Laurent James' fantastische Fähigkeiten geschildert habe. Erst Alice gelingt es, Bella zu erklären, wie wertvoll sie für Edward sei. Alice wisse, wie Edward sich verändert habe, seit er Bella gefunden hat. Alice könne die nächsten hundert Jahre Edward nicht in die Augen sehen, wenn sie zulasse, dass er sie verlöre.

Bella hat einen miserablen Orientierungssinn, wodurch sie sich oft verirrt (ob im Wald oder in der Stadt) – eine vorzügliche Eigenschaft für eine Romanfigur, da sie dadurch oft vermisst, gesucht und gerettet werden muss.

Aus Fleisch und Blut

Diese Fähigkeit zur Selbstkritik der Ich-Erzählerin gehört zu den wichtigen Lektionen Stephenies an alle Leser, die mit dem Gedanken spielen, selbst zu schreiben. Glücklicherweise steigert Stephenie die Ausdruckskraft ihrer Protagonistin, indem sie Bella auch all ihre Facetten schildern lässt, die ihre Talente und Fähigkeiten betonen: Bella sagt von sich selbst, sie habe eine kräftige Stimme. Bella zählt es auch zu ihren Vorzügen, Unerfreuliches verdrängen zu können. Sie zeigt kurz vor der Beinahe-Sterbeszene im ersten Band, wie groß ihre Willensstärke ist. Nachdem sie den Abschiedsbrief an Edward geschrieben hat, verschließt sie zuerst ihn – und dann auch sorgfältig ihr Herz. Ganz am Anfang hat sie Angst, ihren Humor und Sarkasmus in Forks zu verlieren. Auf ihre blasse Haut anspielend sagt sie zu Eric, ihre Mutter sei zur Hälfte Albino, was der Junge ernst nimmt. Im Verlauf der Vampirsaga beweist Bella immer wieder, dass sie sich ihren Humor bewahrt hat. Mit Entscheidungen quält sich Bella oft herum, aber wenn sie getroffen sind, dann hält sie konsequent daran fest. Sie sollte sich angesichts von Edwards Wesen fürchten, doch sie fühlt sich meist außerstande, Angst zu empfinden. Also ist Bella nicht einfach nur feige, sondern auch außerordentlich mutig.

Bella kann auch sehr forsch sein. Bei ihrem ersten Gespräch mit Billy Black über die Probleme zwischen den Cullens und den Bewohnern des Reservats wird zwar kein Klartext geredet, aber deutlich schwingt all das Wissen, das sich die Leser über Vampire und Werwölfe erworben haben, im Dialog mit. Noch interessanter ist die Tatsache, dass Bella geradezu arrogant wirken kann, besonders gegenüber anderen Jungs wie Mike, den sie sich als treues Hündchen mit wedelndem Schwanz vorstellt. Natürlich lässt sie ihn das nicht merken, aber die Leser wundern sich doch über ihren Charakter, der manchmal so voller Selbstzweifel und dann wieder so hochtrabend ist.

Zudem fühlt sie sich sowohl ihrer Mutter Renée als auch ihrem Vater Charlie gegenüber sehr selbstbewusst. Den einen muss sie bekochen, die andere seelisch bemuttern. Von Renée spricht sie exakt wie eine Mutter von ihrer Tochter. Sie müsse Renée irgendwann loslassen. Irgendwann müsse Renée ihr eigenes Leben führen. Bella gibt zu, sie habe ihrer Mutter gegenüber eine nachsichtige, amüsierte und leicht herablassende Haltung eingenommen. Bella sah unzählige Fehler an ihr und musste insgeheim über sie lachen.

Bella, ein Teenager in all seinen Widersprüchen. Manchmal mögen sich Leser fragen: Wie normal ist Bella? Jacob bringt es auf den Punkt, als er sagt, normale Menschen würden vor Monstern weglaufen. Bella selbst vermutet schon immer, dass sie in gewisser Weise anders – ein Freak – ist. Edward scheint das zu bestätigen, weil er ihre Stimme nicht hört. Da haben die Leser dem Superman Edward etwas Wesentliches voraus. Sie hören Bellas Stimme, sie lesen ihre Gedanken und sie bewundern ihre Authentizität. Aber nicht nur sie selbst, auch die Menschen, denen sie begegnet, scheinen aus Fleisch und Blut zu sein. Schon die ersten Gespräche zwischen Bella und ihren neuen Mitschülern ziehen die Leser ganz auf Bellas Seite. Das ist die fabelhafte Basis, um Bellas Abenteuer über Hunderte von Seiten gebannt zu folgen.

Intensivere Gefühle

Könnte Stephenie hier etwas besser machen? Es gibt nur ganz wenige Punkte, die leicht irritieren: Bella bezeichnet sich und ihren Vater als »keine großen Plaudertaschen«. Es falle beiden nicht leicht, ihre Gefühle in Worte zu fassen. Das steht in einem gewissen Kontrast zu den fast 3000 Seiten der Vampirsaga, auf denen Bella spannend und hoch emotional ihre Geschichte erzählt.

Als weitere Kritik ist mein Hinweis auf ein Klischee gemeint, das in jedem Creative-Writing-Grundkurs gelehrt wird: nämlich die Protagonistin spätestens im dritten Kapitel in einen Spiegel blicken und sich dadurch selbst beschreiben zu lassen. Stephenie Meyer erfüllt dieses Klischee. Bella blickt schon zu Beginn des ersten Kapitels lange in ihren Spiegel, beschreibt sich und besonders ihre Haut, ihr blasses Spiegelbild, das im schattigen Forks bald noch käsiger und ungesünder aussehen würde als im sonnenreichen Phoenix, wo sie wenigstens etwas Farbe annahm.

Diese Szene und weitere Erzähltechniken weisen darauf hin, dass Stephenie Meyer den Lektionen in Creative Writing vielleicht doch aufmerksamer zugehört hat, als sie im Interview zugegeben hat. Aber das tun viele Schüler in Creative-Writing-Kursen und trotzdem schreiben sie danach keine Weltbestseller. Es bedarf also sehr viel mehr, als die Umsetzung einiger Creative-Writing-Regeln, um die Leser so zu fesseln, wie dies Stephenie tut. Bemerkenswert ist in diesem Zusammenhang, dass Stephenie auch oft mit den Konventionen bricht. Je länger die Vampirsaga dauert, desto öfter erlaubt sie sich Rückblenden. Beispielsweise lässt sie ein zurückliegendes Gespräch Revue passieren und einige Seiten später landet sie wieder in der Gegenwart. Dann wird die Haupthandlung mit einer Bemerkung zu Bella als Dornröschen fortgesetzt. Ein Erzählmittel, vor dem die meisten Schreibschulen warnen. Das Tempo der Erzählung werde dadurch zu stark gedrosselt, oder die Phantasie und Merkfähigkeit der Leser zu stark beansprucht. Auch radikale Perspektivwechsel werden von Creative-Writing-Lehrern nicht empfohlen. Das Ende von Band drei (nur wenige Seiten) ist aus der Sicht Jacobs geschrieben. Die Perspektivwechsel werden noch sehr viel ausführlicher in Band vier oder im Internet eingesetzt, wo Band eins aus der Sicht Edwards zu lesen ist.

Auch der Umgang mit Konflikten übersteigt alles, was in Schreibschulen gelehrt wird. Bis zur Verlobung von Edward und Bella gibt es erstaunlich viele Streitereien zwischen den frisch Verliebten. Normalerweise würde man denken, dass Harmonie alle Differenzen überdeckt. Die Unterschiede sind jedoch so groß, dass es immer wieder zu heftigen Auseinandersetzungen kommt, offenbar ohne dass die alles überstrahlende Liebe dadurch gefährdet wird. Auslöser können Bellas Sehnsucht nach Jacob sein oder Edwards Geheimniskrämerei, wenn Gefahr im Verzug ist. Bei schnellen Wechseln von Jacob zu Edward, und umkehrt, muss sich Bella von den Supernasen immer wieder anhören, sie stinke wie ein Hund bzw. rieche unausstehlich. Zur Rede gestellt, werden Edwards Augen hart und kalt wie die Nacht oder funkeln vor Zorn. Gut so, denn leuchteten sie immer nur warm wie Bernstein, würde es den Lesern wohl bald langweilig werden. Auseinandersetzungen beleben den Fortgang der Geschichte und sind deshalb fürs Erzählen wichtig. Das Besondere der Vampirsaga besteht auch hier darin, dass normale Beziehungskonflikte und übliche Gefühle wie Eifersucht und Freiheitsdrang durch die übernatürlichen Elemente intensiviert werden. Die normale Dreiecksgeschichte einer Frau zwischen zwei Männern wird durch die Besonderheiten der beiden Männer überhöht.

Der Geruch der Kehle

Was wäre die Vampirsaga ohne ihren Witz? Die *Biss*-Romane sorgen für Nervenkitzel und drücken auf die Tränendrüse, aber noch viel öfter verführen sie zum Schmunzeln und Lachen. Komik entsteht beispielsweise, wenn Bella rasch von einem eher pathetischen Tonfall zu einer eher schnoddrigen Ausdrucksweise wechselt. Bei der versuchten Blutabnahme im Klassenzimmer spielt sich so eine Szene ab. Ein Crescendo des Leidens schildert Bellas Unwohlsein von kaltem Schweiß auf der Stirn und rebellierendem Magen über lauter werdendes Rauschen in den Ohren bis hin zu starken Schwindelanfällen. Ihre Freundinnen wissen noch nicht, dass Bella in Ohnmacht fällt, wenn sie Blut sieht. Doch als Edward sie in diesem Zustand entdeckt, möchte sie »… sterben. Oder wenigstens nicht kotzen«. Diesen abrupten Stilwechseln – vom echten Leiden und dem Wunsch nach Erlösung zum Wort »kotzen« –, von denen es in der Saga viele gibt, sind die herzhaften Lacher der Leser sicher.

Auch die Dialoge zwischen Bella und Edward sprühen vor Komik. Als Edward zum ersten Mal eröffnet, dass sich die Cullens gerne von Bären ernähren, pardon, vor allem Emmett vorwiegend von Grizzlybären, ist Bella so schlagfertig, tadelnd darauf hinzuweisen, dass grade keine Jagdsaison sei. Bella tut das, um ihre Entgeisterung und ihren Schrecken zu überspielen. Offenbar gelingt ihr das, denn Edward nimmt den Ball auf und weist darauf hin, dass die Verbote lediglich das Jagen mit Waffen betreffen. Damit könnte der scherzhafte Wortwechsel zu Ende sein, doch die unterschwellige Dimension des Schreckens erlaubt eine ausführliche Fortsetzung des Dialogs über Ernährungsgewohnheiten der Familie Cullen. Wir erfahren, dass Edward Pumas bevorzugt, dass sich die Cullens bemühen, sich auf Gegenden mit Überbestand an Raubtieren zu beschränken, und sie ohnehin immer darauf achten, die Umwelt zu schonen. Auch dies ist nur eine Kostprobe. Nach demselben Muster werden die Leser immer wieder gut unterhalten. Aber die Varianten haben es in sich: Neben der sachlichen Information zum Thema

Ernährungsgewohnheiten, neben der Komik, die dabei entsteht, und neben der unterschwelligen Dimension des Schreckens, löst diese Passage auf subtile Weise Assoziationen zu Geständnissen ähnlicher Art im Bereich der Erotik aus. Die unerfahrene Frau fragt den Mann zu einem Tabuthema aus (»Was magst du am liebsten?«) und erfährt dabei Geheimnisse, die sie zunächst schaudern lassen, aber an die sie sich irgendwann gewöhnen wird. Und schon im Gespräch versucht der Mann der Frau die Angst zu nehmen, indem er Details überhöht (»Es geht nichts über einen gereizten Grizzlybären«) und für entspannendes Lachen sorgt. Stephenie beschert den Lesern bestes Kabarett.

Das Gespräch zwischen Bella und Edward über das Thema Alter, in dem Edward von der unglaublichen Tatsache berichtet, dass er 1901 in Chicago geboren wurde, könnte so auch zwischen normalen Liebhabern ablaufen, bei denen der Mann deutlich älter ist als die Frau. Durch diese Nähe zur Realität hat das Gespräch trotz der absurden Daten, die darin vorkommen, etwas Authentisches. Sehr oft lässt sich reales Leben in die Lektüre übertragen. Die Identifikationsmöglichkeiten sind in dieser Vampirsaga sehr viel größer als in normaler Fantasy, übertrifft der Welt- und Realitätsgehalt bei Stephenie doch sogar oftmals den realistischer Romane. Der erste Band ist im Wesentlichen eine leidenschaftliche Liebesgeschichte zwischen Teenagern. Angereichert durch das fantastische Element der Vampire, das jeder Leser je nach Veranlagung verstärken oder abschwächen kann – so weit abschwächen, dass am Ende auch verschiedene Vampir-Elemente mit Gewinn in den Alltag hereingeholt werden können, um ihn neu zu reflektieren oder aus anderen Perspektiven zu betrachten. Welches Mädchen hat nicht das Problem, von einem Jungen verehrt zu werden, der es nicht im Geringsten interessiert, allein schon deshalb nicht, weil er zu jung ist? Und andererseits schwärmt das Mädchen für einen Jungen, der ihr perfekt und unerreichbar erscheint. Schon lässt sich der Alltag des Mädchen in die Lektüre der Vampirsage projizieren.

Ein weiteres großes Feld für Komik eröffnet Edwards Fähigkeit, Gedanken zu lesen, aber nicht die Gedanken Bellas. Also »hört« er Bellas Gesprächspartnern zu, wenn sie mit ihnen spricht, und zieht daraus Schlüsse auf ihre Gefühle. Diese Szenen können gar nicht lange genug dauern.

Komik ergibt sich aus der Konfrontation von Edwards Perfektion mit Bellas Menschlichkeit: Im Wald weist Edward auf ein Licht, doch Bella sieht nichts. Vielleicht sei es für ihre Augen noch ein bisschen zu weit, meint Edward. Worauf Bella grummelt, es sei wohl Zeit für einen Besuch beim Optiker.

Edward und Jacob bewegen sich ohne Auto schneller als mit. Wenn Bella mit einem von beiden telefoniert und einen Termin ausmacht, ist dieser im Nu da. Daran gewöhnt sie sich nicht, und die Leser ebenso wenig, was immer wieder für ein Schmunzeln gut ist.

Gekichert wird auch bei den Gesprächen über Zärtlichkeit. Bella will wissen, worauf sie beim Zusammensein achten soll: Er betont die Wirkung des Geruchs ihrer Kehle. Daraufhin erwidert Bella, das sei doch schon mal eine konkrete Handlungsanweisung – keine entblößte Kehle in Edwards Gegenwart. Daher sind wohl die Rollkragenpullover in der Saga allgegenwärtig.

Die Verständnisebene, die sich für viele Leser bezüglich der Vampire als Amüsement durch die Saga zieht, wird manchmal selbst in der Geschichte dargestellt. Beispielsweise, als Edward Bellas menschliche Bedürfnisse nicht vergisst und »Zeit fürs Frühstück« sagt, woraufhin Bella sich theatralisch mit beiden Händen an die Kehle greift und ihn angstvoll anblickt. Edward erschrickt und Bella kichert: »Kleiner Scherz«. Er findet es trotzdem nicht witzig. Woraufhin er präzisiert: »Frühstück für Menschen«.

Leere Seiten

Auch das Spiel mit Klischees und Übertreibungen beherrscht Stephenie vorzüglich. Esme freut sich laut Edward so über Bella, dass es sie auch nicht kümmern würde, wenn Bella ein drittes Auge oder Schwimmhäute zwischen den Zehen hätte. Wenn Charlie ein Mal versucht, Spaghetti zu kochen, muss Bella ein Steakmesser nehmen, um den Teigklumpen in zwei Portionen zu schneiden. Oder Bella allein zu Hause: Nachdem sie angefangen hat, mit den Magneten an der Kühlschranktür zu sprechen und ihnen vorwirft, starrsinnig zu sein, weil sie sich nicht einander annähern lassen, verlässt Bella fluchtartig das Haus, bevor diese auf die Idee kommen könnten, ihr zu antworten. Oder Bella in der Höhle des Löwen: Edward macht sich lustig, als sie das erste Mal bei ihm zu Hause ist. Keine Särge, keine Skeletthaufen – »Ich glaube, wir haben noch nicht mal Spinnweben«.

Komik entsteht immer, wenn Edward und Bella den Ernstfall spielen und die Leser wissen, dass jetzt nur Vampir gespielt wird. Das verleiht dem Buch eine weitere Ebene. Denn wenn Vampirspiele möglich sind, dann sind auch echte Vampirszenen möglich.

Gespielt wird beim ersten Besuch Bellas bei den Cullens,

als Edward sich scherzhaft auf Bella stürzt und ihr mit Schalk in den Augen Angst macht, bis sie zugibt, dass er ein »sehr, sehr fürchterliches Monster« sei. Und Alice macht mit: »Es klang, als würdest du Bella verspeisen, also haben wir gedacht, wir sehen mal nach, ob für uns was übrig bleibt.« Als sich Edward und Bella ein anderes Mal Gedanken über ihren Aufenthaltsort nach der Verwandlung machen, schlägt Bella die Antarktis vor. Dort könne sie keine Menschen umbringen und Edward schnaubt verächtlich: »Pinguine. Delikat.« So zieht sich Komik auch in den scheinbar ernsten Szenen durch die gesamte Vampirsaga. Ob die Komik immer freiwillig oder unfreiwillig ist, sei dahingestellt. Ernst gemeinte Szenen, in denen Bella sich gedankenversunken an Jacob in Wolfsgestalt lehnt, strapazieren das Vorstellungsvermögen der Leser. Aber wer weiß, vielleicht hat Stephenie auch diese Szene schmunzelnd geschrieben? »It's all fun«, wurde Stephenie nicht müde, im Zug von München nach Köln zu betonen. Als Charlie zum ersten Mal von Bella erfährt, dass zwischen ihr und Edward etwas läuft, sagt er, dieser sei doch zu alt für sie. Bella kontert, Edward sei im selben Jahrgang, denkt aber: Wenn er wüsste, wie Recht er hat. Die Ahnungslosigkeit von Bellas Eltern sorgt für Witz, auch am Ende des ersten Bandes: »Mom ist da und ich erhole mich gerade von einem Vampirangriff!« Es gibt so viele gute Gründe, die Biss-Romane mit größtem Vergnügen zu lesen! Tränen selbstverständlich immer wieder mit eingeschlossen. Es ist schlicht großartig, dass der Verlag sich bereiterklärt hat, zu Beginn des zweiten Bandes – nachdem alle Cullens verschwunden sind und Bella in ein tiefes Loch, in eine ernste Depression, fällt und die Leser mit ihr leiden –, an dieser Stelle der Geschichte also neun Buchseiten mit nur insgesamt vier Worten zu bedrucken. Das ist großzügiger als in einem Gedichtband hermetischer Lyrik. Leere Seiten als Symbol für die Leere im Leben. Nur die Namen der Monate, die vergehen, ohne dass etwas geschieht.

Stephenie arbeitet zudem bewusst mit Widersprüchen. Als sie zum ersten Mal die Cullens sieht, wie sie zu fünft in der Cafeteria abseits der anderen Schüler sitzen, leitet sie die detaillierte Beschreibung mit dem Satz ein: »Sie sahen einander überhaupt nicht ähnlich«, um wenig später zu präzisieren: »Und dennoch glichen sie einander wie ein Ei dem anderen.«

Erst arbeitet sie die Unterschiede heraus, danach betont sie die Gemeinsamkeiten. Das hält die Aufmerksamkeit der Leser aufrecht, falls das notwendig wäre. Alle Stimmen im nächsten Kapitel sprechen dagegen. Aufmerksamkeit – und noch viel mehr – ist bei der *Biss*-Lektüre von selbst vorhanden.

Bella und Edward – Die Fans kommen zu Wort

Gemeinsam mit der Website www.team-edward.net habe ich eine Umfrage durchgeführt, die auf große Resonanz bei Mädchen und jungen Frauen gestoßen ist. Aus den zahlreichen Wortmeldungen habe ich fünfzig Fragebögen ausgewertet, aus denen viel Wissenswertes über die Biss-Fans und ihre Beziehung zur Vampirsaga zu erfahren ist. Besonders neugierig war ich auf die Erklärungen, warum die Vampirsaga so toll sei und was es mit Edward und Bella auf sich hat. Welche Figur ist wichtiger? Und warum? Was löst die Vampirsaga im Alltag aus? Wie verändert sie die Fans? Hier einige Antworten (eine kleine Auswahl). Danach geht es unter anderem um Emanzipation, um das Leseverhalten, um Unterschiede zwischen der Vampirsaga und gewöhnlicher Fantasy, um die Existenz von Vampiren und vieles mehr.

Viele finden, dass Edward das Beste an der Vampirsaga ist:

»Die Figur von Edward gefällt mir einfach unheimlich gut – wie wahrscheinlich einer Menge Fans. Nicht nur sein perfektes Aussehen, das allein schon dafür sorgt, dass man sich – und ja, das meine ich wirklich ernst – in ihn verliebt. Er hat auch noch so einen tollen Charakter. Einerseits unnahbar, bedrohlich, aber dann auch so liebevoll. Leider muss ich sagen, dass der vierte Band meine Einstellung zu Edwards Charakter ein wenig getrübt hat. Aber dennoch ist es so, dass Edward eigentlich der Grund war, weshalb ich mich in dieses Buch so verliebt habe.«

»Es ist Edward, er wird als ›perfekter‹ Mann dargestellt, von dem die meisten wohl nur träumen.«

»Edward. Zwar sind meine Teenagerjahre noch nicht lange her (21 Jahre bin ich), jedoch fühlte ich mich gleich wieder in meine Teenagerzeit zurückversetzt. Ein geheimnisvoller, gutaussehender Junge interessiert sich für das selbsternannte ›hässliche Entlein‹. Dies weckte wohl einige romantische Vorstellungen in mir, denn wie viele Teenager hatte auch ich mich sehr unsicher gefühlt.«

»Es ist meine extreme Sucht nach Edward. Ich möchte immer wissen, was er als Nächstes tut, warum er das tut und was er dabei denkt und fühlt.«

»Mal ehrlich, wer will nicht so einen Mann wie Edward Cullen?«

Das Schönste ist (neben Edward) die Liebe selbst:

»Bellas ›große Liebe‹ zu Edward; aber auch seine Unsicherheit und Ängstlichkeit ihr gegenüber; seine tiefgründige Melancholie, alles in Frage zu stellen, aber sich dieser tiefen Liebe nicht zu widersetzen, es zuzulassen; man spürt seine Liebe wachsen.«

»Es ist eine wunderschöne Liebesgeschichte, gepaart mit Sagen und Mythen rund um Vampire – zudem spannend.«

»Mir gefällt (natürlich) am besten die Beziehung zwischen Bella und Edward. Ich habe im ersten Buch so sehr mitgefiebert, wann sie denn endlich zusammenkommen.«

»Das Thema der romantischen Jugendliebe gegen alle Widrigkeiten und gegen jede Vernunft.«

»Es ist eine andere Ebene von Liebe, die man, wenn man genug von Fantasy hat, einfach spüren kann.«

»Ihre Liebe scheint keine Zukunftschancen zu haben, doch man fiebert mit ihnen und hofft auf das Happy End. Genauso wie bei Shakespeares *Romeo und Julia*. Man möchte an diese Liebe glauben, man möchte, dass sie real wird. Es ist die Ausweglosigkeit der Situation. Sie wissen, dass sie nicht mehr ohne einander leben können. Und auch der Leser weiß, dass, egal, wie sehr sie versuchen, voneinander fernzubleiben, die Sehnsucht immer größer sein wird.«

Viele sind überwältigt und müssen weiter ausholen:

»Es gibt drei Dinge, die mir besonders gut gefallen. Erstens: Bella liebt Edward, egal wie gefährlich es für sie sein kann. Es wird eine so große Liebe beschrieben, wie es sie heute kaum noch gibt. Das ist einer der Gründe, warum ich die Reihe so liebe. Zweitens: gefällt mir Edwards Verhalten. Er bemüht sich immer, Bellas Wohlergehen über sein eigenes zu stellen. Es ist einfach toll zu lesen, wie sehr er sie liebt und was er dafür alles tut. Drittens: bewundere ich den Zusammenhalt in der Familie Cullen. Ich bin selbst in einer großen Familie mit vielen Geschwistern aufgewachsen und daran hat mich der Zusammenhalt der Cullens einfach auch erinnert.«

»Das kann ich nicht genau sagen, es ist so viel, was ich an dem Buch liebe. Es ist nicht nur die Geschichte zwischen Bella und Edward, die so faszinierend auf mich wirkt. Ich kann es schlecht beschreiben, aber man fühlt sich gut und aufgehoben, wenn man die Bücher liest.«

»Es gefällt mir, einfach zu sehen, dass Vampire gar nicht ›so‹ unrealistisch sind. Sie hat es so geschrieben, dass man sich total in die Geschichte hineinversetzen kann. Dass auch eine ›verbotene‹ Liebe überleben kann, wenn man nur um sie kämpft.«

Immer wieder sind es die zahlreichen Identifikationsmöglichkeiten, die faszinieren:

»Ich finde es so toll, dass man sich damit so identifizieren kann. Ich hatte im ersten Band richtig Schmetterlinge im Bauch, als wäre ich auch neu verliebt, und im zweiten konnte ich den Schmerz, den Bella fühlte, richtig miterleben. Das hat bei mir noch kein Buch geschafft.«

»Man kann sich total in die Lage von Bella hineinversetzen, man versteht, warum sie so handelt, weil jeder kleinste Gedanke niedergelegt wird. Und dass diese Liebe, die eigentlich total unmöglich ist, es weiterhin schafft, zu bestehen.«

»Ich finde es besonders interessant, dass alles aus der Sicht eines jungen Mädchens geschrieben ist. Die ganze Geschichte bekommt so eine persönliche Note und man kann sich in Bella Swan hineinversetzen.«

»Man kann alles genau nachvollziehen, z. B. wie sie sich fühlt, als Edward sie am ersten Tag so hasserfüllt anguckt.«

Manche sehen es allgemeiner und schätzen das Innovative der Saga und das Literarische:

»Mir gefällt am Besten, dass sie das uralte Thema Vampire komplett neu verarbeitet hat.«

»Ich mag die Darstellung der Charaktere. Ich mag die Leichtigkeit des Buches. Es ist gut zu lesen und es ist sehr emotional geschrieben. Man kann dic Spannungen förmlich spüren. Den Erzählerwechsel in Band drei und vier finde ich ein tolles Element, auch wenn es am Anfang etwas komisch ist. Man lernt die andere Person besser kennen und sieht Bella und die anderen aus einer neuen Perspektive.«

»Die Beschreibung der Entstehung der Liebe zwischen Edward und Bella, die verhaltene Erotik durch die notwendige Distanz. In den späteren Teilen die Ambivalenz Bellas durch ihre Zuneigung zu Jacob.«

»Mir gefällt es sehr, dass es so realistisch ist! Sie könnte auch über klassische Vampire, die in Särgen schlafen und lange schwarze Umhänge tragen, schreiben. Aber dann wäre die Romanze nicht so schön. Und vor allem die Romanze, die eingebaute Liebesgeschichte, passt sehr gut ins Buch! Überhaupt gefällt mir, dass das Buch in so viele Genres passt … Drama/Liebe/Grusel.«

»Am besten gefällt mir, dass es hier kein ›Fantasy-Land‹ gibt. Die Geschöpfe, also die Vampire und Werwölfe, leben in unserer Welt zwischen Menschen und trotzdem weiß fast gar keiner, dass es sie gibt.«

»Die Schreibweise … man fühlt sich selbst wieder wie siebzehn.«

»Mir gefällt es so gut, weil sie den Vampir-Mythos neu erfunden hat.«

»Außerdem gefällt mir, dass jedes einzelne Detail in dem Buch beschrieben wird und es dadurch so intim und geheim wird. Es ist fast so, als ob es ein Tagebuch wäre, das gar nicht für die Öffentlichkeit gemacht ist.«

»Man könnte meinen, wenn man sich in den Flieger setzt und dann in ein Taxi nach Forks, dass man, wenn man ein wenig im Wald spazieren geht, tatsächlich auf Edward, Bella oder Jake treffen könnte. Wenn man das Buch liest, fühlt man sich an ein sehr gutes Tagebuch erinnert, das gerade in diesem Moment genau so passieren kann.«

»Ich liebe den humorvollen und doch einfühlsamen Schreibstil.«

»Mir gefällt die Kreativität am besten. Stephenie Meyer hat nicht die normalen und bekannten Vampir-Mythen genommen.«

»Die Leidenschaft, die Stephenie in ihre Bücher gelegt hat, die Komplexität bzw. die detailreiche Erzählweise jeder kleinsten Szene finde ich äußerst spannend und gut. Es ist wie Musik, man kann einen Song hören, aber es fehlt die Tiefe. Musik ist nicht wie Mathe, man spielt einfach ein paar Noten und hat einen Song. Es müssen Gefühl und Liebe hineingesteckt werden, um ihn wachsen zu lassen, und genau das hat Stephenie mit ihrem Büchern geschafft.«

Bei Edward scheint die Sache klar zu sein, aber wie sehen die Fans Bella?

»Bella ist mir als ein tollpatschiges Mädchen in Erinnerung, die immer wieder in brenzlige Situationen gerät, und ich denke, dass trifft auch sehr gut auf mich zu. Außerdem konnte ich aus ihren Gedankengängen schließen, dass sie sich oft fragt, warum Edward sich in sie verliebt hat – sie sei doch überhaupt nicht hübsch. Auch das trifft auf mich zu. Ich glaube von mir selbst nicht, dass ich besonders hübsch bin und ich würde nie davon ausgehen, dass sich ein perfekter Mann wie Edward in mich verlieben könnte.«

»Ich denke, jedes Mädchen kann sich in irgendeiner Weise mit Bella identifizieren. Ihre Tollpatschigkeit, ihre Selbstständigkeit, ihre einfache Art zu leben, ihre Logik – ein normales Mädchen eben.«

»Ich kann mich recht gut in sie reinversetzen, weil in vielen Mädchen/Frauen der Wunsch schlummert, diese eine tiefe und große Liebe für's Leben zu finden und glücklich zu sein. Aber mit meiner Lebenserfahrung würde ich anders handeln, jedoch ist Bella ja erst siebzehn.«

»Ich kann mich sehr gut mit Bella identifizieren, diese Wucht der ersten Liebe ist einfach extrem. Und wie sie alles für ihre Liebe aufgeben will und sogar für ihn sterben möchte.«

»Bella ist eigentlich eine sehr untypische Jugendliche. Sie wirkt sehr erwachsen, wird selbst von ihrer etwas wirren Mutter so beschrieben und kümmert sich viel um das Wohl anderer. Egal was sie tut, sie denkt vor allem an ihren Vater Charlie – sie hält sich an seine Regeln, meistens ohne zu streiken. Sie ist eigentlich mehr ›Hausfrau‹ als Rebell. Manchmal finde ich es erschreckend, wie erwachsen sie ist, so fürsorglich für ihre ganze Familie, Freunde. Und ich selbst bin irgendwie noch nicht so extrem verantwortungsbewusst.«

»Ich kann mich zu 99,99 % mit Bella identifizieren. Ich bin ebenso tollpatschig und manchmal unbeholfen und naiv wie sie.«

»So ziemlich das Einzige, was ich persönlich mit Bella gemeinsam habe, ist die Tollpatschigkeit.... Ich kann keine zehn Schritte gehen ohne irgendwo anzurennen oder zu stolpern. Ansonsten kann ich mich viel besser mit Alice identifizieren. Trotzdem konnte ich mich in Bellas Charakter gut hineinversetzen, was besonders am gefühlvollen Schreibstil der Autorin liegt.«

»Ich glaube wie sie an die wahre und ewige Liebe (ich habe sie gefunden, ich bin ein Glückspilz). Ich weiß, dass es sich albern anhört, denn ich habe so viel Lebenserfahrung, die mir andere Dinge aufgezeigt haben, aber dennoch glaube ich, dass die Menschen an die wahre Liebe glauben sollten. Auch wenn sie von der Liebe enttäuscht wurden, sollte man dennoch daran glauben, dass es sie gibt.«

»Zwar hat sie ab dem dritten Buch sehr oft meine Nerven strapaziert und ich konnte sie nicht wirklich gut verstehen, generell aber sehe ich natürlich auch einige Parallelen. Tollpatschigkeit scheint recht weit verbreitet zu sein, was bei mir nicht anders ist. Allerdings schaffe ich es schon einige Tage lang, ohne große Verletzungen durch die Welt zu laufen, anders als Bella. Weiterhin habe auch ich nicht viele Freunde (dafür ganz tolle) und war nie einer dieser Superstars an der Schule. Dass sie jedoch viel Liebe in sich trägt und diese nur Personen spüren lässt, bei denen es sich lohnt,

Gefühle und Emotionen zu ›investieren‹, kann ich auch bei mir wiederfinden. Zudem konnte ich besonders im zweiten Teil, *Bis(s) zur Mittagsstunde*, ihre Leere und Antriebslosigkeit, die durch Edwards Abwesenheit entstanden, gut nachvollziehen. Vor allem liegt dies wohl an Stephenie Meyers Erzählstil.«

»Bella ist mutig. Schließlich traut sie sich, mit einem ›Vampir‹ zusammen zu sein und sie hat keine Angst vor ihm und was werden könnte. Ich bin auch so. Ich gehe die meisten Risiken ein, aber überlege natürlich viel.«

»Ich denke fast genauso wie sie und wir ähneln uns in vielen Dingen. Ich fühle immer mit ihr, wenn ich das Buch lese und habe ein Kribbeln im Bauch, wenn der Name Edward Cullen fällt.«

»Auch charakterlich, finde ich, weise ich verschiedene Ähnlichkeiten zu Bella auf, etwa ihre Beharrlichkeit oder die Eigenart, sich für andere ›opfern‹ zu wollen, und sei es nur beim Ausfragen im Französischunterricht.«

»Ich kann Bella nur bis zu einem gewissen Grad verstehen. Ich denke, ich hätte es anders gemeistert, wenn mein Freund mich verlassen hätte. Und ich denke, ich hätte es nicht so einfach akzeptiert, dass er zurück ist.«

»Manchmal übertreibt sie, zum Beispiel würde ich für keinen (normalen) Jungen von einer Klippe springen, okay, für Edward schon. Aber im Großen und Ganzen finde ich es okay, wie sie sich verhält.«

» … außerdem hat sie sehr oft zu wenig Verständnis für Edward, kollabiert immer gleich!«

»Wäre ich Bella, hätte ich einiges anders gemacht. Natürlich verstehe ich sie. Sie liebt Edward über alles, versucht ihn an sich zu binden, soweit es geht. Aber sie macht viele Fehler. Vor allem bei Jacob. Es war schon hart zu lesen, wie sie mit ihm umgeht. Sie will Grenzen setzen, redet aber nicht wirklich offen mit ihm. Da ist es ganz klar, dass er sich Hoffnungen macht.«

»Zu Beginn der Reihe zunächst gut. Sie wird als gewöhnliches Mädchen dargestellt, in das jede Leserin sich sehr gut hineinversetzen kann. Sie ist nicht übermäßig schön, nicht übermäßig klug, nicht ›besonders‹, sondern eben völliger Durchschnitt. Im Verlauf der Reihe fällt es besonders mit dem vierten Buch schwer, sich mit Bella zu identifizieren, da sie sich immer weniger wie ein normales junges Mädchen verhält.«

Die letzten Stimmen zu Bella stehen stellvertretend für etwa die Hälfte der Fans, die sich – aus welchen Gründen auch immer – nur zum Teil, und manche gar nicht, mit Bella identifizieren können. Dazu trägt wohl auch Bellas umstrittene Emanzipation bei. Manche Fans glauben, dass Bella nicht genug Frauenpower hat:

»Ich weiß, dass Stephenie Meyer Mormonin ist und deshalb kann ich ihre Schreibweise auch nachvollziehen. Bei den Mormonen spielt die Frau nun einmal eine untergeordnete Rolle neben dem Mann – den Mormonen wäre es am liebsten, die Frau würde am Herd stehen und der Mann würde arbeiten gehen, wie es in einer traditionellen altertümlichen Familie der Fall war, und deshalb kann ich verstehen, dass Stephenie Meyer Bella eine untergeordnete Rolle neben Edward gegeben hat. Eine Rolle, in der sich die Frau für ihren geliebten Mann eben opfert.«

»Die Errungenschaft des Feminismus sollte ja sein, dass jede Frau ihren Weg selber wählen darf! Nur die im letzten Band beschriebene Schwangerschaft, die sicher von Meyers religiösem Hintergrund beeinflusst wurde, erinnert mich doch ein wenig zu sehr an diese spezifische Frauenrolle: Schwache Frau muss Kinder kriegen und ist starkem Mann zu ewiger Dankbarkeit für sämtliche Errettungen verpflichtet!«

Die Mehrheit der Fans glaubt aber, dass Bella emanzipiert ist und dass sie sehr wohl weiß, was sie tut:

»Bella ist ganz einfach mutig, tapfer und unsterblich verliebt.«

»Bella kämpft für ihre Liebe und da muss man manchmal Dinge aufgeben.«

»Sie liebt ihn und ist bereit, alles dafür zu tun, dass er bei ihr bleibt. Ich denke, das würde jeder machen, der so liebt wie sie in dem Buch.«

»Ich denke, wenn man sich vollkommen und hundertprozentig sicher ist mit dem, was man tut, und sich genauso sicher ist mit seinem Partner, dann kann man gar nicht genug opfern. Und genau das tut sie, sie entschließt sich, und ist sich damit hundertprozentig sicher und gibt damit für ihre Große Liebe sogar ihr Leben, mehr kann man gar nicht mehr opfern.«

»Sie ist siebzehn! Sie liebt ihn ohne Wenn und Aber und möchte diese Liebe zusammen mit ihm leben. Auch wenn dies Unsterblichkeit heißt. Sie geht mit ihm ihren gemeinsamen Weg.«

»Edward tut ja schließlich genau dasselbe. Wenn Bella aber Edward nie kennengelernt hätte, würde sie auf das College gehen, Geld verdienen usw.«

»Edward ist, was Bella will. Sie kennt den Preis und zahlt ihn. Ich denke nicht, dass man sie als antifeministisch bezeichnen könnte, das würde für mich bedeuten, sie lässt sich von den Zwängen der Gesellschaft oder anderen Personen zu einer Entscheidung drängen, ohne selbst die Wahl zu haben. Bella hat aber die Wahl und es gibt Phasen in den Büchern, in denen man sieht, wie sie sich über Alternativen Gedanken macht und letztlich eine für sie vernünftige Entscheidung trifft. Das macht für mich Reife und Emanzipation aus, Möglichkeiten abwägen und für sich selbst die günstigste Entscheidung zu fällen, auch gegen alle gesellschaftlichen Regeln.«

»Sich für die Liebe aufzuopfern, halte ich überhaupt nicht für antifeministisch. Obwohl ich mir für die Geschichte auch ein ›pädagogisch wertvolleres‹ Ende gewünscht hätte, vor allem in Bezug auf die Beziehung Bella-Jacob.«

»Bei Bella und Edward ist einfach alles anders. Ich sehe Bella nicht als antifeministische Heldin, sondern einfach als ein Mädchen, das endlich ihren Platz in der Welt und die ultimative Liebe, die sich vielleicht jeder wünscht, gefunden hat. Sie opfert sich für ihre Liebe nicht auf, weil es genau das ist, was sie will – nämlich Edward. Bella ist selbst ein starker Charakter. Sie steht nicht nur im Schatten der Cullens.«

»Das, was sie tut, tut sie aus Fürsorge für andere, aus Leidenschaft, aus Liebe. Natürlich kann der Eindruck entstehen, sie entspringt dem Bild ›Frauen an den Herd‹, aber für mich ist das einfach nur Ausdruck ihres Erwachsenseins. Zudem ist sie trotz ihrer ›hausfraulichen‹ Ambitionen und ihrer leidenschaftlichen Gefühle kein typisches Mädchen. Sie hätte auch als ›All-American-Girl‹ beschrieben werden können, aber genau das ist sie nicht. Sie kann nicht tanzen, interessiert sich nicht für Mode oder ihr eigenes Aussehen, ist nicht sportlich und geht auch nicht gerne shoppen. Das aufopfernde Verhalten ist nicht nur gegenüber Edward so. Sie würde für ihre gesamte Familie alles tun. Ich sehe es mehr als starken Charakter und nicht als antifeministische Züge.«

»Ich denke, dass sowohl Bella als auch Edward sich gegenseitig absolut für die Liebe aufopfern, was einerseits etwas sehr Schönes ist, andererseits aber auch sehr extrem. Generell würde ich aber sagen: Jeder, wie er möchte ;-)«

»Es ist Bellas Entscheidung, bei Edward bleiben zu wollen. Nur sie weiß, wie sie glücklich werden kann. Jede Frau sollte so handeln, wie es für sie am besten ist. Ich denke, das Glück des Einzelnen muss im Mittelpunkt stehen. Bella hatte ja die Wahl, sie hätte sich auch anders entscheiden können, aber dennoch hat sie sich für Edward und somit für ein Leben als Vampir entschieden. Jeder im Leben bekommt eine Wahl und jeder muss so handeln, dass er am Ende glücklich werden kann.«

»Ich habe gedacht, ich sehe nicht richtig, als nach der Veröffentlichung von *Breaking Dawn* viele ›Emanzen‹ auf die Barrikaden gingen. Ihrer Meinung nach liefere das Buch die falsche Botschaft, nämlich: Verzichte auf Ausbildung, heirate jung (möglichst einen reichen Typen), werde schnell schwanger und lasse dich aushalten. Häh? Es ist ein Buch. Jeder ist frei, seinen eigenen Weg zu wählen, was man aber nur kann, wenn man sich mit beiden Seiten beschäftigt hat.«

»Bella ist nicht antifeministisch. Ganz und gar nicht. Sie opfert sich auch nicht zu sehr auf. Sie will einfach beweisen, dass sie ihn liebt. Und das tut sie. Sie liebt ihn selbst bis in den Tod. Sonst hätte sie ihn nicht kurz vor dem Ertrinken gesehen. Aber sie vertraut ihm zu wenig. Ich fand es schrecklich, als sie von ihm verlangte, nicht auf die Lichtung zu gehen. Sie hat ihn regelrecht erpresst. Aber es hatte etwas Gutes. Victoria war da, wo sie war. Und da war auch Edward. Aber Victoria kam nur wegen seines Geruchs dorthin. Es ist eigentlich schwer zu sagen. Aber manchmal übertreibt sie es einfach.«

»Ich selbst habe eine ziemlich romantische Vorstellung von Liebe und würde für diese vieles tun. Aufopfern muss man sich für fast jeden Menschen, den man liebt. Daher kann ich verstehen, dass Bella relativ viel für Edward macht. Sie hat nicht viele Freunde (und die, die sie hat, sind keine ›Freunde für's Leben‹) und Familie hat sie auch nicht wirklich, außer ihre Eltern. Daher empfinde ich es in Bellas Fall eigentlich nicht als zu große Aufopferung, schließlich gewinnt sie eine große, liebevolle Familie dazu. Natürlich ist es traurig, dass sie ihre leiblichen Eltern in ihrem alten Leben ›zurücklassen‹ muss, aber das wäre irgendwann auch so passiert, indem sie sterben.«

»Ich war schockiert, als ich die Vorwürfe las, Bella sei nicht emanzipiert! Sie ist eine Frau, die die Liebe ihres Lebens gefunden hat – eher noch mehr als das! Und für mich war das klar und auch ein wesentlicher Teil der Geschichte, wie sehr sie dafür gibt – aber letztendlich auch zurückbekommt! Und dass sie von Edward gerettet wird, ist doch nun auch wirklich nicht antifeministisch! Er liebt sie genauso sehr und hat außerdem besondere Instinkte und Reflexe. Für mich war das klar, dass er sie damit auch vor allem und jedem retten wird! Ich finde: Wer die Figur Bella als antifeministisch bezeichnet, hat einen großen Teil des Sinnes dieser Saga nicht verstanden. Hinzu kommt: Es ist immer noch ein Buch! Und keinesfalls Realität!«

Ob das Urteil über den Emanzipationsgrad Bellas von der Perspektive abhängt? Hier der Versuch einer differenzierten Betrachtung:

»Einerseits trifft Bella ihre Entscheidungen selbstständig; sie wurde nicht dazu erzogen, so zu handeln, wie sie am Ende entscheidet, und wird auch nicht dazu gedrängt – dieses Verhalten ist positiv zu sehen. Trotzdem denke ich, dass Bella sich vor allem zu viel von Edward bieten lässt. Er sperrt sie ein, er bevormundet sie, verbietet ihr den Umgang mit ihrem besten Freund und sie reagiert mit beinahe keinem Protest. Wenn mir jemand den Umgang mit einem Freund verbieten wollte, wäre das ein Trennungsgrund, da ich ein eigenständiger Mensch bin. Andererseits muss man berücksichtigen, dass Bella noch sehr jung und unerfahren ist. Es ist ihre erste große Liebe und da handeln junge Mädchen oft eben genau so: Sie geben sich leicht für den Partner auf. Die Aufgabe ihres alten Lebens ist, meiner Meinung nach, nur bedingt als Opfer zu sehen, da sich durch dieses Opfer für sie neue Türen öffnen. Allerdings sehe ich es trotzdem kritisch, dass sie sich im vierten Band für ›Kind statt Karriere‹ entscheidet, obwohl man andererseits sagen muss, dass sie als Vampir alle Zeit der Welt hat, noch eine entsprechend gute Ausbildung an einer Universität zu erwerben und sich selbst zu verwirklichen. Es ist eben eine Frage der Sichtweise. Aus menschlicher Sicht ist ihr Handeln gänzlich unverständlich und antifeministisch, aus vampirischer Sicht ist es egal, in welcher Reihenfolge sie ihre Erfahrungen sammelt, da sie in ihrem ewigen Leben alles erleben kann.«

Übrigens gibt es nicht wenige Fans, die sich auch ernsthafte Gedanken um Edward machen:

»Was Edward diesen bestimmten Charme gibt, ist, dass er von einer ganz anderen Zeit stammt, wo dieser Charme noch an der Tagesordnung war. Ich denke, das hat Edward schon sehr geprägt und aus dem Grund glaube ich nicht daran, dass es einen Jungen wie Edward geben kann. Außerdem muss ich Robert Pattinson da auch zustimmen – Edward wird durchgehend und immer als perfekt beschrieben. Ich bin ebenfalls zuerst davon ausgegangen, dass das alles durch Bellas Gedankengänge kommt, sie in ihn verliebt ist und dadurch alles durch eine rosarote Brille sieht, aber seitdem ich in *Midnight Sun* reingelesen habe erscheint mir Edward wirklich als überaus perfekt (was mich übrigens sehr stört) und ich denke nicht, dass ein Mensch perfekt sein kann. Das kann niemand.«

»Ich bin nicht gerade ein großer Edward-Fan, wie die meisten. Ich mag die Nebencharaktere viel mehr. Ich finde die unterschiedlichen Persönlichkeiten der Cullen-Familienmitglieder besonders interessant.«

»Es gibt nur den einen Edward Cullen und viele Jungs sollten sich ein Beispiel an ihm nehmen. Aber die meisten Jungs lesen ja überhaupt gar nicht mehr.«

»Edward ist der perfekte Gentleman (ja, Frauen stehen auf

sowas!), nicht der miese Macho, der sich ein hübsches Mädchen nach dem anderen unter den Nagel reißt. Er hatte eine rebellische Phase, aber letztendlich festgestellt, dass ihn das nicht weiterbringt, und vertreibt sich seine Zeit mit sinnvollen Beschäftigungen. Edward ist quasi der Inbegriff von Tugend und Werten. Allerdings ist er als Vampir so perfekt, wie er ist. Als ›normaler‹ Mann wäre es nicht halb so schön, denn gerade dass er aus dieser ›Unnormalität‹ heraus solche Gefühle entwickelt, ist das Tolle.«

»Man muss Edward ohne rosarote Brille betrachten und auch seine Schwächen und Fehler erkennen wollen. (Autsch Mädels, der Kerl ist nicht perfekt, z. B. viel zu bestimmend für meinen Geschmack.) Dann gibt es bestimmt ein zumindest vergleichbares Modell in Fleisch und Blut. Und was perfekte Schönheit ist, liegt sowieso im Auge des Betrachters.«

Bella und Edward prägen manchmal auch den Alltag der Fans. Es gibt viele Themen aus der Vampirsaga, die sie zum Nachdenken anregen:

»Ich als *Twilighter* (15 Jahre) bringe vieles mit meinem Alltag, wie z. B. Sitten, Gesten, Charaktereigenschaften oder Ereignisse, mit der Saga in Verbindung. Etwa bei Aufregung oder Nervosität, so etwas wie: ›Wo ist nur Jasper, wenn man ihn braucht‹. Zum anderen sage ich meistens nicht: ›Oh mein Gott‹, sondern: ›Oh my Edward‹. Ich unterhalte mich mit meinen zwei besten *Twilight*-Freundinnen tagtäglich über alles Mögliche aus der Saga.«

»Über die Beziehung zwischen Bella und Edward, ob diese zu ›intensiv‹ ist. Ob die zwei zu sehr voneinander abhängig sind.«

»Es gibt Jungs, die die Bedürfnisse ihrer Freundin über ihre stellen. Mein Freund ist für mich mein Edward.«

»Ich habe bei jedem Buch geweint, als ich es fertiggelesen habe, und bin dann mit tränenverschmiertem Gesicht zu meiner Mutter, der ich das Buch dann überreicht habe. Sie hat dann einfach gelächelt und den Kopf geschüttelt. Natürlich liest sie die Bücher auch und sagt, sie sind schön geschrieben! Ihr gefällt auch die Geschichte, aber ihr kommen dabei nicht die Tränen.«

»Oft denke ich, dass ich einfach im falschen Jahrhundert geboren wurde. Hundert Jahre früher und ich hätte sicherlich jemanden gefunden, der zumindest Edward ähnelt, denn seine Manieren und doch recht reinen Gedanken Bella gegenüber sind das, was mich am meisten zu ihm hinzieht. Solche Männer gibt es heutzutage leider nur selten, denn die meisten Männer in meinem Alter suchen eher Abenteuer als *die* Frau, wie Edward es tat.«

»Welche Wünsche und Träume die Kids in dieser heutigen Welt haben. Dass sie sich nach bestimmten Werte sehnen, die sie wenig kennen.«

»Meine Freundin hatte ebenfalls einen Traum und sie erzählte ihn mir. Da ich ihn so einfallsreich fand, schrieb ich ihn nieder. Und es werden immer mehr Seiten! Ich füge etwas hinzu und frage, ob es ihr gefällt. Ich habe auch selber eine eigene Geschichte, über sechzig Seiten. Manchmal habe ich einen Drang zu schreiben. Mitten in der Bahn (ich fahre sehr viel Bahn) und dann hole ich meinen Block heraus und schreibe. Ich glaube, seit ich *Biss* gelesen habe, fließen mir die Geschichten aus den Händen. Obwohl eigentlich nichts mit der *Biss*-Story zu tun hat. Ich klaue die *Biss*-Geschichte nicht, was man genau gesehen gar nicht kann, weil sie so viele Gedankengänge und Ideen hat.«

»Wenn man seine große Liebe findet, mit der man den Rest seines Lebens verbringen will, hat man, so finde ich, seinen eigenen Edward gefunden.«

»Hier nur ein paar kurze Aspekte unserer letzten Diskussion: Warum sehen Frauen Edward als Traummann, welche Aspekte von ihm lieben wir und warum kann es heute keine Männer wie Edward geben? Oder lieben Frauen gefährliche Männer? Was ist wahre Liebe?«

»Wenn ich die Jugendlichen sehe, die mir tagtäglich in der Straßenbahn, auf der Arbeit, im Supermarkt oder irgendwo in der Stadt begegnen, kann ich wirklich keinen Vergleich ziehen zu den fast schon spießigen Teenagern in *Twilight*. Harmlose Dates, Prom-Nights und Händchenhalten sind nicht gerade vergleichbar mit 14-jährigen Alkoholleichen und Partys, die nahezu in Orgien ausarten. Manchmal frage ich mich, ob ich damals auch schon so ›frühreif‹ gewesen bin, wie viele Jugendliche heutzutage in Deutschland, und das kann ich absolut verneinen. Ich habe auch viel Blödsinn gemacht, davon war nie etwas illegal (wenn man von ein paar Flaschen Bier und Zigaretten unter sechzehn absieht) oder mit Höchststrafen von meinen Eltern verfolgt. Ich kann mir oft schwer vorstellen, wie sich das innerhalb von zehn Jahren verändert hat – eine komplett andere Generation. Durch Twilight wird ein fast schon romantisches Weltbild vermittelt, jede der weiblichen Protagonistinnen möchte sich verlieben und tut es auch. Dennoch wirkt jede Liebesgeschichte sehr ernsthaft, leidenschaftlich und erwachsen. Das ist alles von meinem Menschenbild sehr weit entfernt. Natürlich gibt es immer Ausnahmen, aber bis jetzt sind mir wirklich wenig Jugendliche begegnet, die sich so verantwortungsbewusst verhalten. Vielleicht werden diese aber auch nur von den ›Null-Bock-ich-sauf-mir-jetzt-die-Hucke-voll‹-Teenies in den Schatten gestellt. Genau deshalb finde ich es fast schon beruhigend, dass sich neben den vielen Erwachsenen genauso viele Teenager mit *Twilight* beschäftigen.«

»In der Schule zitieren wir immer aus dem Buch, z. B: ›What if I'm not the hero? What if I'm … the bad guy?!‹, das ist unser absolutes Lieblingszitat. Wenn einer mit dem Zitat anfängt, vollendet der andere es dann. Das geht den Jungs an unserem Tisch ziemlich auf die Nerven, auch weil wir kein anderes Gesprächsthema haben.«

Twilight findet auch in der Schule statt:

»Wir haben unserer Englischlehrerin von *Twilight* erzählt und sie gefragt, ob wir einen Kurzvortrag halten dürfen … durften wir ;). Dann hat sie gefragt, was *Twilight* ist und warum wir im Unterricht vor einem Bild mit Robert Pattinson sitzen und warum wir loskreischen, wenn wir Wörter wie ›Biss‹, ›Zähne‹, ›Jacob‹ usw. hören und warum wir in jedem Test und in jeder Hausaufgabe etwas über einen Edward und eine Bella schreiben: ›Dann haben wir ihr das sage und schreibe ;) eine halbe Stunde lang erklärt … Seitdem hat sie sich auch im Internet über *Twilight* informiert. Wir haben am Freitag (nach unserem Kurzvortrag) zu ihr gesagt, sie soll *Bis(s)* auch mal lesen und sie war nicht ganz abgeneigt ;)
PS: ›Wir‹ sind übrigens sechs Mädchen im Alter von dreizehn bis vierzehn;)«

»Am Ende des letzten Jahres (da war ich noch in der neunten Klasse) war ich richtig vernarrt in die *Twilight*-Bücher und war gerade dabei, den zweiten Band zu lesen. Da ich das Buch absolut nicht aus den Händen legen konnte und nicht aufhören konnte zu lesen, nahm ich es selbstverständlich mit in die Schule. Nach dem Deutschunterricht packte ich also sofort mein Buch aus der Tasche, um es in der Pause weiter zu lesen. Bevor ich aber aus der Tür kam, rief meine Deutschlehrerin mich zu sich. Sie fragte, ob es *Twilight* sei, das ich in der Hand hielt. Natürlich habe ich sofort, ohne zu zögern zugestimmt. Meine Deutschlehrerin war ganz begeistert und erzählte mir, dass sie letztens erst den dritten Band zu Ende gelesen hat und sie diese Bücherreihe über alles liebt. Außerdem fragte sie mich, ob ich mich während des Lesens auch ein bisschen in Edward verliebt habe, wie sie (Bemerkung am Rande: Meine Deutschlehrerin vom letzten Jahr ist noch sehr jung, erst sechsundzwanzig). Sie erzählte mir, sie würde ihrem Mann schon richtig auf die Nerven gehen, da sie ständig nur erzählen würde, wie toll Edward ist. Nachdem wir uns etwas über das Buch unterhalten haben, fragte sie mich, ob ich mich schon darauf freue, Band drei zu lesen, da ich mit dem zweiten so gut wie fertig war. Ich konnte es selbstverständlich kaum abwarten, habe meiner Lehrerin aber erzählt, dass ich noch ca. eine Woche warten muss, bis ich mir den dritten Band kaufen konnte. Sie war ganz schockiert und meinte, dass es richtige Qualen sind, die man erleidet, wenn man ein Buch davor fertig hat und nicht weiterlesen kann. Am nächsten Tag kam ich dann früh in der Schule an und wartete, bis es zum ersten Mal klingelte. Noch bevor es klingelte, sah ich meine Lehrerin von weitem auf mich zurennen. Auf der halben Strecke blieb sie stehen und rief mich zu sich. Ich ging hinüber zu meiner Lehrerin und sie sagte ganz aufgeregt, dass ich kurz warten sollte. Sie lief schnell ins Lehrerzimmer und kam zurück mit einer blauen Wolltüte. Sie reichte mir mit einem breiten Grinsen die Tüte und befahl mir reinzuschauen. Ich schaute rein und war richtig verblüfft. Meine Lehrerin hat mir *Bis(s) zum Abendrot* mitgebracht, damit ich es über das verlängerte Wochenende lesen könnte und nicht noch eine Woche warten müsste. Das war so lieb von ihr, dass ich mich gar nicht genug bedanken konnte. Am Ende des Schuljahres sollten wir dann noch ein Plakat zu einem Buch unserer Wahl gestalten. Selbstverständlich habe ich *Twilight* genommen und dieses große Plakat schmückt bis heute unsere Klasse, selbst jetzt, wo ich einen anderen Deutschlehrer habe. Da die Klasse meiner alten Deutschlehrerin gegenüber meiner Klasse ist, gehe ich bis heute noch manchmal kurz zu ihr herüber und rede mit ihr über die neusten *Twilight*-News.«

Fast die Hälfte der Befragten glaubt an die Existenz von Vampiren. Hier Stimmen pro und kontra:

»Ich (15 Jahre) bin zwar ein ziemlich großer Fan von Vampiren und Vampir-Romanen und desgleichen, aber dennoch glaube ich nicht an die Existenz von Vampiren.«

»Um ehrlich zu sein, seitdem ich diese Bücher gelesen habe, rechne ich mit allem.«

»Ist es naiv, das zu denken, nur weil es so viele Bücher und Filme darüber gibt? Es gibt auch so viele wissenschaftliche Theorien darüber, ob es sie wirklich gibt/gab oder nicht. Was ist mit Dracula? Legende? Oder vielleicht doch wahre Hintergründe? Ich selber glaube aber nicht an die Existenz von Vampiren. Es gibt einfach viel zu viele durch Fakten bestätigte Beweise, die alles erklären und dagegen sprechen.«

»An diese blutlechzenden Monster aus Kindergeschichten? Nein, daran glaube ich nicht. An die *Twilight*-Vampire?… Bin mir nicht sicher.«

»Ja, ich glaub an Vampire oder zumindest an vampirähnliche Wesen, denn woher kämen die ganzen Mythen und Geschichten? Irgendeinen halbwegs realistischen Hintergrund müssen diese schon haben.«

»Ich würde mich freuen, wenn es solche Vampire wie die Cullens gäbe. Ich würde mir wünschen, dass Edward mich beißt! Aber es kann ja sein, dass es Vampire gibt und wir sie nur nicht bemerken, weil sie sich, wie die Cullens, an Menschen gewöhnt haben und anderes Blut trinken. Das ist eigentlich genauso eine Frage wie die, ob es Aliens gibt.«

»Schwierige Frage, der Name Vampir tauchte zum ersten Mal auf, als in Europa die Tollwut wütete, welche in ihrem Krankheitsbild auch einige Anzeichen des heutigen Vampirs zeigte, z. B. die Lichtempfindlichkeit sowie auch einige andere Merkmale. (Obwohl sich auch hier wieder die Gemüter streiten.) Des Weiteren gibt es einige Krankheiten bzw. Missbildungen an Menschen, die auch Anzeichen eines Vampirs vorweisen, z. B. die Zähne. Es ist in einer Gesellschaft allgemein üblich, Dinge, die sich entweder nicht bzw. nur wenig erklären lassen, mit Fabelwesen oder Mythen zu beweisen.«

»Ja, ich glaube an Vampire! Und zwar an Stephenie Meyers Vampirart. Ich denke nicht, dass es die Cullens wirklich gibt (zu schön, wenn es so wäre), aber ich denke, dass irgendwo auf dieser Welt solche Vampire leben. Nicht die blutrünstigen und gewalttätigen, aber die zivilisierten.«

»Ich glaube nicht, dass es sie in unserer Welt gibt. Aber Figuren in meiner Phantasiewelt erscheinen mir manchmal etwas zu realistisch, um nur erfunden zu sein. Aber existieren tun sie nicht.«

»Zwar gibt es Mädchen, die ihre Fenster tatsächlich geöffnet lassen, falls ihr Edward durch's Fenster steigen möchte, aber ich persönlich glaube nicht an Vampire.«

»Also, ich bin noch keinem begegnet. Aber ich sage auch, sag niemals nie. Man hat schon früher an Vampire geglaubt und ich kann mir nicht vorstellen, dass man sich die ganzen Geschichten alle ausgedacht hat. Ich kann es mir nicht vorstellen, dass es sie gibt, aber ich kann auch nicht ausschließen, dass es sie gibt.«

»Ich will nicht bezweifeln, dass es Vampire gibt. Es gibt so viele Berichte und Geschichten, die von der Existenz von Vampiren erzählen. Außerdem wird auch an Geister, Götter, Engel, etc. geglaubt. Ich finde den Gedanken, dass Vampire unter uns weilen, sehr spannend.«

»Es wäre schön, wenn es sie gäbe. Aber dann würden wir sie schon bemerkt haben!«

»Da es keine Vampire gibt (was ich zutiefst bedaure – ich komme zu dieser Entscheidung, da ich denke, wenn es Vampire gäbe und sie so sind, wie die, die Stephenie Meyer beschreibt, hätten sie es nicht zu der Erscheinung dieses Buches kommen lassen, da durch dieses Buch alles aufgedeckt ist, was sie versuchen zu vertuschen, und dann bleibt ja nur noch die Lösung, dass es Vampire gibt, die dann ja ganz anders sein müssen und wie bitte sollen die sein? :)), kann es keinen Vampir geben, der so ist wie Edward. Aber einen Jungen wie Edward: Warum nicht?! Aber wenn man darüber nachdenkt, stellt sich die Frage: Was macht Edward so attraktiv? Etwa seine Lebenserfahrung? Seine Schönheit? Sein Geheimnis und seine Schweigsamkeit (also anfangs auf jeden Fall)? Wenn es das ist, dann kann das ja nicht existieren, ohne dass er ein Vampir ist. Hm, ich hoffe einfach mein Leben lang, dass ich eines Tages von einem Vampir gebissen werde, den ich liebe … :)«

»Ich glaube an Übermenschliches! Es muss ja etwas anderes geben als diese ganz normalen Menschen …«

»Ich weiß nicht, ob es gerade Vampire sind, die existieren, aber ich glaube, dass es etwas auf dieser Welt gibt, von dem wir nichts wissen. Ich kann nicht glauben, dass es einfach nur die Menschen gibt und Punkt.«

»Durch die *Biss*-Bücher wurde mir die Möglichkeit gegeben, mir Vampire auch in unserer Zeit vorzustellen. Es gibt mehr, als wir bis jetzt wissen, also sage ich: ›Ja, es kann durchaus möglich sein.‹«

Viele können sich ein Vampirleben nicht vorstellen:

»Die Tatsache unsterblich zu sein, nicht schlafen zu können und immer nur wenige Jahre an einem bestimmten Ort verbringen zu können, macht mir eigentlich eher Angst. Es ist unmöglich für die Cullens zwischenmenschliche Beziehungen aufzubauen, bzw. ist das nur mit Gleichgesinnten (Vampiren) möglich. Es gibt so viele Dinge, auf die Vampire verzichten müssen. Natürlich ist es nicht zu bezweifeln, dass es auch viele Dinge gibt, die das Leben als Vampir attraktiv machen, aber meiner Meinung nach überwiegen die wortwörtlich schrecklichen Dinge, mit denen ich nicht leben könnte. Und sowieso, ich hasse Schmerzen und würde niemals das drei Tage andauernde Gefühl zu brennen überleben.«

»Schlimm. Ich hab ein Baby.«

»Einerseits klingt es interessant, man kann viel ›erleben‹ über die Jahre, andererseits wird man immer Freunde, die nicht unsterblich sind, verlieren, d. h. immer Abschied nehmen müssen und vielleicht wird es auch irgendwann langweilig, Ewigkeit ist ein unvorstellbarer Zeitraum.«

»Es ist ein Buch und ich kann zwischen Wirklichkeit und Fiktion unterscheiden. Daher habe ich nicht das Bedürfnis, in so einer Familie zu leben, ich liebe meine eigene Familie über alles auf der Welt und würde sie mit keiner tauschen wollen. Was den Aspekt ›Unsterblichkeit‹ angeht, wer will schon ewig leben? Irgendwann werden alle, die du liebst, tot sein und jede Aktion, die dir jetzt aufregend und toll vorkommt, langweilig erscheinen. Daher möchte ich gar nicht ewig leben.«

Aber viele träumen davon, Vampir-Eigenschaften zu besitzen:

»Unsterblich zu sein hat so seine Reize. Man erlebt vielleicht die Zukunft, von der man träumt, so wie man sie sich vorstellt, oder vielleicht ist sie auch ganz anders. Was weiter mit der Welt geschieht, ob die ganzen Theorien von den ›Untergangsszenarien‹ am Ende wirklich stimmen, einfach wie die Welt und wir Menschen uns weiterentwickeln. Ich würde gerne unsterblich sein und auch gerne in einer Familie wie die der Cullens leben, da ihr Geheimnis sie umso mehr zusammenschweißt.«

»Ich fänd es unglaublich toll, unsterblich zu sein und bei den Cullens zu leben! Es ist eine wunderbare Familie. Alle Charaktere haben ihren Platz in der Familie, werden geliebt und akzeptiert, mit ihren kleinen Fehlern. Zudem sind sie durch die Zeit auch noch unglaublich intelligent und halten wie eine echte Familie immer zusammen.«

»Aufregend, faszinierend – ICH WILL HIN! ;)«

»… reizvoll, dies einmal zu erleben, aber man kann ja nicht wieder zurück, wenn es einem nicht mehr gefällt.«

»Es war eigentlich schon immer ein großer Wunsch von mir, mal ein Vampir zu werden. So verrückt es auch klingt. Und in der Cullen-Familie zu leben, wäre wahrscheinlich sehr spannend. Die derben Scherze von Emmett, die liebevolle Fürsorge von Esme und Carlisle. Wer wünscht sich nicht so eine Familie? Sie halten zusammen. Sie sind füreinander da. Ich würde mich sehr freuen, in diese Familie aufgenommen zu werden.«

»Die Vorstellung, eine Cullen zu sein, ist ziemlich interessant und aufregend. In einem Vampir-Familien-Zirkel zu leben, den man über alles liebt, dazu noch selbst ein Cullen-Vampir zu sein, eine besondere Fähigkeit zu besitzen und wie ein Cullen zu leben. Die Cullens sind ein Teil von mir (15 Jahre), da gibt's bei mir nichts zu diskutieren. Es ist eine tolle Vorstellung. Die Unsterblichkeit ist, glaube ich, kein Problem, eher wenn man an Edwards Stelle wäre und fast neunzig Jahre lang keine Geliebte und keine Seelenverwandte *hatte.* Aber mit einem Geliebten und in einer Cullen-Familie ist es wirklich eine tolle Vorstellung.«

»Unsterblich zu sein, fände ich schon ganz toll und bei den Cullens zu leben wäre auch ganz nett, allerdings nur, wenn ich meine eigene Familie in der Nähe hätte und sie auch unsterblich wären. Wozu will ich unsterblich sein, wenn meine Familie und Freunde es nicht sind?«

»Ich würde mir das wünschen! Es hört sich doch schon verlockend an, unsterblich zu sein … Tausende von Erfahrungen zu sammeln, alles schon zu wissen oder gar miterlebt zu haben und dann auch noch immer jung auszusehen! Mich haben die Cullens ziemlich fasziniert. Und ich stelle sie mir alle unglaublich schön vor … Also, ich wäre gerne eine von den Cullens!«

»Ich bevorzuge es, in einer Werwolf-Familie zu leben ;)«

»Zu den Cullens gehören? Ich hätte nichts dagegen :-) Ich finde vierundzwanzig Stunden für einen Tag sowieso viel zu wenig, da man einen Großteil auch noch verschläft. Die Stärke, Schnelligkeit und Schönheit sind natürlich auch verlockend (man ist ja doch ein bisschen oberflächlich). Allerdings würde ich auch die ›vegetarische‹ Ernährung bevorzugen. Aber unsterblich zu sein? Der Gedanke kann auch ziemlich einschüchternd sein. Ob ich das wirklich wollen würde, weiß ich nicht.«

»Einmal fragte mich ein Freund, ob ich auch zu einem Vampir werden würde. Meine Antwort: ›Hätte ich einen Edward, klar!‹ Generell muss ich sagen, ein endloses Leben würde mich nicht reizen. Ich hatte nie verstanden, was die Menschen an dem Gedanken dermaßen gefiel. Hätte ich jedoch eine Familie wie die Cullens (inkl. Edward natürlich), würde ich es mir sicher noch einmal überlegen. Man hat alles, was man braucht, viel Liebe der Familie und ist glücklich.

Für mich wäre das schon ein ausreichender Grund, ›ja‹ zur Unsterblichkeit zu sagen, wenn ich mich denn entscheiden müsste.«

Ist die Vampirsaga ein gutes Mittel zur Leseförderung?

»Ich kenne wenig Leute in meinem Alter (und ich bin 14!), die viel lesen. Wenn ich sage, ich gehe in die Bücherei oder lese gerade ein gutes Buch, verdrehen diese Leute die Augen oder geben Bemerkungen wie ›Streber‹, ›Leseratte‹ ab. Aber ich denke, diese Leute würden *Twilight* gerne lesen! Aber wie, wenn sie nicht mal mehr ein Buch in die Hand nehmen? Und ich denke, das Buch hat deshalb so einen Erfolg, weil es eben keine übliche Vampirsaga ist. Jugendliche haben Probleme in ihrer Pubertät, auch mit der Liebe und so. Und es tut einfach total gut, eine so realistische ›Vampir-Mensch-Romanze‹ zu lesen und einfach mal abzutauchen und danach vom schönen Edward Cullen zu träumen …«

»Jugendliche lesen diese Bücher nicht nur, sie leben sie. Dass die Bücher so beliebt sind, zeigt doch, dass die große perfekte Liebe nach so langer Zeit immer noch eine sehr große Rolle spielt – nicht nur in der Literatur – , und es sich eben doch nicht alles bei Jugendlichen um Sex dreht, wie meistens behauptet wird.«

»Jede Jugendgeneration hat seinen Kult und Vorbilder. Mit der *Twilight*-Saga hat Stephenie Meyer bestimmt dazu beigetragen, dass Jugendliche nicht nur ständig vor dem Bildschirm hängen, sondern sich auch anderwertig (sic!) für etwas begeistern können.«

»Der Erfolg zeigt, dass viele junge Frauen/Mädchen ihre romantischen Ideale in diesem Buch wiederfinden; leidenschaftliche/erotische Gefühle/Vorstellungen werden widergespiegelt und die reifenden/sich verändernden, manchmal ambivalenten Gefühle der Heldin lassen sich leicht auf das wahre Leben vieler Jugendlichen übertragen. Grundsätzlich finde ich es gut, wenn Jugendliche lesen und ich kann nichts Schlechtes daran finden, dass *Twilight* der Einstieg ist. Meine Stieftochter verschlingt seitdem übrigens viele, auch themenferne Romane und auch wenn es sich dabei zum Teil um wirklichen ›Schund‹ handelt, kann doch nur so ein Empfinden für gute Literatur entstehen, oder?«

»Ich könnte eine Semesterarbeit zu diesem Thema schreiben. Als Erstes muss ich sagen, dass ich sehr froh bin, dass die heutige Jugend wieder liest. Aber ich denke auch, das sich die Einstellung bzw. die Wünsche der jungen Mädchen verändern. Man schaue sich den Charakter des Edward an, er ist ganz sicher kein ›Junge‹ der jetzigen Zeit.«

»Der enorme Erfolgt der Saga zeigt, dass die Jugendlichen keine chronischen Nicht-Leser sind. Sie sind nur unwahrscheinlich schwer zufriedenzustellen, und *Twilight* hat es nun mal geschafft, all das zu beinhalten/verkörpern, was Jugendlich bewegt. Die richtige Variation zwischen Liebe, Action, Thriller und Humor, das ist die *Twilight*-Saga! Und wie man sieht, schlägt dieses Prinzip genauso bei den erwachsenen Lesern an!«

»Es wird immer geschimpft, die Jugend liest nicht. Sitzt den ganzen Tag nur vor dem Fernseher und dem Computer, verblödet regelrecht. Aber dies ist ein handfester Beweis dafür, dass wir noch wissen, was ein Buch ist, dass wir uns dafür interessieren, dass auch wir lesen und alte Musicals sehen. Dass wir uns weiterbilden und unsere Kreativität fördern. Denn dafür sind Bücher da: zum Lernen und fantasievollem Denken.«

»Erstens ist das Buch einfach zu lesen (absolut nicht abwertend gemeint). Keine komplizierten Endlossätze und tonnenweise Fremdwörter, so dass sich auch die Nicht-Leseratten schnell einfinden und in die Geschichte ›hineingleiten‹ können. Weiter ist die Story etwas, das wohl jeder schon früher oder später als sein persönliches Gefühlschaos erlebt hat. Vielleicht liege ich da falsch, aber irgendwie glaube ich, dass Jugendliche mit diesen Büchern ›alte Werte‹ wieder (oder überhaupt erst) als eine Möglichkeit entdecken. Oder gibt es etwa ein Mädchen, das gesagt hat: ›Ich liebe Edward, wenn er doch bloß schlechtere Manieren hätte.‹ Ein Buch ist kein (cooles?) Videospiel. Der Phantasie sind beim Herumblättern wesentlich weniger Grenzen gesetzt, und Träumen ist doch so wichtig. Scheinbar wird das gerade wiederentdeckt.«

Manche machen sich Gedanken zur Erotik:

»Ich habe es immer so betrachtet, dass man das höchste Glücksgefühl beim Sex erfährt. Ich möchte nicht bestreiten, dass Edward nicht auch ein unbeschreiblich gutes Gefühl beim Sex verspürt, aber ich denke, dass die Sucht nach dem Blut von Bella (die so unbeschreiblich gut riecht) ein noch viel größeres Glücksgefühl für ihn wäre. Somit steht die Begierde eines Vampirs nach Blut gleichgestellt mit der Begierde eines Jungen nach Sex.«

»Ich glaube, dass Edward zwar ein Verlangen nach Bellas Blut hat, aber auch ein sexuelles Verlangen nach ihrem Körper.«

»Ob ich manchmal daran denke, etwas ›Erotisches‹ mit Edward oder Ähnliches zu machen? Ja, warum auch nicht? Edward wird als begehrenswert beschrieben. Da bleiben solche Gedanken nicht aus. Ich glaube, dass der größte Teil der weiblichen Leser sich vorstellt, wie es wäre, eine Beziehung mit Edward zu führen.«

»Edwards Zurückhaltung wäre sicherlich wünschenswert. Schon allein, um sich besonders zu fühlen und nicht wie *irgendeine* Frau. Viele junge Männer suchen keine ernsthaften Beziehungen und begegnen den Frauen nicht mit so viel Respekt, wie sie es eigentlich verdient hätten.«

»Die sexuelle Spannung zwischen den beiden ist das, was mich fasziniert. Wenn ich Sex in einem Vampir-Roman lesen will, finde ich gewiss auch andere Bücher.«

Und manche ziehen klare Grenzen zwischen der Vampirsaga und Fantasy:

»Ich denke, der große Unterschied zur Fantasy ist, dass das, was in den Romanen von Stephenie Meyer beschrieben wird, irgendwo noch real sein könnte. Wir wissen nicht, ob es wirklich Vampire gibt, weil sie alles tun, um geheim zu bleiben. Dazu möchte ich aber noch sagen, dass ich der Überzeugung bin, dass es keine Vampire gibt! Aber die Romane von Stephenie Meyer sind so aus dem echten Leben gegriffen.«

»Die Welt, in der Frau Meyers Geschichte spielt, ist real und zwar hier und jetzt. Die übrigen Fantasy-Romane (›Herr der Ringe‹ etc.) erfinden ihre komplett eigene Weltordnung (die man im Kopf erst einmal sortieren muss), das ist unterhaltsam, aber man kann es selber nicht wirklich durchleben.«

»Ich denke, es ist dieses ›Reale‹, das dahintersteckt. Für alle anderen ist Edward ja ein normaler Junge, sie kennen sein Geheimnis nicht. Diejenigen, die das nicht wissen, wissen auch nicht um die Existenz des Paranormalen. Er geht zur Schule wie jeder andere auch, es spielt sich in unserer Zeit ab.«

»Die *Biss*-Reihe ist fast real, mit einem Mythos, der recht glaubhaft rüberkommt, so dass diese Mythen existieren könnten.«

»In anderen Fantasy-Romanen weiß man, dass man nicht in der Wirklichkeit ist, und in dieser Saga denkt man immer noch, dass man in der Wirklichkeit ist, weil alles so ruhig beginnt – wie ein normaler Liebesroman.«

»Der Unterschied zwischen Fantasy und *Twilight*: Es ist hier wesentlich einfacher, sich mit der Hauptperson zu identifizieren, mit dem Leben, das sie führt und mit den Wünschen und Ambitionen, die sie hat.«

»Stephenie Meyer schreibt in Ich-Form. Man kann sich so besser in die Hauptfigur hineinversetzen. Kein Wunder, dass sich so viele Mädchen in Edward oder Jacob verliebt haben. Die meisten Fantasy-Romane spielen in einer ausgedachten Welt. Stephenies Romane allerdings haben etwas Handfestes. Es gibt alles, was sie beschreibt. Die Stadt Forks, das Indianerreservat. Man kann sich darüber erkundigen. Was bei Wolfgang Hohlbein oder Herbie Brennan dagegen nicht geht.«

»Es ist einfach die hinreißende Liebesgeschichte, die so tief geht und die man zu hundert Prozent nachvollziehen kann. Dazu kommt noch, dass Meyer so unglaublich realistisch und gefühlvoll schreibt. Innerlich weigere ich mich immer noch, es als Fantasy anzusehen. Man hat das Gefühl, dass es jeden Tag passieren kann, dass diese unglaublich attraktiven Vampire auf einmal neben einem in der Cafeteria sitzen!«

»Eines vorweg: Ich mag eigentlich keine Fantasy und eigentlich sehe ich die *Biss*-Bücher auch nicht als solche an. Die Bücher spielen in einer realen Welt, die um Werwölfe und Vampire erweitert wurde. ›Mehr‹ nicht. Ich denke, das ist es, was anders ist. Man wird nicht mit irgendwelchen absolut fremden Kreaturen konfrontiert, denn von Werwölfen und Vampiren hat jeder schon einmal gehört. Merkwürdige bzw. ungewohnte Namen (die mich manchmal daran hindern würden, bestimmte Bücher zu lesen!) gibt es zwar, aber man kann sie sich zumindest merken.«

»Meyers Saga kann man kaum als typische Fantasy-Bücher verstehen, es handelt sich mehr um einen romantischen Roman. Die Fantasy-Elemente bei Meyer sind sehr gering gehalten. Eine normale Welt, deren einzige Besonderheit die Existenz von Vampiren und Werwölfen ist. Für einen typischen Fantasy-Roman haben vor allem die ersten beiden Teile viel zu wenig wirklich spannende Handlung. Es dreht sich rein um die Beziehung Edward-Bella-Jacob vor dem Hintergrund der verschiedenen Lebensformen. Erst gegen Ende des zweiten Bandes bzw. im dritten Band spielt das Fantasy-Element des Vampirs und seiner internen Konflikte eine etwas tragendere Rolle. Für einen typischen Fantasy-Roman gibt es schlichtweg zu wenig Handlung um die Beziehungsentwicklung der beiden Protagonisten herum. Gewöhnlich steht in Fantasy-Romanen eine Handlung im Mittelpunkt, vor der sich Charaktere entwickeln und Beziehungen zueinander aufbauen. Bei Meyer handelt es sich dagegen rein um die Entwicklungsgeschichte der beiden Charaktere und ihrer Beziehung zueinander, Elemente wie der Angriff der Newborns im dritten Band rücken in den Hintergrund. Bei typischer Fantasy wäre das anders. Ich würde Meyers Saga eher in das Randgebiet der Unterkategorie der Urban-Fantasy einordnen.«

Die Fans sind geteilter Meinung über das bessere Ende. Manche hätten ein Drama mit Toten bevorzugt. Andere freuen sich über das Glück für alle.

Kontra Happy End:

»Vielleicht tanze ich da ein wenig aus der Reihe, aber ich liebe Dramatik und am meisten liebe ich dramatische Enden, also habe ich mir gewünscht, dass Edward oder Bella stirbt. Wahrscheinlich wäre ich trauriger gewesen, wenn Edward stirbt, also wäre Edward mir auch lieber gewesen. Es stört mich, wenn am Ende einer Buchreihe einfach alles perfekt ist und das war bei Bella und Edward leider der Fall. Sie haben die ›Feinde‹ besiegt, können für immer zusammensein, Bella kann trotzdem noch Kontakt zu ihrer Familie halten, Renesmee wird auch ewig leben. Es hätte perfekter nicht sein können und das ruiniert meiner Meinung nach das ganze Buch.«

»Ich finde das vierte Buch durchgehend nicht gelungen. Dadurch, dass Bella zu einem Vampir wird, verliert sie ihre Menschlichkeit. Die Züge, die sie eigentlich ausgemacht haben. Sie ist nicht mehr die tollpatschige Bella, die sich ab und zu nicht beherrschen kann. Sie wird nicht mehr rot, wenn sie in eine unangenehme Situation kommt. Sie ist nicht mehr eine normale Frau, sondern wird zu einem wunderhübschen, perfekten Vampir. Bella wird zu einem ganz neuen Menschen und verkörpert nicht mehr das, was das Buch eigentlich verkörpern sollte. Auch Edward verliert seine ausschlaggebenden Züge – er muss sich in Bellas Nähe nicht mehr beherrschen, man merkt den Kampf in seinem Inneren nicht mehr. Er ist nicht mehr so bedrohlich, wie er mal gewesen zu sein schien. Und Jacob, der so lange in Bella verliebt war, wird nun auf Renesmee geprägt, auf Bellas Kind. Er verliert dadurch auch seinen ganzen Charakter. Ich muss sagen: Der vierte Band hat mir leider gar nicht gefallen, tut mir leid.«

Pro Happy End:

»Ich wünsche ihnen das glückliche Ende, das sie haben, ihre Liebe, und die ist für immer.«

»Bella und Edward heiraten und werden bis an ihr ›Lebensende‹ glücklich. Außerdem muss noch irgendetwas passieren, damit Bella sich nicht von ihrer Familie distanzieren muss.«

»Ich wünsche mir, dass sie bis in ALLE EWIGKEIT glücklich sind. Vor allem mit ihrem Töchterchen.«

»Ich finde das Ende, das Stephenie Meyer in Band vier schreibt, sehr schön. Es war zwar etwas gewöhnungsbedürftig, aber es hat mir dann nach einer Weile darüber nachdenken wirklich gefallen.«

»Es wäre besser, wenn Edward sterblich werden könnte – für sie –, dass sie ein normales Leben führen können. Aber hauptsächlich ist es am Ende nur wichtig, dass sie zusammen sind, egal als was oder wie.«

»Bevor ich den vierten Band gelesen habe, sah mein Happy End so aus: Edward und Bella heiraten und sie feiern zweimal. Einmal für die Cullens und Bellas menschliche Freunde und ihre Familie und einmal für die Cullens und die anderen Vampire. Bei der Vampirhochzeit platzt Jacob, der schon lange kein Mensch mehr gewesen war, in die Feierlichkeiten und – weil er sich nicht unter Kontrolle hat – er greift Bella an. Als diese im Sterben liegt, bleibt Edward nichts anderes übrig, als sie zu verwandeln. Und somit können die Werwölfe ihnen keine Vorwürfe zum Thema ›Vertrag‹ machen, da Bella ums Leben gekommen wäre, wenn Edward sie nicht gerettet hätte. Natürlich verzeiht Bella Jacob und ist ihm ein bisschen dankbar, da durch ihn nun endlich ihr Wunsch erfüllt wurde. Aber Jacob verzeiht es sich nicht und lässt sich kaum noch blicken, bleibt aber mit Bella in Kontakt. Bellas Gabe ist ein Schutzschild, mit dem sie andere Menschen beschützen kann (immerhin denkt sie immer an die anderen, bevor sie an sich selbst denkt) und somit auch vor sich selbst. Deswegen mutiert sie nicht zu einem wildgewordenen Vampir, der alles aussaugt, was ihm in die Quere kommt. Jacob verwandelt sich vor Charlie, damit Charlie sich selbst ein Bild davon machen kann, was mit seiner Tochter und den Cullens los ist. So kann Bella bei den Cullens leben und dennoch Kontakt mit ihrem Vater halten. Und so lebten alle glücklich bis an ihr Lebensende … beziehungsweise Bis(s) in alle Ewigkeit ;-)«

»Es ist doch eine tolle Vorstellung, dass die beiden heiraten, ein Kind bekommen und glücklich werden. Nur wird es regelrecht danach schreien, dass noch ein fünfter Band kommt. Ich würde zu gerne wissen, was aus Jacob und Renesmee wird. So zehn Jahre danach oder so. Das wäre sehr interessant.«

»… *and they lived happily ever after* … Ich finde das Ende schon ziemlich gut.«

Nachwort

Nichts verdeutlicht die Faszination von Stephenie Meyers Vampirsaga so sehr wie die Stimmen ihrer Fans. »Alles über die Autorin Stephenie Meyer«, nicht »alles über den Menschen Stephenie Meyer«, lautet der Untertitel. Beide, die Autorin und der Mensch, werden uns noch lange beschäftigen. Die Begeisterung für dieses literarische Phänomen wird weiter wachsen. Da und dort vielleicht auch die Kritik. Es werden Analysen der Verbindungen zwischen der Vampirsaga und dem Mormonentum erscheinen. Es werden Aufsätze für Zeitungen und Zeitschriften und Arbeiten an Universitäten über die Romane Stephenie Meyers geschrieben, die einzelne Aspekte schärfer betrachten und tiefer in das Bella-und-Edward-Universum eindringen werden, als mir und den Fans das hier möglich war. Auch der Marketing-Aspekt wird genau analysiert werden. Ist das letzte Wort über den Schicksalstag, über den 2. Juni 2003, über Stephenie Meyers Traum schon gesprochen? Wohl kaum. Journalisten und Literaturkritiker in aller Welt werden weiter über Visionen und Zufälle rätseln, über Geburtstage und Verlagsstrategien. Hier nur ein Hinweis: Anne Rice, bis zum Erscheinen Stephenie Meyers Vampirsaga die Übermutter aller Vampir-Autorinnen, betrat seinerzeit mit einem gleichzeitig tragischen und unfassbar inspirierenden biographischen Ereignis die literarische Vampirbühne: Weil ihre kleine Tochter an Leukämie gestorben war, hatte Rice eine intensive Beziehung zu Blut. Also erfand Rice ein Kind im Alter ihrer verstorbenen Tochter, einen kleinen Vampir, der nicht älter wird – wie ihre Tochter. Was setzt ein Autor, was setzt ein Verlag dagegen, um im selben Genre erfolgreich zu debütieren? Stephenie Meyer wäre auch ohne ihren auffallenden Geburts-Tag und auch ohne ihre exakt datierte Vision der Erfolg sicher gewesen. Und inzwischen ist es ja auch schon gleichsam amtlich. Die Literaturchefin der ZEIT, Iris Radisch, schrieb im November 2008 von der »Meyer-Sucht« ihrer Tochter und der eigenen Meyer-Lektüre: »Beide (Mutter und Tochter) finden Meyer entschieden besser als die Rowling«.

Ja, ich kann das nur unterstreichen und die Begründungen von Mutter- und Tochter-Radisch erwähnen: Meyers Sätze seien schöner, es drehe sich nicht alles nur um Action wie bei Harry Potter. Die Meyer-Welten und die darin handelnden Personen wären nicht wie bei Rowling so unerbittlich übersichtlich in Gut und Böse sortiert. Bei Meyer gebe es verworrene Gefühle, endlose Gespräche und bohrende Zweifel. Und ich füge an: Weil es kaum eine andere Geistestätigkeit gibt, die das Denken so voranbringt und die Kritikfähigkeit erhält, zweifeln gerne und berechtigterweise so viele Leser mit den Figuren Stephenie Meyers. Schiller, Hegel, Kant und Bloch zitiert Radisch – mit einem Augenzwinkern und doch inhaltlich begründet – im Zusammenhang mit Meyer.

Fest steht: Mein Buch ist nicht das letzte zur Autorin Stephenie Meyer. Ich habe das Gefühl, diese Frau hat gerade erst mit dem Schreiben angefangen. Sie hat schriftstellerische Talente und Fähigkeiten, die sich weiterentwickeln werden. Meyer entfaltet in ihrer Prosa eine enorme Kraft und eine schillernde Themen- und Stilvielfalt, so wie ihre

Lieblingsband Muse, deren Musik den Soundtrack für ihr Schreiben bildet mit einem Stilmix aus Grunge, Heavy Metal, Klassik, Punk und noch viel mehr. In einem Interview hat die Autorin Spin-offs der Vampirsaga angekündigt. Die Erwartungen auf viele weitere Leseabenteuer aus Stephenie Meyers Feder sind hoch – mit oder ohne Bella!

Anhang:

Bardolas *Biss*-Lexikon

Inhalt

Stephenie Meyers Leben

Geboren wurde Stephenie Meyer als Stephenie Morgan am 24. Dezember 1973 in Hartford im Staat Connecticut in den USA. Ihren weihnachtlichen »*Biss*-Day« hat sie mir im Interview bestätigt. Allerdings steht nichts davon auf ihrer Homepage. Ebenso wenig bestätigt Stephenie die kolportierten Hinweise, sie sei in ärmlichen Verhältnisse aufgewachsen und habe kurz vor Erscheinen von *Twilight* noch Sozialhilfe bezogen.

Ihren unüblichen Vornamen verdankt sie ihrem Vater Stephen Morgan, der für sie die Endung -ie an seinen Vornamen hängte.

Stephenie empfindet ihren Vornamen nicht als lästig, obwohl sie ihn vor ihrem *Twilight*-Welterfolg bei allen möglichen Gelegenheiten verständnislosen Hotelempfangsleuten oder Beamten buchstabieren musste. Andererseits weist Stephenie darauf hin, dass sie sich heute dank des eigenwilligen Vornamens bequem googeln kann. Auf ihrer eigenen Website unterschreibt sie ihre Artikel nur mit Steph. Das passt gut zu Seth, ihrem Bruder, der die meisten Artikel dort schreibt. Ich muss immer zwei Mal hinschauen, wer nun getextet hat, Steph oder Seth.

Stephenie wuchs mit den fünf Geschwistern Seth, Emily, Jacob, Paul und Heidi in Phoenix, Arizona, auf und besuchte die Chaparral Highschool in Scottsdale, Arizona, und die Brigham Young University in Provo, Utah. Dort schloss sie ihr Englisch-Studium 1995 ab.

Ihren späteren Ehemann Christiaan, genannt »Pancho«, lernte sie schon als Kind in Arizona kennen. Sie heirateten 1994 und haben gemeinsam drei Söhne: Gabe, Seth und Eli.

Die *Twilight*-Erfahrung, die ihr Leben vollkommen veränderte, nennt sie eine »Achterbahnfahrt ohne Sicherheitsgurt«. Sie freut sich jedenfalls, dass sie es den Kommilitonen gezeigt hat, die Stephenie bei ihrer Fächerwahl eine berufliche Zukunft in der Fastfood-Branche prophezeiten. Inzwischen ist Stephenie Multimillionärin. Ihr Vater ist Kaufmann, verwaltet das Vermögen und prüft die Verträge.

Das Beantworten der Fanpost hat sie schweren Herzens schon vor einiger Zeit einem Sekretär überlassen. Seitdem die drei Söhne vormittags im Kindergarten und in der Schule sind, hat sie mehr Ruhe, sich auf das Schreiben zu konzentrieren.

Literatur und Religion

Stephenies Lieblingsautoren mit dem größten Einfluss auf ihr Schreiben sind Jane Austen, William Shakespeare, Maeve Binchy, Charlotte Brontë, Daphne DuMaurier, L. M. Montgomery, Louisa May Alcott, Eva Ibbotson, William Goldman, Douglas Adams, Janet Evanovich und viele mehr. Aber das seien die wichtigsten. An erster Stelle nennt sie übrigens Orson Scott Card und betont, es sei ein Zufall, dass er ihr als Erster einfällt. Zweifel seien erlaubt: Orson Scott Card ist der mit Abstand unbekannteste der genannten Autoren, bringt aber seine mormonische Tradition in einigen Büchern zum Ausdruck. Er veröffentlichte Science-Fiction, Fantasy, Horror und Thriller. Stephenie macht kein Geheimnis aus ihrer Religiosität. Neben dem Politiker Mitt Romney ist Stephenie die bekannteste Mormonin in den USA. Sie sagt, ihr Glaube sei ihr sehr wichtig und sie versuche dementsprechend zu leben. Aber sie tauge nicht als gutes Beispiel für eine Mormonin. Jedoch wolle sie ein so guter Mensch wie möglich sein. Insofern könne sie vielleicht doch ein Beispiel sein. Und noch nach Erscheinen des vierten Bandes betonte Stephenie, dass sie niemals bewusst religiöse Elemente in ihre Bücher einbringe. Sie habe auch keine Botschaft mit der Vampirsaga verfolgt. Sie schreibe, weil sie sich dabei gut fühle, weil es ihr Spaß mache. Wenn Religiöses in den Büchern sein sollte, dann immer nur unbewusst.

Stephenie Meyers Vampirsaga

Ein Traum Stephenies im Juni 2003 war der Auslöser für die Vampirsaga. Stephenie träumte von einer jungen Frau in der Lichtung eines Waldes, die von einem Vampir geliebt wird, der jedoch gleichzeitig nach ihrem Blut dürstet. Diesen Traum empfand Stephenie, die damals Hausfrau und Mutter von drei kleinen Söhnen war, als so lebhaft, dass sie ihn am nächsten Morgen aufschrieb. In nur drei Monaten wurde aus dem Traum ihr erster Roman. Wer das Ende des ersten Bandes genau liest, könnte den Eindruck bekommen, dass sich damit die Geschichte erschöpft. Edward neigt sich zu Bella, die gerne gebissen werden möchte, und die Leser wissen nicht, ob dies geschehen wird. Stephenie berichtet, dass sie diesen Roman ursprünglich als »Stand alone«, als ein Einzelwerk geplant hat, ohne die realistische Hoffnung, damit zur Schriftstellerin zu werden.

Stephenie verschickte die ersten Manuskripte mit eigenen Umschlagentwürfen an Verwandte und Freunde. Die Resonanz, vor allem ihrer Schwester, war so positiv, dass sie daran dachte, das Buch unter dem Pseudonym Morgan Meyer zu veröffentlichen.

Stephenie fand schnell einen literarischen Agenten und dieser weckte das Interesse mehrerer Verlage. Der Verlag, der den Zuschlag bekam, bezahlte für einen Dreibuch-Vertrag 750000 Dollar, ein hoher Betrag für ein Debüt. Aber alle hofften, dass auch mit Hilfe der beiden noch zu schreibenden Bände die Trilogie ein Erfolg werden würde. Und sie behielten Recht. Nur dass es nicht bei der Trilogie blieb. Bislang handelt es sich um eine Tetralogie – am Ende des vierten Bandes steht zwar »the end« – aber Spin-offs von der Vampirsaga werden von den Fans gewünscht und auch von Stephenie selbst immer wieder ins Gespräch gebracht.

Band eins erreichte Platz fünf der *New York Times Best Seller List* für Jugendliteratur. Er erhielt viele Auszeichnungen in den USA (darunter *Publishers Weekly Best Book of the Year*, *American Library Association* »Top Ten Best Book for Young Adults«) und wurde auch in Deutschland prämiert (unter anderem für den Deutschen Jugendliteraturpreis nominiert und mit dem Buxtehuder Bullen ausgezeichnet).

Band zwei erreichte Platz eins der *New York Times Best Seller List* für Kinderliteratur und hielt den Platz elf Wochen lang. Auch die weiteren Bände platzierten sich in den USA und international auf vielen Bestsellerlisten. Die ersten drei Bände waren bisher insgesamt 143 Wochen auf der New-York Times Bestsellerliste und die Zahl steigt mit den Verfilmungen wöchentlich. In den USA verkauften sich fast neun Millionen Exemplare der Vampirsaga, die bisher in 37 Ländern erschien und weltweit über siebzehn Millionen Mal über die Ladentische ging. (Stand: Dezember 2008.) Täglich werden es mehr.

Band eins: *Bis(s) zum Morgengrauen*
Originaltitel: *Twilight*

Hier wird erzählt, wie die 17-jährige Isabella Swan schweren Herzens das sonnige Phoenix, ihre Mutter Renée und deren zweiten Man Phil verlässt, um in das verregnete Forks zu ziehen. Dort lebt ihr Vater Charlie, der als Polizist arbeitet und alleine in einem Häuschen am Waldrand wohnt. Bella hat Mühe, sich an das schlechte Wetter und die neue Umgebung zu gewöhnen. Sie hat zwar schnell mehrere Verehrer an der Highschool, doch der einzige Junge, der sie interessiert, scheint sich vor ihr zu ekeln. Der 17-jährige Edward Cullen verhält sich in vielerlei Hinsicht unerklärlich. Als er Bella mit offenbar übernatürlichen Kräften das Leben rettet, ahnt sie, dass er ein Vampir sein könnte. Sie fühlt sich so stark zu ihm hingezogen, dass sie alle Befürchtungen überwindet. Bella wünscht, von ihm nicht nur geküsst und geliebt, sondern auch gebissen zu werden, damit sie und Edward für immer jung und zusammenbleiben können.

Bei so umfangreichen Romanen wie Stephenie Meyers Vampir-Bänden ist es üblich, zu Beginn oder am Ende des jeweiligen Buches in einem Inhaltsverzeichnis die Kapitelüberschriften zu nennen. Doch das fehlt leider in den deutschen Ausgaben. Es könnte der Übersichtlichkeit, als Orientierungshilfe und dem besseren Verständnis dienen. Das Versäumnis sei hier nachgeholt.

Band eins umfasst in der deutschen Hardcover-Ausgabe 512 Seiten und 26 Kapitel:

Vorwort / Auf den ersten Blick / Wie ein offenes Buch / Frostiges Klima / Ein gefragtes Mädchen / Der Geruch von Blut / Schauergeschichten / Albtraum und Sonnenschein / Dinner for Two / Für immer siebzehn / Der Lauscher an der Wand / Elektrische Spannung / Abseits des Pfads / Lamm und Löwe / Reine Willenssache / Bei den Cullens / Carlisles Geschichte / Baseball im Regen / Die Jagd / Abschied /

Ungeduld / Ein morgendlicher Anruf / Unheimliche Heimkehr / Der Engel / Nadeln und Küsse / Epilog: Tanz der Vampire

Band zwei: *Bis(s) zur Mittagsstunde*
Originaltitel: *New Moon*

Hier wird erzählt, wie Bella und Edward als ungleiches Liebespaar den Alltag meistern. Eine heitere Zukunft scheint ihnen bevorzustehen, doch an Bellas achtzehntem Geburtstag, der in der schönen Villa der Cullens gefeiert wird, schneidet sich Bella beim Auspacken eines Geschenks am Papier. Ein Blutstropfen Bellas reicht, um ein Chaos zu verursachen, bei dem Bella viel Blut und beinahe ihr Leben verliert. Alle Cullens bis auf Carlisle müssen kurzfristig das Haus verlassen. Bei einem ernsten Gespräch über Religion lernt Bella den Arzt Carlisle noch besser kennen und schätzen. Aber das hindert Edward nicht daran, den Kontakt mit Bella für immer abzubrechen und weit weg von Forks zu gehen. Andernfalls wäre Bella ständig in Lebensgefahr. Auch die anderen Cullens verlassen Forks. Bella trauert lange. Später verbringt sie viel Zeit mit Jacob und erlebt einige schöne Stunden mit ihm. Bella stellt fest, dass sie immer dann Edwards Stimme hört, wenn sie sich in Gefahr bringt. Bellas Aktionen werden immer waghalsiger, um Edwards Stimme besser zu hören. Damit nähert sie sich dem Suizid und stirbt auch beinahe bei einem Sprung von den Klippen. Im Augenblick größter Gefahr fühlt sie größtes Glück. Doch Jacob rettet Bella, die sich überlegt, was Julia ohne Romeo gemacht hätte. Das sich anbahnende neue Glück wird jedoch von der Nachricht unterbrochen, dass Edward in Lebensgefahr schwebt und Bella ihn retten könnte.

Band zwei umfasst in der deutschen Hardcover-Ausgabe 560 Seiten und 26 Kapitel:

Band drei: *Bis(s) zum Abendrot*
Originaltitel: *Eclipse*

Hier wird erzählt, wie Bella und Edward eine gemeinsame Zukunft planen. Offen ist noch, ob sie erst heiraten und dann die Verwandlung Bellas durchführen – wie der altmodisch denkende Edward sich das wünscht – oder ob Bella gleich zum Vampir wird und die Hochzeit – vor der Bella graut – auf später verschoben wird. Gleichzeitig macht ein Serienmörder Seattle unsicher. Edward jedoch vermutet, dass ein Vampir dahintersteckt. Die Bedrohung rückt näher: Einige Kleider Bellas verschwinden. Offenbar handelt es sich um unkontrollierte Jungvampire, die den Cullens gefährlich werden könnten. Zudem bereitet Bellas unverhohlene Zuneigung für Jacob Kopfzerbrechen. Unermüdlich kämpft Bella für die Verständigung zwischen Werwölfen und Vampiren. Die Gefahr aus Seattle eint sie schließlich im Kampf gegen das Böse.

Band drei umfasst in der deutschen Hardcover-Ausgabe 620 Seiten und 29 Kapitel:

Vorwort / Das rechte Maß / Ausweichmanöver / Falsche Schlüsse / Wider die Natur / Prägung / Neutral wie die Schweiz / Kein Happy End / Worte im Zorn / Ein unheimlicher Besucher / Spuren / Legenden / Zeit / Jaspers Geschichte / Klare Worte / Gegenspieler / Ein Meilenstein / Ein Bündnis / Einweisungen in den Kampf / Selbstsüchtig / Kompromiss / Falsche Fährte / Feuer und Eis / Gegen jede Vernunft / Ein Albtraum wird wahr / Spiegel der Zukunft / Verzicht / Das richtige Tun / Epilog: Die Entscheidung

Band vier: *Bis(s) zum Ende der Nacht*
Originaltitel: *Breaking Dawn*

Hier wird erzählt, wie sich Bella endgültig für die wahre Liebe zu Edward entscheidet, ohne die Freundschaft zu Jacob aufzugeben. Doch diesem graut vor der Vorstellung, Bella könnte zum Vampir werden, und wendet sich einmal mehr von seiner Freundin ab. Nach einer rauschenden Hochzeit bei den Cullens und fantastischen Flitterwochen vor der Küste Brasiliens stellt Bella fest, dass sie schwanger ist. Nur Edward kommt als Vater in Frage. Das ist für alle, auch für Carlisle ein Novum. Zudem handelt es sich um eine beschleunigte Schwangerschaft. In wenigen Wochen kommt es zu einer blutigen und schmerzhaften Geburt, in deren Verlauf Bella verwandelt wird. Behutsam ertastet sie das Leben als Vampir und gewöhnt sich an die rasch wachsende Tochter Renesmee. Die Volturi erfahren von dem Kind und bedrohen die Cullens. Statt eines Showdowns kommt es zu einer mentalen Auseinandersetzung, in deren Verlauf Bella immer größere Fähigkeiten ihres Schutzschildes entdeckt, mit dessen Hilfe sie nicht nur ihre, sondern auch die Gedanken ihrer Liebsten vor telepathischen Angriffen schützen kann. Wie eine Partie Schach endet die Auseinandersetzung zwischen Cullens und Volturi patt und in einem großen Happy End für alle Protagonisten, sogar für Jacob, der auf Renesmee geprägt ist.

Viele Leser sind irritiert vom Plot im vierten Band. Sie können nicht verstehen, dass eine Teenager-Geschichte mit Heirat, Schwangerschaft und Geburt fortgesetzt wird. Darauf entgegnet Stephenie, dass die Fortsetzung für sie realistisch sei. Das Leben ändere sich, die Welt ändere sich. Kinder würden erwachsen werden.

Stephenie verweist auf die Figur Anne im Kinderbuch *Anne auf Green Gables* von Lucy Maud Montgomery. Die Heldin ist im englischen Sprachraum etwa so bekannt wie im deutschen und skandinavischen Sprachraum Pippi Langstrumpf. Astrid Lindgren ließ sich übrigens von Montgomerys temperamentvoller rothaariger Anne für ihre Pippi inspirieren. Wieder zeigt sich, wie Literatur aus Literatur entsteht. Und so argumentiert Stephenie, dass Montgomerys zu Beginn elfjährige Anne im ersten Band um fünf Jahre altert. Es erschienen sieben weitere Anne-Bände, in denen Annes Entwicklung gezeigt wird, bis sie am Ende vierundfünfzig Jahre alt ist und die Geschichten ihrer Kinder und Enkelkinder erählt werden. Schade eigentlich, dass Bella jetzt immer achtzehn Jahre alt bleiben wird. Stephenie findet jedenfalls, dass ein guter Roman oder ein guter Film nicht zwangsläufig mit einer Hochzeit des Liebespaares enden muss. Stephenie verteidigt in vielen Interviews dieses Ende der Vampirsaga mit dem Hinweis, sie habe immer nur für sich selbst geschrieben. Sie müsse dazu stehen und es gut finden. Und das tun Stephenie und viele ihrer Fans nach wie vor.

Forever Dawn und weitere Bücher

Für das Manuskript von *Forever Dawn* wählte Stephenie den Namen Stephenie Morgan Meyer. Diesen 700 Seiten umfassenden Roman schrieb sie als Nachfolge des Debüts *Twilight*. *Forever Dawn* war eine der je bis zu hundert Seiten umfassenden drei Epilog-Varianten von *Twilight*. Stephenie war damit weit fortgeschritten, als klar wurde, dass *Twilight* als Jugendbuch eingestuft wurde. Das Manuskript von *Forever Dawn* soll nun nie veröffentlicht werden, weil Stephenie es einerseits für zu schlecht hält, andererseits für zu »erwachsen«. Sie betrachtet es rückblickend lediglich als Vorbereitung für den zweiten Band, gleichsam als eine Fingerübung. Zudem enthält es Elemente des vierten Bandes, der ja tatsächlich erwachsener ist. *Forever Dawn* wurde zum einzigartigen Geburtstagsgeschenk für Stephenies ältere Schwester. (Lediglich Inhaltsangaben und ein von Stephenie selbst gemaltes Cover wurden im Internet veröffentlicht.)

Hingegen dürfte *Midnight Sun* irgendwann das Licht der Leserwelt erblicken. *Midnight Sun*, der erste Band aus der Perspektive Edwards geschrieben, sollte als Fortsetzung im Anschluss an den vierten Band der Vampirsaga erscheinen. Weil aber die ersten zwölf Kapitel des Rohmanuskripts illegal im Internet in Umlauf gebracht wurden, verzichtete Stephenie auf die weitere Arbeit an dem Buch und veröffentlichte die zwölf Kapitel auf ihrer Homepage. Wie es mit *Midnight Sun* weitergeht, ist noch offen. Aber Stephenie machte ihren Lesern Hoffnung, die Arbeit am Manuskript wieder aufzunehmen, sobald sie genügend Distanz zu den unerfreulichen Ereignissen habe.

Für 2009 hat Stephenie das Buch *The Twilight Saga: The Official Guide* angekündigt, in der weitere Einzelheiten und Hintergründe über die Cullens und die anderen Twilight-Figuren verraten werden. Auch hatte Stephenie die Möglichkeit angekündigt, die Geschichten einzelner Figuren aus der Vampirsaga weiterzuschreiben. Andererseits war das in den USA als Roman für Erwachsene erschienene Buch *Seelen* (*The Host*) so erfolgreich (Nummer eins der New York Times Bestsellerliste für Belletristik), dass Stephenie nun mit dem Gedanken spielt, Fortsetzungen davon zu schreiben. Die Arbeitstitel dieser Bände stehen schon fest: *The Soul* und *The Seeker*. Stephenie hat schon von etlichen weiteren Buch-Ideen gesprochen, unter anderem eine Geistergeschichte, »Summer House«, oder ein noch nicht betitelter Zeitreise-Roman.

Bereits 2007 wurde eine Geschichte von Stephenie in der Anthologie *Prom Nights from Hell* veröffentlicht, die bisher nicht ins Deutsche übersetzt wurde.

Autos

Das Thema Auto wird schon auf der zweiten Seite des ersten Kapitels im ersten Band angesprochen, als Bella erwähnt, dass ihre Mutter oft vergisst zu tanken. Häufig ist von Benzin die Rede: Als Edward verhindern will, dass Bella alleine mit ihrem Transporter nach Seattle fährt, spielt er auf den hohen Spritverbrauch ihres alten Chevys an, mit der schelmischen Begründung, die Verschwendung begrenzter Ressourcen ginge alle etwas an.

Auch in der zwischenmenschlichen Kommunikation spielen Autos auf manchmal ungewöhnliche Weise eine Rolle. Als Bella beispielsweise Jessica von ihrem ersten längeren Zusammensein mit Edward erzählen muss und diese nach ersten erstaunlichen Geständnissen wissen will, ob es zum ersten Kuss kam, schießen Jessicas Hände in die Höhe, die Handflächen zu Bella gedreht – so »als würde sie gerade ein Auto anhalten«. Das ist eine erstaunlich Metapher und ein weiteres Beispiel für die Bedeutung von Autos in der Vampirsaga.

Wie fixiert Bella – bzw. Stephenie Meyer – auf Autos ist, zeigt sich auch in vielen weiteren Szenen, die eigentlich gar nichts mit Autos zu tun haben. Als der Jäger James anruft, empfindet Bella seine Stimme zunächst als sehr freundlich, auf eine anonyme Art irgendwie vertraut, »wie aus einer

Werbung für Luxuslimousinen«. Oder als Jacob kurz vor der Schlacht gegen Victoria und ihre neugeborenen Vampire die Gelegenheit zu einem wahrhaft leidenschaftlichen Kuss mit Bella bekommt, springt ihr »Herz in den vierten Gang«.

Zum Fahrverhalten: Edward hasst es, langsam zu fahren. Bella hat zu Beginn Angst vor Edwards Fahrweise. Aber Edward ist aus verständlichen Gründen furchtlos und fährt eben gewohnheitsmäßig sehr schnell. Hundert Meilen pro Stunde und mehr – vor allem wenn es die Situation erfordert. Zudem rollt Edwards Volvo so gleichmäßig und sanft, dass man die Geschwindigkeit kaum spürt. Im Kopf hat Edward gleichsam einen eingebauten Radardetektor, der ihn vor Polizeifallen warnt. Das führt zu zusätzlichen Spannungen, weil Charlie ja Polizist ist.

Panik im Auto: Nach Verfolgungsjagden zu Fuß und der vorerst rettenden Flucht ins Auto krallt sich Bella mit beiden Händen am Beifahrersitz fest, statt sich anzuschnallen.

Es fällt auf, wie viele Fahrzeug-Modelle genannt werden. Um Product-Placement kann es sich nicht handeln, so lange man nur die Bücher betrachtet. Komplizierter wurde die Sache bei der Verfilmung, die Wert auf Authentizität legt (Edward fährt wirklich einen silbergrauen Volvo). Nur einmal fällt eine abschätzige Bemerkung zu japanischen Fabrikaten. Ansosnsten sind japanische Markennamen in der Vampirsaga Seltenheiten.

So oft auch Automarken genannt werden, so selten werden andere Marken genannt. Gelegenheit gäbe es viele. Beispielsweise im Bereich der Mode, als Bella mit ihren Freundinnen in Port Angeles shoppen geht. Oder bei der späteren Beschreibungen von Edwards Garderobe und den Kleidern von Freundinnen. Nur einmal nennt Bella den Schlafanzug von »Victoria's Secret«, ein Geburstagsgeschenk ihrer Mutter, den Bella dummerweise in Phoenix vergessen hat. Sie hat ihn nie angezogen und hätte ihn während der nächtlichen »Zimmer-Szenen« mit Edward gut gebrauchen können. Bellas von Alice organisiertes Hochzeitskleid stammt von Perrine Bruyère.

Autos beeinflussen auch die Stimmungen der Figuren, sogar die des meist souveränen Edward. Als Rosalies rotes Kabrio auf dem Schülerparkplatz von einem Pulk neugieriger Jungs umringt wird, nennt er den BMW protzig, aber sein Neid scheint unüberhörbar.

Auch Trunkenheit am Steuer spielt eine Rolle. Nicht dass Edward oder Bella Alkohol trinken, aber berauscht – voneinander, von der eigenen Liebe – sind sie schon, weshalb Edward manchmal Bella nicht fahren lässt und darauf hinweist, dass echte Freunde einen nie betrunken ans Steuer lassen. Schließlich sei sie von seiner bloßen Gegenwart berauscht.

Die Bedeutung der Autos in der Vampirsaga begründet Stephenie unter anderem mit der Manie Jacobs und Pauls, zweier ihrer drei Brüder, für PKWs.

Hier die wichtigen Autos in der Reihenfolge ihres Erscheinens:

CHEVROLET

Bellas Auto, das sie von ihrem Vater zu Beginn ihres Aufenthaltes in Forks geschenkt bekommt, ist ein alter Chevy Transporter (Baujahr 53), der davor Billy Black gehörte. Er ist rot lackiert, hat abgerundete Kotflügel, ein knollenförmiges Fahrerhaus und einen sehr lauten Motor (auch im Leerlauf). Der Pick-up-Truck fährt langsam (zum Leidwesen Edwards), bildet aber den besten Schutz für die durch ihre Tollpatschigkeit stets unfallgefährdete Bella.

Mercedes und Porsches
Fabrikneue Mercedes und Porsches auf dem Schülerparkplatz von Bellas Highschool in Paradise Valley waren ganz normal. Auf dem Schülerparkplatz von Forks stehen, mit Ausnahme der Cullens-Auto, ältere und billigere Modelle.

Volvo
Er ist das schönste Auto auf dem Schülerparkplatz der Forks Highschool. Er ist silbergrau lackiert, nagelneu und gehört Edward Cullen. Der Volvo S60R ist trotz seiner Eleganz und Sportlichkeit das unauffälligste Auto der Cullens, weshalb die »vier Geschwister« zu Beginn der Vampirsaga immer mit dem Volvo zur Schule fahren.

Toyota Corolla
Ein halbverrostetes Modell steht zu Beginn der Vampirsaga hinter Bellas Chevy auf dem Schülerparkplatz. Bella hatte davor mit Freude bemerkt, dass ihr robuster Chervy »praktisch unzerstörbar« sei und Unfälle ohne Schäden überstehen würde, während ringsumher Einzelteile eines ausländischen Fabrikats herumliegen würden. Von diesem Toyota vermutet Bella nun, dass er die Sorte Auto sei, aus der ihr Chevy »ein zerknülltes Stück Metall« machen würde.

Tyler Crowleys Van
Er prallt in der dramatischen Eingangsszene auf dem vereisten Schülerparkplatz, in der Bella das erste Mal von Edward gerettet wird, gegen Bellas Chevy, der das heil übersteht. Tylers Van hingegen (der Markenname wird hier nicht genannt) muss anschließend als »Ersatzteilspender« verkauft werden.

Chevrolet Suburban

Mike Newtons Auto

Nissan Sentra

Ein gebrauchtes Ersatzauto für Tyler Crowleys Van.

Mercury

Jessica fährt ein altes weißes Modell.

BMW M3 Kabrio

Rosalie fährt dieses glänzende rote Kabrio – in Forks freilich meist mit geschlossenem Verdeck. Protzig, findet sogar Edward und gesteht Genusssucht. Alle Cullens fahren gerne schnell und lieben entsprechende Autos.

Ford

Ein schwarzes, in die Jahre gekommenes Modell ist Billy und Jacob Blacks Auto.

Jeep

Ein riesiger Jeep Wrangler ist Emmets Auto. Die Scheinwerfer werden von Gitterkäfigen geschützt. An der Stoßstange befinden sich zusätzlich vier große Strahler. Ausgestattet ist das knallrote Auto mit Sechspunktgurten fürs Gelände. Bella bezeichnet es beim ersten Anblick als »wahres Monstrum«. Die Reifen gehen Bella bis über die Hüften

Mercedes

Eine schwarze Nobellimousine, deren Scheiben »noch dunkler sind als bei Promi-Schlitten«. Der Motor ist auch bei Hochgeschwindigkeit fast geräuschlos, das ist Carlisles Mercedes S55 AMG.

Porsche

Edward schenkt Alice einen erstmals in Italien gesichteten, für die Flucht gestohlenen, dort getesteten und seither heiß begehrten kanariengelben Porsche 911.

Aston Martin

Für besondere Anlässe besitzt Edward noch einen schwarzen Aston Martin V12 Vanquish, in dem Bella zum Jahresabschlussball gefahren wird und dabei glaubt, auf dem Boden zu sitzen.

Volkswagen

Obwohl Jacob ein Autonarr ist, muss er mit einem einfachen VW Golf Rabbit fahren.

Das Auto davor

Bellas Sicherheits-Auto für davor (also vor der Verwandlung), das zu Beginn des vierten Bandes nicht nur in Forks für Aufsehen sorgt, ist laut Stephenie eine Fiktion, die aber dem kugel- und explosionssicheren Mercedes S600 Guard sehr nahekommt.

Das Auto danach

Bellas Auto für die Zeit nach der Verwandlung soll ja nicht mehr in erster Linie sicher, sondern dafür schnell und schön sein, also ein roter Ferrari F 430.

Die Motorräder

Jacob fährt eine Harley Sprint, Bella eine leichte Honda und Edward eine schwere Ducati.

Figuren

Vor allem Isabella Swan und Edward Cullen wurden in den vorangegangenen Kapiteln charakterisiert. Hier noch nicht erwähnte Eigenschaften der beiden und die wichtigen Figuren in der Reihenfolge ihres Erscheinens, was fast von selbst zu folgender Gruppierung führt: die Swans, die Cullens, die Quileute und die Volturis sowie Nebenfiguren.

Isabella Swan

Sie ist die Hauptfigur der Vampirsaga. Bis auf wenige Ausnahmen sehen die Leser alle Ereignisse aus ihrer Sicht. Isabella, genannt Bella, die Ich-Erzählerin dieser außergewöhnlichen Geschichte, wurde an einem 13. September geboren (aufgrund von Zusatzinformationen vermutlich 1987). Bella ist also Sternzeichen Jungfrau. Und Jungfrau – dazu gibt es mehrmals Anspielungen – bleibt sie bis zum vierten Band. Zu Beginn der Vampirsaga ist sie siebzehn, am Ende des vierten Bandes neunzehn Jahre alt. Und so jung wird sie nach der Verwandlung in einen Vampir wohl auch für immer bleiben.

Bella ist ein Einzelkind, Tochter von Renée und Charlie, geboren in Forks. Bellas Eltern trennen sich, als sie etwa sechs Monate alt ist. Renée hält es im regnerischen Forks nicht mehr aus und nimmt Bella mit nach Phoenix. Charlie bleibt alleine in Forks zurück, wo er in den Sommerferien von Bella besucht wird. Manchmal machen die beiden auch Sommerurlaub in Kalifornien. Als Renée in Phoenix Phil Dwyer heiratet, ist Bella siebzehn Jahre alt und fürchtet, den beiden lästig zu werden. Freiwillig, aber ohne große Hoffnungen auf ein glückliches Leben, zieht Bella zu ihrem Vater nach Forks. Damit beginnt die Vampirsaga und Bellas Liebe zum Vampir Edward Cullen und die Freundschaft zum Werwolf Jacob Black.

Bella hat eine blasse Haut, braune Augen und lange braune Haare. Sie kann kein Blut sehen und Schönheit beschäftigt sie sehr. Von den Cullens sagt sie zu Beginn, dass sie sich nicht vorstellen könne, dass solcher Schönheit irgendwelche Türen verschlossen blieben. Daher müsse die Isolation der Cullens von ihnen gewollt sein.

Bella hat keine bestimmte Lieblingsfarbe. Sie ändert sich täglich. Allerdings hat sie einen Lieblingsedelstein. Lange Zeit war es der Granat. Doch seitdem sie Edward kennengelernt hat, ist es der Topas, der sie an seine Augen erinnert.

Mode interessiert Bella nicht. Meist trägt sie Jeans, oft Rollkragenpullover. Auch im Sommer ist ihr das Jeans-T-Shirt-Outfit am liebsten. Alice Cullen versucht das ständig zu ändern. Voller Nostalgie denkt Bella an Spaghettiträger und Shorts aus Phoenix-Zeiten zurück. Für den ersten Besuch bei der Vampirfamilie zieht sie ihren einzigen Rock an. Er ist lang und hellbraun. Dazu eine dunkelblaue Bluse. Sie bindet die Haare zu einem Pferdeschwanz zusammen.

Bella beteuert, dass es ihr egal ist, ob Edward ein Mensch oder »ein Monster« ist. Zwischen Jacob und Edward sieht sich Bella als neutral. »Ich bin die Schweiz«, sagt sie. Auch Forks versteht sie als neutral. Unermüdlich versucht sie, die Feindschaft zwischen Vampiren und Werwölfen zu beenden.

Bella schwimmt nicht im Geld wie die Cullens, sondern jobbt gelegentlich bei Newton's Olympic Outfitters.

Bella ist überzeugt, dass Männer schlecht gelaunt sind, wenn sie Hunger haben. Essen spielt eine wichtige Rolle, auch wenn Bella sich für eine sehr mäßig begabte Köchin hält.

Bella verändert sich im Verlauf der Vampirsaga. Nicht nur, dass sie im vierten Band zu einer untoten Mutter wird, oft sind es auch früher schon Kleinigkeiten: Ab dem dritten Band beispielsweise bleibt sie ganz still sitzen, wenn sie nervös ist. Diese Reaktion auf beunruhigende Nachrichten hat sie von Edward übernommen.

Auch Bellas zwei wichtigste Eigenschaften verändern sich: Nach der Verwandlung gehört ihre Tollpatschigkeit endgültig der Vergangenheit an. Sie wird ein mit übernatürlichen Kräften ausgestatteter Vampir. Und ihr Talent, sich nicht in die Karten blicken zu lassen, sich also auch von Edward nicht die Gedanken lesen zu lassen, wird am Ende zur Fähigkeit, einen mentalen Schutzschirm für sich und die von ihr geliebten Menschen zu bilden.

Renée Dwyer (früher Swan)

Renée taucht selten, aber in entscheidenden Momenten auf. Sie ist Isabella Swans Mutter. Renée verließ ihren Mann Charlie und Forks kurz nach der Geburt Isabellas. Mit ihr zog sie erst nach Kalifornien und dann nach Phoenix. Dort heiratete sie im September, bevor die Vampirsaga beginnt, den Baseball-Spieler Phil Dwyer.

Renée liebt klassische Musik und spielt gerne Klaiver. Sie sieht ihrer Tochter sehr ähnlich – »nur schöner«, wie Bella meint.

Bella empfindet ihre Mutter als »liebevoll, unberechenbar

und durchgeknallt« und fühlt sich für sie verantwortlich. Renée sei extrovertiert, mutig, exzentrisch – und eine unberechenbare Köchin. Gleichzeitig bezeichnet Bella ihre Mutter als ihre beste Freundin.

Edward hält Renées Gedanken für sehr interessant und hellsichtig, aber auch kindlich.

Renée ihrerseits nennt ihre Tochter gerne »mein offenes Buch«, weil Bella so leicht zu durchschauen sei. Aber eben nur von der Mutter.

Charlie Swan

Bellas Vater Charlie, er wird auch Chief Swan genannt, arbeitet als Polizist in Forks, fährt einen Streifenwagen und trägt einen Revolver, mit dem er allerdings im Dienst noch nie geschossen hat.

Bella vermutet, dass Charlie es nie ganz überwinden konnte, dass er von Renée verlassen wurde.

Charlie ist ein schrulliger Kleinstadt-Cop, der seine Freizeit hauptsächlich mit Angeln oder Fernsehen (vornehmlich Baseball-Übertragungen) verbringt.

Kochen ist definitiv nicht sein Hobby: Obwohl er seit der Trennung von Renée fast siebzehn Jahre lang allein gelebt hat, weiß er nicht, wie man die Mikrowelle bedient und stellt ein verschlossenes Glas Spaghettisoße hinein.

Charlie ist sehr geduldig und verständnisvoll. Er kann aber auch einen Kommandoton anschlagen und richtig wütend werden. Dann nennt er Bella »Fräulein«, worauf Bellas Teenagerinstinkte mit ihr durchgehen und es zu heftigen Auseinandersetzungen kommt (allerdings ohne, dass sie ihn »Männlein« nennt).

PHIL DWYER

Renées zweiter Mann ist ein wenig erfolgreicher Baseballprofi und viel in der Minor League unterwegs. Als er einen Vertrag als Trainer in Jacksonville, Florida, bekommt, ziehen Renée und er dorthin. Bella besucht dort gemeinsam mit Edward ihre Mutter, kann sich aber nicht vorstellen, jemals in Jacksonville zu leben – allein schon wegen des Klimas.

Phil interessiert sich für zeitgenössische Musik und schenkt Bella eine CD, die Bella sehr beeindruckt. Als Zusatzinformation berichtete Stephenie, sie habe dabei an Linkin' Park gedacht.

MR MASON

kahlköpfiger Englischlehrer.

ERIC YORKIE

Ein Mitschüler Bellas. Ein schlaksiger Junge mit fettigen Haaren und Pickeln im Gesicht. Übertrieben hilfsbereit. Bella nennt ihn heimlich »Schachklub-Eric«. Da er bei Bella keine Chancen hat, flirtet er mit Jessica und Katie.

MR VARNER

Mathelehrer.

EDWARD CULLEN

Er wurde 1901 als Edward Masen in Chicago geboren. Wie Bella war Edward ein Einzelkind. (Es ist bemerkenswert, dass Stephenie ihre Hauptfiguren geschwisterlos erfunden hat, wo Stephenie doch für kinderreiche Familien schwärmt, auch aus einer solchen stammt und selbst drei Söhne hat. Immerhin verwirklicht sie diese dann literarisch mit den Cullens.)

Carlisle Cullen fand Edward in einem Krankenhaus in Chicago im Sommer 1918. Edward war siebzehn, hatte die Spanische Grippe und lag im Sterben. Seine Eltern waren schon Opfer der Pandemie geworden, so dass Edward alleine war und Carlisle beschloss, ihn zu verwandeln. Bevor Edward Vampir wurde, hatte er grüne Augen. Vielleicht ist das der Grund dafür, dass sein Vampirblick noch intensiver und variantenreicher ist als der seiner Artgenossen. Wenn Edward damit Bella anschaut, spitzt sich der Blickwinkel zu, denn die Höhendiffernz zwischen dem Paar beträgt dreiundzwanzig Zentimeter.

Edward war der Erste, den Carlisle, der Gründer der Cullen-Familie, verwandelte. Edward weiß um seine mangelnde Selbstbeherrschung. Nur mit Mühe lässt er beispielsweise in Port Angeles die vier potentiellen Vergewaltiger Bellas laufen und damit am Leben. Edward weiß auch, dass seine bloße Existenz Bella in Gefahr bringt. Obwohl Edward vollkommen perfekt erscheint und beispielsweise auch beim Cullen-Baseball der Schnellste ist, wird selten darauf geachtet, wie verzweifelt Edward im Grunde ist. Seine übernatürlichen Kräfte sind äußerlich, innerlich ist er nur allzu menschlich, hin- und hergerissen, voller Zweifel, unentschlossen, fehlerhaft und deshalb insgesamt eben alles andere als perfekt.

Kein Wunder, dass Bella ihn als Mann beschreibt, an den sie sich nie gewöhnen wird.

Emmett Cullen

1915 in Tennesse geboren, ist Emmett der Muskelprotz und mit einem Meter fünfundneunzig der Größte in der Cullen-Familie. Beim Cullen-Baseball hat Emmett den härtesten Schlag. 1935 wurde er beim Bärenjagen in den Appalachen lebensgefährlich verletzt, worauf Rosalie ihn zu Carlisle brachte, der ihn als Vierten seiner Familie verwandelte. Manchmal leben Rosalie und Emmett zu zweit als Ehepaar. Aber je jünger sie sich geben, desto länger können die Cullens an einund demselben Ort bleiben. Edward rechnet damit, dass Rosalie und Emmett in ein paar Jahren wieder Hochzeit feiern werden. Emmett mag Bella und ist wie ein älterer Bruder für sie, Rosalie hingegen hat von den Cullens zunächst die meisten Vorbehalte gegen Bella. Bei Bellas Schwangerschaft ergreift sie aber Partei für Bella und stellt sich damit gegen Edward und andere, die Bella zur Abtreibung raten.

Rosalie Hale-Cullen

Für immer achtzehn Jahre alt, blond und atemberaubend schön, wurde Rosalie 1915 in Rochester, New York, geboren. Ihre besondere Eigenschaft ist Ausdauer, die manchmal zur Sturheit werden kann. Rosalie hält es für einen großen Fehler, dass Edward sich Bella offenbart. Sie glaubt, dass Edward damit alle Cullens in Gefahr bringt und behält damit Recht, denn der Angriff der »Neugeborenen« aus Seattle hätte gefährlich werden können.

Rosalie fällt es von allen Cullens am schwersten, zu akzeptieren, dass sie alle Vampire und damit unsterblich sind. Sie mag es nicht, wenn ein Außenstehender wie Bella über sie Bescheid weiß. Zudem ist Rosalie eifersüchtig auf Bella, unter anderem weil Edward sich nie für Rosalie interessiert hat, sich aber sofort in Bella verliebt hat. Bella ist ein Mensch – und Rosalie wäre auch gerne einer.

Rosalie kam als Dritte in die Cullen-Familie, als Carlisle sie sterbend auf einer Straße in Rochester findet. Carlisle hatte gehofft, sie könnte für Edward das werden, was Esme für ihn bedeutet. Edward jedoch hat sie immer als eine Schwester empfunden.

Rosalie war 1933 eine junge Frau von achtzehn Jahren, die bald heiraten sollte. Sie wurde jedoch von ihrem betrunkenen Verlobten und drei seiner Freunde mehrfach vergewaltigt und dabei tödlich verletzt.

Rosalie hat nie menschliches Blut gekostet, allerdings hat sie alle ihre Vergewaltiger getötet. Beim Morden achtete sie darauf, kein Blut zu vergießen, denn sie wollte nicht in Versuchung geführt werden und nichts von jenen Männern in sich haben. Rosalie bildet mit Emmett, den sie vor einem Bären rettete und von Carlisle verwandeln ließ, ein Paar.

Jasper Hale-Cullen

Für immer achtzehn Jahre alt, groß und blond, wurde Jasper 1843 in Texas geboren und erst in den 1950er-Jahren als Letzter gemeinsam mit Alice in die Cullen-Familie aufgenommen. Seine besondere Fähigkeit besteht darin, die Gefühle und Stimmungen aller Menschen in seiner Umgebung spüren und manipulieren zu können. Weil er Rosalie sehr ähnlich sieht, entscheiden sich Esme und Carlisle, ihn als Zwillingsbruder von Rosalie auszugeben. Jedoch wurde er schon lange vor Rosalie verwandelt und ausnahmsweise nicht von Carlisle, sondern im amerikanischen Bürgerkrieg 1863 vom Vampir Maria. Mit ihr durchlebte er wilde und brutale Vampirkriege. Seither ist er auf der Suche nach einem erfüllten Vampirleben, denn das Töten von Menschen bereitetete ihm wegen seiner besonderen Fähigkeit Schwierigkeiten und Schmerzen und stürzte ihn in Depressionen.

Jasper und Alice lernen sich im 20. Jahrhundert in einer Highschool kennen und bemerken eine besondere Seelenverwandtschaft. Die beiden lieben sich leidenschaftlich und bilden ein Paar, stellen das aber nicht so zur Schau wie Rosalie und Emmett.

An Bellas achtzehntem Geburtstag ist es Jasper, der als Erster die Beherrschung verliert und Bella beißen will, nachdem sie sich am Geschenkpapier geschnitten hat.

Da Jasper noch aus Kriegszeiten Experte in Sachen Jungvampire ist, übernimmt er die Ausbildung seiner Mitkämpfer vor der Schlacht gegen Victorias Geschöpfe.

Alice Cullen

Alice ist eine Schlüsselfigur in der Vampirsaga. Das liegt an ihrer – unzuverlässigen – Fähigkeit, in die Zukunft sehen zu können. Denn nicht immer treten die Visionen, die Alice hat, in Wirklichkeit auch ein.

Alice hat kurze schwarze Haare, ein elfenhaftes Gesicht und ist zierlich und schlank. Ihre hohe Sopranstimme empfindet Bella als fast so attraktiv wie die von Edward. Alices Augen beschreibt Bella (wie die anderer Cullens) mit Steinmetaphern, hier mit dem vulkanischen Gesteinsglas Obsidian.

Alices Fähigkeit, Dinge zu sehen, die passieren könnten, ist subjektiv. Überraschende Blitzentscheidungen kann sie beispielsweise nicht vorhersehen. Auch die Handlungen der Werwölfe kann sie nicht erahnen. Alices Gabe versagt auch für alle Wesen, die sich in der Nähe von Werwölfen befinden, so dass Bella beispielsweise bei ihren heimlichen Besuchen Jacobs gegen den Willen Edwards in La Push in eine Art Funkloch fällt und sich außerhalb der Kontrolle der Cullens befindet, was für Bella und Jacob meist vorteilhaft ist, aber auch zu gefährlichen Situationen führen kann.

Als Alice das erste Mal Jasper sah, wusste sie, dass er nach ihr suchte, bevor er es selbst ahnte.

Alice reagiert sehr sensibel auf nichtmenschliche Wesen. Sie weiß immer, wann ein Vampir in der Nähe ist und ob er bedrohlich ist.

Alice erinnert sich jedoch nicht an ihr Menschenleben und weiß nicht, wer ihre Eltern waren. Als sie als Vampir erwachte, war sie allein. Ohne Carlisle wäre sie wohl eine wilde Kreatur geworden.

Vom bösen Jäger James erfährt Bella, dass Alice wegen ihrer Visionen schon als Kind in den 1910er-Jahren in eine Irrenanstalt im Bundesstaat Mississippi eingewiesen wurde und dort viele Jahre in einer dunklen Zelle verbringen musste. James wollte Alice damals töten, doch ein Vampirpfleger verwandelte sie, um sie vor James zu retten.

Dr. Carlisle Cullen

Carlisle Cullen ist in jeder Hinsicht der Älteste der Cullens. Er ist der Begründer und damit bei schwierigen Fragen auch die wichtigste Instanz des Cullen-Clans. Carlisle ist der Adoptivvater von Edward, Emmett, Rosalie, Jasper und Alice und Mann der von ihm verwandelten Esme Cullen.

Geboren wurde Carlisle in der Mitte des 17. Jahrhunderts in London, kurz vor der Ära Cromwell, als einziger Sohn eines anglikanischen Pfarrers. Sein Vater war intolerant, verfolgte als Protestant fanatische Katholiken und Angehörige anderer Religionen. Er glaubte an das personifizierte Böse und führte Hetzjagden auf Hexen, Werwölfe und Vampire an. Viele unschuldige Menschen wurden dabei getötet und verbrannt.

Carlisles Verwandlungsgeschichte ist zentraler Bestandteil der Vampirsage, denn er ist es, der den Willen aufbringt, sich nur von Tieren und nie mehr von Menschen zu ernähren. Zudem besteht Carlisles besondere Fähigkeit darin, Mitleid zu empfinden, daher auch seine zahlreich durchgeführten Verwandlungen von Menschen, die seiner Ansicht nach den Tod unter bestimmten Bedingungen nicht verdient haben. Er wird von Bella als der Menschlichste und der Großherzigste von allen Cullens geschildert. Auf Bella wirkt er »schöner als jeder Filmstar«, den sie kennt. Bella ist von der »ungeheueren Perfektion seiner Erscheinung« überwältigt. Zudem arbeitet Carlisle als brillanter Chirurg am Krankenhaus von Forks. Sein Alter steht nicht exakt fest, aber er wird allgemein auf Ende zwanzig geschätzt.

Esme Cullen

Carlisles Frau ist nach Edward die Zweite in Carlisles Familie. Sie verlor ein Kind, ihr erstes und einziges Baby. Das brach ihr das Herz und sie wollte sterben. Esme stürzte sich von einer Klippe und wurde ins Leichenschauhaus gebracht, obwohl ihr Herz noch schlug. Carlisle kannte Esme von früher und ertrug ihr Schicksal nicht. Er verwandelte die 1895 im Bundesstaat Ohio geborene, 26-jährige Esme. Seither sind die beiden ein Paar. Wie Carlisle die Vaterrolle, so übernimmt Esme die Mutterrolle innerhalb des Cullen-Clans.

Esme ist klein und schlank, hat rundere Gesichtszüge als die anderen Cullens, karamellfarbene Haare und erinnert Bella in ihrer Art an unschuldige Heldinnen aus der Stummfilmzeit. Esmes besondere Fähigkeit besteht darin, leidenschaftlich zu lieben. Dementsprechend freut sie sich, als Edward, der Einzelgänger, endlich eine Frau gefunden hat. Auch wenn sie – wie Bella selbst sagt – »nicht die Richtige« für ihn sei. Aber Esme weiß: Bella ist diejenige, die Edward will, alles andere werde sich irgendwie finden.

Jessica Stanley

Eine Mitschülerin Bellas. Sie bewundert Edward, muss aber mit Mike Newton vorliebnehmen. Der Flirt endet jedoch bald und dafür kommt Eric Yorkie ins Spiel.

Jessica hat schwarze Locken, ist immer extrem neugierig und ratscht und trascht sehr gern. Im dritten Band gehört sie zur Anti-Bella-Fraktion, deren Wortführerin Lauren Mallory ist.

ANGELA WEBER
Eine Mitschülerin Bellas – die Freundlichste und Aufrichtigste aus Bellas Highschool-Clique, die viel Verständnis für Bellas seltsames Verhalten hat. Sie hält auch in schwierigsten Zeiten zu Bella. Angela hat sanfte braune Augen und glatte hellbraune Haare und flirtet mit Ben Cheney.

MR BANNER
Biologielehrer

MIKE NEWTON
Ein Mitschüler Bellas mit viel Sorgfalt und Gel zu Stacheln aufgestelltem blondem Haar, hübsch und milchgesichtig. Mike verehrt Bella und entwickelt »Verhaltensweisen eines Golden Retrievers« ihr gegenüber. Nachdem ihn Bella immer wieder abblitzen lässt, flirtet er mit Jessica, was aber nach einem Sommer endet. Die darauf folgenden Versuche Mikes, äußerlich Edward zu imitieren, beeindrucken Bella nicht.

Mikes Vater gehört das Sportgeschäft »Olympic Outfitters« etwas außerhalb der Stadt, das vor allem von Rucksacktouristen besucht wird und in dem Bella jobbt.

COACH CLAPP
Sportlehrer

TYLER CROWLEY
Er taucht als besonders unglücklicher dritter Verehrer Bel-

las in der Highschool auf, indem er auf dem vereisten Parkplatz die Kontrolle über seinen Van verliert und beinahe Bella getötet hätte. Seither wird er von Schuldgefühlen geplagt, möchte sein Versehen rückgängig machen und verliebt sich dabei in Bella. Diese überlegt sich manchmal scherzhaft und sarkastisch, ob sie ihn nun ihrerseits überfahren soll, damit er endlich Ruhe gibt und von seinen Schuldgefühlen befreit wird.

MS COPE
Arbeitet am Empfangstresen der Schulverwaltung der Forks Highschool. Eine große, rothaarige Frau mit Brille.

LEE STEVENS
Ein Mitschüler Bellas, der auch kein Blut sehen kann und später mit Samantha Wells flirtet.

LAUREN MALLORY
Eine Mitschülerin Bellas mit glänzenden silberblonden Haaren und einer unangenehm nasalen Stimme. Sie ist eifersüchtig auf Bella, weil sie mit Edward zusammen ist. Daher wird Lauren Wortführerin der »Anti-Bella-Fraktion«.

BEN CHENEY
Ein Mitschüler Bellas. Flirtet mit Angela Weber.

CONNER
Ein Mitschüler Bellas. Flirtet erst mit Jessica und später mit Lauren.

JACOB BLACK
Bellas Kindheitsfreund Jacob, genannt Jake, gehört zu den

Quileute-Indianern. Er sieht zu Beginn der Vampirsaga wie fünfzehn aus. Er trägt die Haare lang, die er oft im Nacken mit einem Gummiband zusammenhält. Er hat eine schöne, glatte, rostbraune Haut, dunkle Augen und eine angenehm raue Stimme.

Jacob hat zwei ältere Schwestern, die 18-jährigen Zwillinge Rachel und Rebecca. Als Kinder waren Bella und die drei Geschwister im Urlaub in Forks oft zusammen. Rachel studiert an der Washington State Universität. Rebecca hat einen samoanischen Surfer geheiratet und lebt auf Hawaii.

Jacob ist ein Bastelfreak und baut aus Ersatzteilen Autos zusammen. Er ist witzig und steckt mir seiner Fröhlichkeit andere an.

Im ersten Band hält Jacob seinen Vater für einen abergläubischen alten Mann, weil er die Cullens nicht mag und an all den alten Sagen festhält. Im zweiten Band stellt Jacob fest, dass er ein Werwolf ist. Er wird rasch zwei Meter groß und ist viel muskulöser als andere 16-Jährige. Wenn andere ihn sehen, denken sie, er könnte gefährlich sein. Nicht so Bella. Sie liebt Jacob als Freund und im dritten Band auch ein wenig als Mann. Bella, Edward und Jacob bilden ein Liebesdreieck, das geprägt ist von Eifersucht und Feindschaft. Bella versucht die beiden Verehrer zu versöhnen, was erst im vierten Band nach der Geburt von Bellas Tochter möglich sein wird.

Übrigens riecht – Bellas Nase nach – nicht nur Edward gut, sondern auch Jacob und zwar holzig und moschusartig, was ja zum Wald passt.

Sam Uley

Sam ist mit neunzehn Jahren der älteste der Indianer-Jugendgruppe in La Push. Sam ist den Cullens gegenüber besonders feindlich eingestellt. Er ist bis zu Beginn des vierten Bandes der Anführer des Quileute-Werwolf-Rudels. Und er ist geprägt, was nur Werwölfen geschehen kann. Bis zu seiner ersten Verwandlung in einen Werwolf war er in Leah verliebt, aber dann stellte er fest, dass er für Emily geprägt ist und er muss Leah verlassen.

Wären die Cullen-Vampire nicht aufgetaucht, wäre er wohl nicht zum Werwolf geworden und hätte Leah nicht verlassen müssen. Deshalb hasst er die Cullens und sich selbst. Trotzdem ist er immer wieder zu Kompromissen gezwungen. Das beginnt damit, dass er Bella, die Vampirfreundin, beschützt, und steigert sich bis zum Kampf gegen Victoria und ihre Jungvampire, Seite an Seite mit den Cullens.

Billy Black

Bella hat vor ihrer Ankunft in Forks Jacobs Vater Billy fünf Jahre lang nicht mehr gesehen. Aber sie erkennt ihn sofort wieder. Billy ist Charlies bester Freund. Sein Gesicht ist von Falten durchzogen, »wie eine alte Lederjacke«. Nach einer Erkrankung ist er an den Rollstuhl gefesselt. Billy ist selbst kein Werwolf, aber er kennt alle Geschichten und warnt immer wieder vor einer Verbindung zwischen Bella und den Cullens. Bella hat ein gewisses Verständnis für Billy, weil sie spürt, dass er das in aufrichtiger Sorge um sie tut. Billy löst damit auch Zweifel bei Bella aus, aber verglichen mit ihrer Liebe zu Edward sind sie verschwindend klein.

Dr. Snow

Snow ist Arzt und arbeitet mit Carlisle zusammen im Krankenhaus von Forks. Er behandelt Bella nach ihrem Motorradunfall.

Laurent

Der Franzose Laurent bildet gemeinsam mit Victoria und James ein unheilvolles Vampir-Trio, das den Cullens und Bella große Sorgen macht.

Laurents Haut ist trotz der typischen Vampir-Blässe olivfarben. Er sei der Schönste der drei, findet Bella: glänzend schwarze Haare, muskulös, die Zähne blitzend weiß und die Augen weder golden noch schwarz, sondern von einer tiefroten Färbung. Laurent beneidet die Cullens um ihren Wohlstand und um ihre Lebensführung. Er lässt sich von der rachsüchtigen Victoria instrumentalisieren und wird von den Werwölfen getötet.

James

James, der Jäger, ist groß und dunkelhaarig. Auf die Herausforderung, Bella zu töten, hat er nur gewartet. Die Konstellation könnte für ihn nicht reizvoller sein. Für die Cullens steht fest, dass er nicht ruhen wird, ehe er am Ziel ist. Das heißt, dass es blutig enden wird. Und Edward ist von Anfang an klar, dass ihm nichts anderes übrig bleiben wird, als James zu töten.

Victoria

Victorias Markenzeichen sind die roten, manchmal orange leuchtenden Haare. Sie kämpft gemeinsam mit James und als dieser stirbt, schwört sie Rache.

Bella nennt Victoria eine sadistische Vampirfrau. Sie will erst Ruhe geben, wenn auch Edward seine Geliebte verloren hat.

Volturi

Im Gegensatz zu den Schauplätzen der Vampirsaga in den

USA ließ Stephenie für Italien ihre Phantasie stärker walten. So gaben angeblich die Volturi der Stadt Volterra ihren Namen. Tatsächlich stammt der Name Voltarra von den Etruskern, die den Ort im 7. Jahrhundert Velathri nannten. Die imaginären Volturi sind – im auch andere Details betreffend fehlerhaft von Stephenie beschriebenen Volterra – ein Vampir-Clan, der in Italien um 1000 vor Christus unter anderem von Ari, Caius und Marcus gegründet wurde. Zu den Wachen der Volturi gehören Alec, Demetri, Felix, Heidi und Jane, die alle über besondere Fähigkeiten verfügen.

Denali

Der Name bedeutet im Athapaskischen »der Große« oder »der Hohe«, weshalb der Mount McKinley in Alaska auch Denali heißt. Danach hat sich der Denali-Clan benannt, der in der Nähe des Denali-Nationalparks lebt. Zum Clan gehören die Gründer Tanya, Katrina und Irina. Später kamen Eleazar und Carmen hinzu. Der Clan nimmt aber auch Nomaden wie James auf. Weitere Clans weltweit mit vielen Vampiren werden auf einer umfassenden Namenstafel am Ende des vierten Bandes genannt.

Emiliy Young

Ihr Gesicht wurde von einem Werwolf entstellt. Drei dunkle Narben verlaufen vom rechten Auge bis zum Mund. Ihr Gesicht war einmal schön, jetzt ist es für immer zu einer Grimasse verzerrt. Emily ist die Cousine von Leah Clearwater, und weil sie auf Sam geprägt ist, muss Leah auf Sam verzichten.

Ephraim Black

Jacobs Urgroßvater.

Mike
Charlies Arbeitskollege, Hilfsscheriff.

Paul
Der hitzigste Werwolf in Jacobs Rudel.

Mr Greene
Direktor der Highschool von Forks.

Mr Berty
Lehrer, trägt das Gedicht von Robert Frost vor.

Karen Newton
Mit-Inhaberin des Sportgeschäfts, in dem Bella jobbt. Mutter von Mike.

Katie Marshall
Fängt auch im Sportgeschäft zu arbeiten an.

Leah Clearwater
Harry und Sues Tochter, war in der Schule mit Sam zusammen.

Seth Clearwater
Harry und Sues Sohn.

Harry Clearwater
Charlies alter Freund, stirbt an einem Herzinfarkt.

Tanya
Rotblonder Vampir aus dem Denali-Clan in Alaska. Sie war oder ist vielleicht noch immer in Edward verliebt. Bella ist sogar noch auf ihrer Hochzeit eifersüchtig auf Tanya.

Irina
Vampir aus dem Denali-Clan, will das Werwolf-Rudel auslöschen, weil es Laurent tötete, in den Irina verliebt war.

Sue Clearwater
Die Witwe von Charlies Freund Harry Clearwater.

FILM

Die Verfilmung des ersten Bandes *Twilight* kam im November 2008 mit großem Erfolg in die Kinos der USA und später weltweit. Auch die weiteren Bände werden verfilmt.

Kirsten Stewart, die weibliche Hauptdarstellerin, wurde als eine der Ersten ausgewählt. In einem Interview erzählt die junge Schauspielerin, dass sie ein Mitspracherecht bei der Wahl ihres männlichen Partners hatte. Angeblich standen über fünftausend Schauspieler für die männliche Hauptrolle zur Debatte. Schließlich war es Kirsten Stewart, deren Wahl auf Robert Pattinson fiel, und Kirsten setzte sich damit sofort durch. Sie begründete ihre Entscheidung für Robert damit, dass Edward eben nicht perfekt sei. Sie selbst empfindet auch den Roman-Edward alles andere als einen perfekten Mann und betont Edwards Schwächen, seine Unsicherheiten, seine Zweifel, sein Unglück. »Das Wesentliche bei der Figur Edwards ist doch, dass er innerlich so klein ist. All die Kraft befindet sich nur an der Oberfläche. Robert kam ins Casting Studio und fühlte sich offensichtlich nicht wohl bei der Sache, so als sei er am falschen Ort. Da dachte ich: Genau, das ist er!«

Beide Hauptdarsteller haben die literarische Vorlage gelesen. Kirsten sagt, »die Bücher sind Hardcore«, und Robert: »Sie sind sehr persönlich«.

Stephenie meint, dass die beste Besetzung die von Ashley Greene als Alice ist. »Oh Gott, sie haben Alice gefunden«, dachte die Autorin, als sie die ersten Bilder sah.

Jeder Film der *Twilight*-Reihe, der in die Kinos kommen wird, katapultiert noch einmal die Bücher der Vampirsaga in die internationalen Bestsellerlisten.

Viele Webseiten setzen ihre Schwerpunkte inzwischen stärker auf die Verfilmungen als auf die Bücher. Aber ohne die Romane Stephenies wäre der Kino-Hype undenkbar. Es ist die Faszination der Bücher, die mit den Verfilmungen zu einer Hysterie führt, die US-Medien mit der Beatles-Mania aus den 1960er-Jahren vergleichen. Auch im deutschsprachigen Raum reicht es inzwischen, dass ein Schauspieler der Vampirsaga da ist, um die anwesenden Fans augenblicklich zum Kreischen zu bringen.

Motti

Sie reichen von der Bibel bis zum hierzulande eher unbekannten Orson Scott Card. Im vierten Band gibt es drei Motti, da er in drei Bücher unterteilt ist.

Band eins
Nur von dem Baum der Erkenntnis des Guten und des Bösen, von dem darfst du nicht essen; denn sobald du davon issest, musst du sterben.

Mose 2,17

Band zwei
So wilde Freude nimmt ein wildes Ende
Und stirbt im höchsten Sieg, wie Feuer und Pulver
Im Kusse sich verzehrt.

Romeo und Julia, 2. Akt, 6. Szene

Band drei
»Feuer und Eis«, ein Gedicht des Autors Robert Frost.

Band vier
Erstes Buch
Kindheit ist keine Zeitspanne von der Geburt bis zu einem gewis-

sen Alter. Irgendwann ist das Kind erwachsen und trennt sich von kindischen Dingen. Kindheit ist das Königreich, in dem niemand stirbt.

Edna St. Vincent Millay

Zweites Buch

Und um die Wahrheit zu sagen, Vernunft und Liebe sind selten ein Paar in diesen Tagen.

Ein Sommernachtstraum, 3. Akt, 1. Szene

Drittes Buch

Zuneigung ist ein Luxus, den man sich nur leisten kann, wenn alle Feinde tot sind. Davor sind alle Menschen, die man liebt, Geiseln, die einem den Mut schmälern und das Urteilsvermögen schwächen.

Orson Scott Card, Empire

Musik

»Ohne Musik kann ich nicht schreiben«, sagt Stephenie. Ihre musikalische Lieblingsmuse heißt Muse. Stephenie scherzt, sie sei wahrscheinlich die einzige Mutter, auf deren Familienauto ein Sticker von Muse klebt. Zudem mag sie besonders Linkin Park, My Chemical Romance, Coldplay, The All American Rejects, Travis, The Strokes, Brand New, U2, Kasabian, Jimmy Eat World oder Weezer. Sie wähle beim Schreiben die Bands und die Songs so, dass sie zu den Figuren passten, erklärte sie im August 2008 der Zeitschrift *Rolling Stone*. Detaillierte Playlists mit Hörbeispielen zu allen vier Bänden sind im Internet weit verbreitet. Bemerkenswert ist der oft harte Sound, den Stephenie bevorzugt. Sie erklärt sich das mit der konservativen Haltung ihrer Eltern, die den Familen-Pop-Sound sorgfältig auswählten. Erst auf dem College hatte Stephenie die Freiheit, ihre eigene Musik zu entdecken. Und die ist weit weg von Klängen, die zu einer gläubigen Mormonin passen könnten. Stephenie war wie elektrisiert, als sie zum ersten Mal Muse hörte. Ähnlich war es mit dem Song »Hate me« von Blue October. Als sie den Song zum ersten Mal hörte, meinte Stephenie, Edward singe aus dem Autoradio. »Romantically dark« seien die Songs von Blue October, meint Leadsänger Justin Furstenfeld – und ebenso sei Stephenies Vampirsaga. Der Soundtrack zum

Film *Twilight* erreichte Spitzenplatzierungen in den internationalen Charts, noch bevor der Film in die Kinos kam.

Anlässlich der Buchpremiere des vierten Bandes organisierte der US-Verlag in mehreren Städten Konzerte in Anwesenheit Stephenies. Die freute sich vor allem über die Live-Performance Justin Furstenfelds von Blue October, dessen Songs ja von Stephenie zu den wichtigsten beim Schreiben gezählt werden. Die Fans waren begeistert von den Events, die eine Mischung aus Autorenlesung, Publikumsdiskussion und Rockkonzert darstellten.

Stephenies Leidenschaft für Rockmusik führt übrigens zu weiteren interessanten Produktionen. So hat sich Stephenie an der Entwicklung des Musikvideos »The Resolution« von Jack's Mannequin beteiligt. Ein sehenswerter Clip, in dem der Sänger und Pianist von der Meeresbrandung verfolgt wird.

Auch in der Vampirsaga selbst spielt Musik eine große Rolle. Edward liebt »Claire de lune« von Debussy, das auch zu den Lieblingsstücken von Bella gehört. Die Bandbreite reicht von Chopins »Nocturnes« bis hin zu Popklassikern. Im Autoradio stellt Edward einen Oldies-Sender ein und singt ein Lied mit – welches, wird leider nicht verraten –, das Bella noch nie gehört hat, von dem er aber jede Zeile kennt. Edward schwärmt für »die Musik aus den Fünfzigern«, also den 1950ern, was bei der langen Lebenszeit von Vampiren keine Selbstverständlichkeit ist.

Im Haus der Cullens steht ein Flügel und Edward ist ein exzellenter Pianist und Komponist.

Bella selbst hat ihn zu einem Schlaflied inspiriert.

Eine ganze Wand in Edwards Zimmer ist komplett mit CD-Regalen bedeckt. Die Cds sind nach Erscheinungsjahr und innerhalb des Jahres nach Edwards Vorlieben soritert.

Selbstverständlich besitzt Edward eine vorzügliche High-End-Musikanlage. Bei Bellas erstem Besuch legt er leisen Jazz ein.

Nicht nur Edward, auch Alice ist sehr musikalisch. Mühelos stimmt sie eine komplizierte zweite Stimme zu einem bestimmten Lied eine Oktave höher an als die eigentliche Melodie. Bemerkenswert ist auch, wie Bella den Hochzeitsmarsch summt: »Tam tam tadam …« – und dabei feststellt, dass er eher wie ein Klagelied klingt.

Schauplätze

Da Stephenie die meisten Schauplätze in der Vampirsaga detailliert und wahrheitsgetreu schildert, wurden manche Orte zu Touristenattraktionen für *Twilight*-Fans. Hier eine Auswahl der Schauplätze.

Forks

Stephenie hat Forks, eine Kleinstadt im Nordwesten des Staates Washington auf der Halbinsel Olympic, als Hauptschauplatz ihrer Vampirserie ausgewählt, weil es der regnerischste Ort der USA ist – ideal also für Vampire. Stephenie selbst hat Forks erst nach der Veröffentlichung von »Twilight« erstmals besucht. Sie sei überrascht gewesen, wie sehr alles ihren Vorstellungen entsprach. Es kam ihr vor, als trete sie in ihr eigenes Buch ein und als könnten jeden Moment Edward und Bella auftauchen.

Forks feiert an jedem 13. September, also an Bellas Geburtstag, den »Stephenie-Meyer-Day«. Fans kleiden sich wie die Romanfiguren, Bands spielen Songs, die mit Stephenie und ihrem Werk in Zusammenhang stehen, und wenn Stephenie anwesend ist, kommt es zu langen Schlangen Signierstunden.

La Push

La Push ist eine Gemeinde in Clallam County im Staate Washington. Der Name stammt vom Französischen »La bouche«, was »der Mund« bedeutet, ab und bezieht sich auf die Flussmündung des Quileute River, um die herum La Push gebaut ist. Es handelt sich um ein kleines Indianerreservat an der Küste, wo unter anderem Billy Black und sein Sohn Jacob wohnen. Es befindet sich rund fünfzehn Meilen von Forks entfernt. Die Strecke führt durch dichte Wälder, teils dem Quileute River entlang. Wahrzeichen von La Push ist die lange Sichel von First Beach. Am Südende der Bucht befinden sich zerklüftete Felsen, die sich wie ein abgebrochener Finger aus dem Ozean erheben.

Port Angeles

Hier findet nach einer bedrohlichen Situation, in der vier Männer Bella verfolgen und Edward rechtzeitig eingreift, das erste gemeinsame Abendessen der beiden im Restaurant »La Bella Italia« statt. Port Angeles ist malerischer und herausgeputzter als Forks und lockt viele Touristen an. Die Kleinstadt besitzt eine pittoreske Strandpromenade und ein einziges großes Kaufhaus. Von Forks aus geht man nach Port Angeles auch ins Kino.

Phoenix

Bella liebt diese Stadt, in der sie aufwuchs. In Bellas Erinnerungen und Beschreibungen kommt Stephenies eigene Leidenschaft für Phoenix zum Ausdruck: Sie beschreibt Phoenix, »Valley of the Sun«, die größte Stadt Arizonas und die fünftgrößte Stadt der USA, als die Wüstenmetropole mit über dreihundert Sonnentagen im Jahr, als »betriebsam« und »schier endlos wuchernd« und etwa fünfmal so groß wie Seattle.

Seattle

Wie Phoenix ist Seattle das Symbol für die Großstadt mit allen Vor- und Nachteilen. Wegen Victorias Aufzucht von Jungvampiren finden so viele Morde statt, dass Seattle dadurch an die Spitze der landesweiten Mordstatistik katapultiert wird. Oder ist doch so einer wie Gary Ridgeway schuld, der des Mordes an achtundvierzig Frauen überführt wurde?

Tacoma

Etwa fünfzig Kilometer südlich von Seattle, in der am Mount Rainier gelegenen Stadt Tacoma, hätte ein Konzert stattgefunden, zu dem Bella gerne mit Edward hingefahren wäre. Doch der Angriff Victorias vereitelt den Konzertbesuch.

Goat Rocks Wilderness

Südlich vom Mount Rainier gelegenes Gebiet, in dem die Cullens gerne »wandern«.

Charlie meint, das sei kein guter Ort zum Zelten, da seien zu viele Bären. Die meisten würden nur zur Jagdsaison hinfahren.

Sol Duc River

Der Sol Duc River schlängelt sich durch den unberührten Wald von der Gipfelkette der Olympic Mountains herunter und fließt direkt vor dem Haus der Cullens vorbei, das nördlich von Forks liegt.

Portland

Die Alternative zu Seattle, wenn man bummeln gehen will.

Web-Adressen

www.stepheniemeyer.com
www.twilightlexicon.com
www.thetwilightsaga.com
www.twilightthemovie.com

Auswahl deutscher Webseiten
www.bella-edward.de.vu
www.bella-und-edward.de
www.bella-und-edward-in-love.piczo.com
www.bissfan.de
www.biss-welt.communityhost.de
www.bis(s)-xperts.de
www.BissZumMorgengrauen.de
www.cullenscorner.de.vu
www.darkmoon.siteboard.eu
www.forks-bloodbank.de
www.Simplymagic.de.tl
www.team-edward.net
www.twilight-derfilm.de
www.twilighters.de
www.twilightfan.forumieren.de
www.twilight.4fans.net

Widmungen

Band eins widmet Stephenie ihrer großen Schwester Emily, ohne deren Begeisterung nicht einmal der erste Teil der Geschichte vollendet worden wäre, so sagt Stephenie selbst.

Band zwei ist Stephenies Vater Stephen Morgan gewidmet. Niemand habe jemals eine so liebevolle und bedingungslose Unterstützung erfahren wie Stephenie von Stephen.

Band drei fällt, was die Widmung betrifft, aus dem Rahmen, denn sie ist zweigeteilt. Im ersten Satz widmet Stephenie das Buch ihrem Mann Pancho, unter anderem für seine Bereitschaft, auswärts zu essen, woraus wir folgern, dass die Autorin für ihren Mann in der intensiven Phase des Schreibens wohl noch weniger gekocht hat als Bella für Charlie. Stephenie bedankt sich der Reihe nach für die Geduld und Liebe ihres Mannes, seine Freundschaft, seinen Humor und seine schon erwähnte Bereitschaft, auswärts zu essen. Auffallend ist, dass »Geduld und Liebe« verbunden werden, so als könne nicht jede Eigenschaft für sich alleine stehen. Die Liebe wird hier auch dadurch abgeschwächt, dass sie in einem Atemzug mit Freundschaft, Humor und Toleranz genannt wird.

Im zweiten Satz hingegen widmet sie das Buch ihren drei Söhnen Gabe, Seth und Eli mit dem Hinweis, sie habe durch ihre Kinder jene Liebe erfahren, für die Menschen sterben. Bemerkenswert ist, dass Stephenie Meyer diese höchste Form der Liebe, für die man zu sterben bereit ist, nicht durch ihren Mann, sondern durch ihre Kinder erfährt, dass aber Bella und Edward sie in ihrer Leidenschaft füreinander erfahren. Denn Bella und Edward sind jederzeit bereit, für ihre Liebe zu sterben.

Band vier widmet Stephenie ihrer Agentin und ihrer Lieblingsband Muse.

Liest man alle vier Widmungen, fällt auf, dass Stephenie Meyer ihre Schwester, ihren Mann, ihre Kinder und ihren Vater bedenkt, ja sogar ihre Agentin und ihre Lieblingsband, aber mit keinem Wort ihre Mutter erwähnt.

Alle Informationen für dieses Biss-Lexikon basieren auf meinem Gespräch mit Stephenie, auf ihren Büchern und ihrer Website sowie auf deutschen und internationalen, offiziellen und inoffiziellen Webseiten zur Vampirsaga. Zum Zeitpunkt meiner Hinweise auf die Links haben die verlinkten Seiten keine illegalen Inhalte enthalten. Ich habe keinerlei Einfluss auf die aktuelle und zukünftige Gestaltung der verlinkten Seiten. Ich bin nicht verantwortlich für den Inhalt, die Verfügbarkeit, die Richtigkeit und die Genauigkeit der verlinkten Seiten, deren Angebote, Links oder Werbeanzeigen. Ich hafte nicht für illegale, fehlerhafte oder unvollständige Inhalte und insbesondere für Schäden, die durch Nutzung der auf den verlinkten Seiten angebotenen Informationen entstehen.

Nicola Bardola

Danksagung

Dank an Isabella, Türkhan Agvaz, und Angela, Verena Schulz, den Mitbegründerinnen des Internet-Portals www.team-edward.net

Dank an Dr. Jazz, der mich nachts anrief und mir den Durchblick verschaffte. Sein Musikgeschmack entspricht nicht ganz dem Stephenies, aber ein Besuch bei www.dr.jazz.ch lohnt sich.

Dank an meinen Agenten Dr. Eckhart Prahl (»the best!«).

Dank an den Heyne Verlag, der schon eine so schöne »Schlemm«-Ausgabe veröffentlicht hat.

Danke Vera, dass du mir vielleicht verzeihst, dass ich so lange bei den Untoten weilte.

Für Verbesserungen und Ergänzungen an bardola@t-online.de bedanke ich mich im Voraus.

Literaturhinweis

Alle in diesem Band verwendeten *Biss*-Zitate stammen aus folgendn Ausgaben:

Stephenie Meyer: *Bis(s) zum Morgengrauen*, Carslen Verlag, Hamburg 2006
Stephenie Meyer: *Bis(s) zur Mittagsstunde*, Carslen Verlag, Hamburg 2007
Stephenie Meyer: *Bis(s) zum Abendbrot*, Carslen Verlag, Hamburg 2008